本书为宁夏哲学社会科学规划项目“新时期以来（1978—2020）宁夏小说创作编年”
（项目批准号：22NXBZW01）的阶段性成果

时代叙事的诗与思

Shidai Xushi De Shi Yu Si

郎伟 著

中央民族大学出版社
China Minzu University Press

图书在版编目（CIP）数据

时代叙事的诗与思 / 郎伟著 . -- 北京：中央民族大学出版社，2025. 5. -- ISBN 978-7-5660-2500-5

Ⅰ. I206.7-53

中国国家版本馆 CIP 数据核字第 202543L53P 号

时代叙事的诗与思

著　　者　郎　伟
责任编辑　杨爱新
责任校对　姜　颖
封面设计　舒刚卫
出版发行　中央民族大学出版社
　　　　　北京市海淀区中关村南大街 27 号　　邮编：100081
　　　　　电话：（010）68472815（发行部）　传真：（010）68933757（发行部）
　　　　　　　　（010）68932218（总编室）　　　　（010）68932447（办公室）
经 销 者　全国各地新华书店
印 刷 厂　北京鑫宇图源印刷科技有限公司
开　　本　787 × 1092　1/16　　印张：17
字　　数　249 千字
版　　次　2025 年 5 月第 1 版　2025 年 5 月第 1 次印刷
书　　号　ISBN 978-7-5660-2500-5
定　　价　78.00 元

目 录

中国文艺现代性的四个维度

——在“中国式现代化与中国文艺现代性”主席论坛上的发言

中国文艺的现代化征程是从五四新文化运动开始的。一百多年来，中国文艺执着于记录民族独立与解放的艰难历程和讴歌民族崛起与复兴的壮美情怀。风云激荡的岁月和艺术家们前行不止的创作实践，尤其是新时代以来，中国文艺所呈现的令人鼓舞的创作新面貌，都促使我们对“中国文艺现代性”这一理论话题产生新的认识和理解。在深刻把握“中国式现代化”这一理论设定的前提下，我觉得应该从以下几个维度来理解中国文艺的现代性。

第一，中国文艺现代性是深深扎根于中国大地和最广泛的人民生活，为民族铸魂、为中国人民提供心灵力量的一种精神性建构。

通览一百多年来的中国文艺作品，我们当然能够知晓，中国文艺是一百多年以来中国人民生活命运和精神世界的投射和反映。中国人民深受帝国主义、封建主义和官僚资本主义“三座大山”的剥削和压迫之痛，不觉悟的百姓在压迫和毒害之下所遭受的精神被奴役的创伤，中华民族不甘忍受欺辱而奋勇反抗的斗争经历，中国共产党领导人民团结奋进、不断开创历史新局面的光辉业绩，都可以在现当代文艺作品当中找到真实而准确的记录和描绘。这些记录和描绘，不仅还原了黑暗统治下国家蒙难、人民受辱的历史画面，同时，它们也以文艺的方式高度赞扬了中华民族砥砺前行、不屈不挠的生命意志。就更重要的意义而言，中国文艺以审美的方式刻写民族觉醒和民族解放的光荣历史，讴歌中国人民对美好生活和光明未来的向往，塑造众多气冲霄汉的英雄人物，构建和营造了更为阔大的民族精神性格和理想的民族精神境界，为中国人民的心灵世界提供了相当丰沛和强大的精神力量。

进入新时代，在习近平新时代中国特色社会主义思想的指引下，文艺界秉承五四以来中国文艺“为人民”的初心，创作了大量的扎根于中国本土生活、展现中国社会历史变迁和人民生活命运变迁的优秀作品。这些作品或描绘中国共产党人的建党初心（电视剧《觉醒年代》）和在历史紧要关头的战略选择（电视剧《跨过鸭绿江》），或演唱改革开放之后西北农民“脱贫致富奔小康”的奋进之歌（电视剧《山海情》），或着眼于普通家庭数代人的命运遭际、人情冷暖（第十届茅盾文学奖获奖作品和同名电视剧《人世间》）。上述作品面世后，社会反响强烈，许多观众（读者）是眼含热泪看完电视剧和小说的。实践证明，五四以来中国文艺的优秀作品都是深深扎根中国本土生活、满腔热情地关注国家前途和人民命运的，这是五四以来中国文艺的优秀传统。离开中国社会的历史与现实发展，隔绝与人民生活的深厚血肉联系，中国文艺的发展将走入死胡同。因此，中国文艺的现代性首先在于它的“人民性”和它对于善美刚健的民族精神性格的建构性。

第二，中国文艺的现代性应该体现强烈的文化自信。

习近平总书记在哲学社会科学工作座谈会上的讲话中指出：“中华民族有着深厚文化传统，形成了富有特色的思想体系，体现了中国人几千年来积累的知识智慧和理性思辨。这是我们的独特优势。”我国是有着五千年文明史的东方古国。在漫长的历史发展过程当中，我们的祖先经过无数的探索、实践和思索，形成了相当多的能够穿越岁月而不朽的卓越思想和智慧。在人与自然的关系处理上，祖先们主张充分尊重自然、“天人合一”；在人与社会和集体的关系处理上，主张“公而忘私”“天下为公”“先天下之忧而忧”；在个人品德的养成和锤炼上，提倡积极进取、不惧担当、忍辱负重、以德报怨的“君子”人格；在个人人生欲望的控制上，主张君子“慎独”、适可而止、崇俭戒奢；在不同文明关系的处理上，主张“天下大同”“协和万邦”等等。应该说，中华优秀传统文化从来都是一座动人宝库，其中蕴藏着数不清的社会和人生智慧宝藏。祖先们积数千年而创造的无与伦比的文化财富，构成了全球化时代中国人的文化底气和文化自信力。同时，在全球化时代，中华优秀传统文化在防范和医治“现代病”方面，也可以提供独特的智慧和治疗方案。实际上，五四以来，那些优秀的中国文艺作品，总是一方面以异域先进的思想和先进技法为师；另一方面，又把创作之根深深扎进中华优秀传统文化之中，从中汲取丰富而强大的精神营养，不仅在语言方式和创作技法上学习古人，更在哲学意识和人生观上与中国古代文化传统血脉相通。因此，20世纪最伟大的文学家和艺术家——鲁迅、老舍、徐悲鸿、聂耳、冼星海等，他们所创作的文艺作品都鲜明地呈现出中国风格和中国气派，体现着创造性转化和创新性发展的“民族性”。如何在新的时代条件下，以充分的文化自觉与自信，更好地讲述中国故事、塑造中国形象、凸显中国价值、流淌中国情韵，如何在中国故事的讲述和中国形象的塑造中，强烈地显现中国智慧和中国式现代化道路的独特性和某种示范性，既是摆在当今中国艺术家面前的重要创作任务，也是艺术创作走向深化的重要表征。

第三，中国文艺的现代性还应该具有世界眼光和天下情怀，将人类命运共同体意识贯穿其中。

面对世界百年未有之大变局和全球纷纭变幻的政治、经济和文化形势，中国文艺家当然应该明了原有的全球政治、经济和文化格局正在发生前所未有的深刻变化。这种深刻变化，不仅体现为西方社会的逐渐衰落和包括中国在内的发展中国家的崛起，也体现为世界各国对全球未来走向的深深疑虑——命运将把人类引向何方？在这样的疑云密布、各国人民心灵动荡的时刻，中国文艺家们当然有信心也有能力回答国人和各国人民的迫切提问。数千年前，中华文化在它最初的发展高潮期，就已经提出了“大道之行，天下为公”的理念。在几千年的中国历史发展过程中，面对不同文明之间的交往和碰撞，“协和万邦”“以和为贵”一直是中华民族所秉持的核心原则。进入20世纪之后，随着各国人民交往的便利和网络讯号的无处不在，“人类命运共同体”早已经形成。在这样的“地球村”时代，中国的文艺作品不仅要关注中国人民的喜怒哀乐，也应该站在全球视野的角度，仔细观察一下“天下苍生”。事实上，中国社会早已经融入全球人类的共同命运当中。全球的生态环境正在变得越来越令人担忧，气候正在变得越来越复杂难测，北极的冰封面积每年都在缩小，地球上的局部战争总是间歇性爆发……此情此景，只要稍具一点天下情怀，便很难无动于衷。进入新时代，《流浪地球》《三体》等影视作品的出现，是人类命运共同体意识在中国文艺创作当中的典型体现。上述作品，虽然皆以科幻面目出现，但它们在创作上的带动效应，是值得我们格外期待的。

第四，中国文艺的现代性是具有中国风格和中国气派的，是民族性的时代体现。

五四以来，中国文艺在奋力前行的征程中，一直在认真寻求新的民族化之路。我们知道，五四新文化运动是在西方先进思想，包括马克思主义思想的深刻影响之下发动的。在很长的一个历史时段，中国的文艺创作受到19世纪以来西方众多文艺思潮的实际影响，也造就了许多优秀的文艺家和文艺作品。客观而言，没有西方先进思想的引入以及与中华文化的深度交流与碰撞，就无法形成新文化运动之后中国社会文化思想和教育等诸多领域的新的历史格局。但是，我们也应该承认，一百多年来，中国文艺在取得巨大成就的同时，在文艺的民族化方面，一直存在着“短板”现象。在创作界和批评界，尤其是全球化背景之下，许多创作家的目光过多地集中于异域的文化资源而对中华文化有看淡之意。习近平总书记指出：“文艺的民族特性体现了一个民族的文化辨识度。广大文艺工作者要坚守中华文化立场，同世界各国文学家、艺术家开展交流。要重视发展民族化的艺术内容和形式，继承发扬民族民间文学艺术传统，拓展风格流派、形式样式，在世界文学艺术领域鲜明确立中国气派、中国风范。”（习近平《在中国文联十一大、中国作协十大开幕式上的讲话》）中国风格和中国气派，从来都不是一句空话，它是以深厚的中国社会生活、中国人的命运与心灵内容以及经过创造性转化和创新性发展的民族艺术形式共同支撑起来的实体性概念。我们的文学艺术家，只要内心涌动着热爱这片土地和人民的激情，胸怀时代的使命感和责任感，既取法乎外来的先进意识，又深深扎根中华优秀传统文化的沃土之中，就一定能够创造出香气扑鼻、民族风情四溢的扛鼎之作。

2023年3月

建设中华民族现代文明过程中民族文艺的责任担当

习近平总书记在文化传承与发展座谈会上以鲜明的理论创新性谈到了中华文明的五个突出特性。在论及中华文明的统一性特性时，习近平总书记指出：中华文明的统一性，从根本上决定了中华民族各民族文化融为一体、即使遭遇重大挫折也牢固凝聚，决定了国土不可分、国家不可乱、民族不可散、文明不可断的共同信念，决定了国家统一永远是中国核心利益的核心，决定了一个坚强统一的国家是各族人民的命运所系。

我国是地域辽阔的统一的多民族国家，也是文化符号绚烂多彩的国度。在这风云激荡、壮怀激烈的新时代，民族文艺将如何以火热的激情和自觉的责任担当投入建设中华民族现代文明的宏伟事业，以对真善美的不倦寻求，讲述中国各民族故事、讴歌中国式英雄、塑造中国可亲可爱的美好形象，是摆在每一个具有责任感、使命感的民族文艺家面前的不容回避的艺术课题。

在建设中华民族现代文明的伟大征程中，我以为中国民族文艺的责任担当应该包括以下几个方面。

第一，民族文艺应当承担记录中华各民族的历史生活和时代发展轨迹的“书记员”的角色，民族文艺是讲述中华民族大家庭故事，展现可信、可爱、可敬的中国形象的最佳载体。

长风激荡的历史画卷，风起云涌的伟大时代，奋进不息的各族人民，沸腾喧哗的社会生活，多姿多彩的祖国山川，中国共产党民族政策的光辉照耀，中华各民族人民心连心的信念和情感，中国故事的不同地域版本，民族命运发生变化时的心灵波澜，都会被具有使命感和责任感的民族艺术家们记录下来，刻进年轮。回顾共和国成立以来的民族文艺发展的历程，从“十七年时期”（1949—1966年）描写在中国共产党的领导下，各族人民进行艰苦卓绝的斗争，迎来民族新生的作品，到改革开放年月，作家们讲述民族优秀人物如何在时代大潮激荡之时带领穷乡僻壤的乡亲们脱贫致富奔小康的故事，民族文艺家一直担当着民族历史生存和时代生活变迁的优秀记录员的角色。他们的记录本色生动、真实细致，他们的描画色彩饱满、情感真挚，他们的慨叹悲喜交集、扣人心扉。没有中国各民族艺术家们卓越的艺术奉献，我们将无法看到中国各民族同胞真实具体的历史生活画面，也无法看到他们在新的时代条件下巨大的生活命运变迁。民族文艺的优秀作品既拉近了中华各民族之间彼此理解、相互珍爱的感情距离，也拉近了世界各国人民对中华民族大家庭历史生活和时代发展轨迹的认识与理解的距离。

第二，民族文艺应该是爱国主义、集体主义和痴恋故乡情感的生动载体，是铸牢中华民族共同体意识，讴歌统一的多民族国家与文化，维护各民族团结与进步、发展与繁荣，构筑中华民族共有精神家园的思想阵地。

我国幅员广大，民族众多。每一个少数民族都有着特殊的居住地域、面对独特的气候和山川景物，有着特殊的理解世界与生活的思维方式和情感方式。然而，在漫长的中国社会发展和文明构建的历史过程中，在几千年的“大一统”的政治格局之中，各民族之间在经济、文化、思想意识等诸多方面，又有着难以割断的生活交融、精神交往和文化输入与输出，形成了“你中有我、我中有你”的社会格局和精神文化性格。近代以来，中华各民族人民面临共同的被西方列强欺侮的历史境遇。为了中华民族的独立和解放、国家的富强与人民的幸福，各族人民团结在中国共产党的光辉旗帜下，进行了前仆后继的斗争，不仅建立了中华人民共和国，而且还取得了社会主义革命与建设事业以及改革开放事业的历史性胜利。进入新时代，在习近平新时代中国特色社会主义思想的照耀下，各族人民奋发有为，比历史上任何时期都更接近、更有信心和能力实现中华民族伟大复兴的目标。正是在中华民族站起来、富起来和强起来的伟大征程中，各民族同胞的集体主义和爱国主义精神得到空前的激发，血肉相连、生死与共的中华民族情感得到进一步强化和深化，中华民族共同体意识在各民族同胞心灵深处生根开花。作为历史生活、时代进步和民族情感的灵敏感应者和记录者，民族文艺作品中始终贯穿中华民族对生我养我的父母之邦的深沉爱恋之情，贯穿对近代以来各族人民不畏强敌、浴血奋战精神的崇敬之情和对各民族人民荣辱与共、生死与共的历史画面和现实征程的歌颂之情。民族文艺作品总是以自身情感的深沉性、渗透性和无可比拟的深层感染力，以生动具体优美的文字、画面和旋律，影响着千百万人的心灵。

第三，民族文艺应该是理想主义、英雄主义和社会主义核心价值观的荟萃之地。民族文艺常常会以生动鲜活、感人肺腑的艺术形象，通过不同地域故事的讲述和不同民族人民对命运的思索，聚焦人类所面临的共同生存和共同心灵问题，形成一种共情的效应，将崇高的、昂扬向上的、百折不挠的、清新刚健的精神力量强烈地凸显出来，并以此激励和鼓舞人民，塑造人民美好的精神世界，不断满足人民日益增长的精神文化需求。

追求人类社会的美好理想，是我国各族人民的信念所在。英雄崇拜，则是中华各民族人民自古至今的内心向往。我国少数民族的三大说唱史诗——藏族的《格萨尔王传》、柯尔克孜族的《玛纳斯》和蒙古族的《江格尔》，实际上是三部英雄史诗。这三部史诗作品，在对各民族的历史生活和复杂纷繁的战争的描述中，集中笔墨刻画了格萨尔王、玛纳斯和江格尔等民族英雄形象，反映了各民族人民崇拜英雄、渴望过上和平安宁美好生活的迫切愿望。受各民族民间文学写作传统的深刻影响，我国当代少数民族作家在文学创作中，也一直把塑造民族英雄人物和优秀人物作为重要的艺术任务。获得第十二届少数民族文学创作“骏马奖”报告文学奖的段平的《宋文骢 —— 从游击队员到歼10之父》，表现了一位胸怀“国之大者”，为国防军工事业奋斗一生的科学家宋文骢的国家英雄的形象；同为第十二届“骏马奖”获得者的蒙古族作家海勒根那的中篇小说《巴桑的大海》，叙述蒙古草原上牧民的孩子巴桑，在失去双腿的条件下一直向往大海，并最终成为海轮上的一名船员的曲折经历。在不屈不挠的奋斗精神和广大深厚的仁爱精神的高声赞颂中，完成了主人公走出草原、投向人间广阔生活的英雄形象的塑造。

第四，民族文艺应该是中华优秀传统文化和人类高贵美好人性的最重要的展示平台。中华各民族人民在漫长的历史岁月里所表现出来的仁爱天下、诚实守信、同情弱者、扶危济困、不畏强权、敢于斗争等优秀品德，所表现出来的精神向往、道德准则和价值取向一直是民族文艺所乐于描绘和予以歌颂的重要内容。

中华民族是有着五千多年文明史的伟大民族。在漫长的中华民族发展史上，我们的祖先以勤劳和智慧，不仅创造了大量的物质财富，更创造了无与伦比的源远流长的精神宝藏。这些精神宝藏或者以书籍的方式，或者以口口相传的方式，流布于中华大地的每一处山川田园和边疆村寨之中，成为影响后人们人生追求、人格心理和行为规范的精神传统。我国当代的民族文艺作品，历来重视在作品中以生动、形象、感人至深的方式，展现中华优秀传统文化深刻影响下的社会生活和各族人民善良、忠恕、隐忍、宽厚、同情弱者、反抗强权等优秀品德。拍摄于20世纪60年代前后的三部民族题材电影《五朵金花》《达吉和她的父亲》《阿诗玛》，一经面世便引起全国性轰动。除了电影本身所拍摄的云南大理和四川凉山的地域风光和带有民族特色的音乐令人着迷外，更重要的是影片主人公身上所折射出来的来源于中华优秀传统文化长期哺育的善良仁义、推己及人、忠于爱情、坚贞不屈等精神品格，深深地感动了一代又一代观众。

第五，民族文艺由于其特殊的地域性和民族性特点，还应该是展示中华文明的精神标识和文化精髓、增强中华文明的传播力和影响力、构建人类命运共同体的最佳载体。

我国是历史悠久、文化传统深厚、民族文化符号美不胜收的国度。如何将具有特殊地域色彩的民族文化符号，打造成为深具中国气派和中国风格的大中华文化符号，并使之传播于更为广大的空间和更久远的时间当中，是摆在每一位优秀的民族艺术家面前的应该予以重视的创作课题。我们应该知道，构建人类命运共同体，不仅意味着世界各国人民的命运唇齿相依、和平与发展是各国人民的共同追求，也意味着中华文化能够气度不凡地“走出去”，以其思想的深广性和气质的包容性、和平性成为其他民族和国家人民的精神营养。也就是说，在未来广大悠远的世界时空中，中华文明永远应该是悬挂于人类共同文化殿堂之上的一盏光彩格外耀眼的不灭明灯。

2023 年 6 月

坚定文化自信，构建中国文艺理论和批评新话语

20世纪80年代以来，伴随着中国社会全面改革开放，我国的各项事业都取得了历史性的进步。中国的文学艺术事业在摆脱了极左路线的影响之后，也获得了空前的进步和发展。得益于文学艺术家们的倾情奉献和辛勤耕耘，中国文学艺术的百花园里呈现万紫千红、争奇斗艳的繁荣景象。面对着欣欣向荣的文艺创作局面，我国的文艺理论批评工作者做了大量的建设性工作，他们或积极倡导和弘扬文艺创作当中的主旋律，或认真分析文艺作品的得失所在，或批评文艺创作和制作当中的不良倾向。应该说，文艺理论与批评在促进中国文艺的繁荣和发展方面，在倡导积极的思想原则和美学原则方面，在激浊扬清，抵制消费主义、拜金主义和历史虚无主义思潮对于文艺创作的侵蚀方面，是起到了非常好的作用的。

但是，我们也应该看到，与日新月异、丰富多彩的中国文艺事业的繁荣局面相比，文艺理论与批评工作还存在着一些明显不足。比如，我们的许多文艺批评文章对作品褒扬的言辞过多，真正涉及批评、直率敢言的部分显得少而又少；又比如，我们的艺术批评呈现“圈子化”倾向和“贵族意识”，与普通人民的精神生活和精神升华联系不紧密；再比如，我们的文学艺术批评文章越来越让人看不懂，那些文风朴实、思想刚劲有力、观点鲜明、语言优美的文艺评论文章，在每年发表的成千上万篇文艺理论与

批评文章当中，几乎属于凤毛麟角。在上述不足当中，我以为其中一个最大的不足是：在进行文艺批评时，我们的理论话语过度依赖西方话语体系，而对中国传统的文艺理论话语缺乏应有的尊重。在唯西方理论马首是瞻的文化氛围中，对文艺作品当中“中国故事”和“中国精神”的解读就显得非常勉强和缺乏说服力，遂导致许多文艺理论和批评文章晦涩难懂，大众无法从文艺评论家的文章当中得到有益的思想启迪和艺术启发。

形成当今文艺理论与批评话语过度西方化的原因何在？我以为有以下几点。

（一）近代以来，我国频遭西方帝国主义列强入侵，山河破碎，国家受辱，人民流离失所、命运悲惨。在时代飓风的吹刮之下，中国传统社会和传统文化危机重重，这样的历史创伤，使非常多的中国人对中国传统文化的价值和功能（它们能够保全自己的子孙吗？）产生怀疑，文化自信心受挫。

（二）一些中国学者盲目崇拜外国学者和理论，总是心虚地认为“外国月亮比中国的圆”。加上有些中国学者对西方各种理论的介绍和引进，并不都是全面的，有时存在着“只论一点，不及其余”，只见树木，不见森林的情况，遂使一些不全面、不准确的观点进入中国。比如俄国形式主义批评家、“陌生化”理论的倡导者什克洛夫斯基到了晚年看到“陌生化”被绝对化了，导致流派更迭过于频繁，产生了先锋派的各种文字游戏，乃反思说：“我曾说过，艺术是超于情绪之外的，艺术中没有爱，艺术是纯形式，这是错误的。”

（三）许多中国年轻学者对中国传统文化缺乏敬意，对传统文化典籍既不深入研读也不认真考究（认识和理解中国传统文化是一项艰巨的工作，需要安静、安心地读书、思索。对于许多受功利主义思想影响的年轻学者而言，这是得不偿失的劳动），其实是不了解，因为不了解，所以不尊重。

（四）中国传统的文艺理论和批评话语资源存在着“难以消化”

以及如何以现代汉语科学准确地解释的困境。中国古典文艺理论的基本学术术语和理论范畴亟待认真整理、科学规范（“道”“气”“心”“象”“形”“神”“阴阳”等等），这不仅需要古典文论的专家们努力，也需要哲学家、美学家和科学家们的共同智慧奉献。

在新的时代环境下，在中国重新崛起为世界大国，并向世界经济强国和文化强国勇敢迈进的历史时刻，中国优秀的文艺理论评论工作者们应该坚定中国文化自信，在坚持开放的理论胸襟的前提下，认真地从中国传统的文艺理论宝库当中去寻找灵感和资源，并以现代眼光镀亮它们。这些来自我们民族心灵深处的曾经照亮过我们祖先精神世界的“中国智慧”，不仅可以帮助我们理解和很好解释具体的“中国故事”，更可以帮助我们建立新的具有中国精神重量的文艺理论和批评话语体系。

2018年5月

西部文学与中华优秀传统文化

一、“西部”和“西部文学”的概念厘清

（一）“西部”

我今天所说的“西部”，采用的是“文化西部”的概念，也是21世纪国家实施“西部大开发”战略之后，新闻媒体普遍使用的一个概念，包括西北五省区（陕西、甘肃、宁夏、青海、新疆），西南五省区市（云南、贵州、四川、西藏、重庆），内蒙古自治区和广西壮族自治区，再加上两个自治州——湖南湘西土家族苗族自治州和湖北恩施土家族苗族自治州，简称10+2+2。这样的话，12个省级地域加上两个自治州，幅员大概有685万平方公里，约占全国总面积的71%。1999年年末，西部总人口3.65亿，约占全国总人口的29%。

（二）“西部文学”

“西部文学”是指由世代定居于西部或者因各种原因（戍边、迁徙、贬谪、屯垦等）迁居西部的作家们所创作的描摹西部的自然风情、社会风情以及书写西部的人生故事和西部人的精神图景的文学作品。

新时期以来，西部文学在中国文坛有非常杰出的表现，我们可以简单地回顾一下西部作家获得鲁迅文学奖（中短篇小说）和茅盾文学奖的情况——

西部作家获得鲁迅文学奖（中短篇小说）情况：从1995年至2017年，共颁发了七届鲁迅文学奖，获奖中短篇小说70篇，西部作家创作的中短篇小说15篇获得鲁迅文学奖，占获奖总数的21%。其中陕西和宁夏作家各有3篇获奖，甘肃、广西作家各有2篇获奖，四川、新疆、西藏、云南、贵州作家各有1篇获奖。

西部作家获得茅盾文学奖的情况，从第一届（1977—1981年）到第十届（2015—2018年），共评选出获奖长篇小说48部，西部作家有6人次获奖，分别是四川两人（周克芹、阿来），陕西4人（路遥、陈忠实、贾平凹、陈彦）。

从上述统计数字可以看出，西部作家对中国当代文学的贡献，特别是在中短篇小说方面还是相当不错的。

二、西部文学与中华优秀传统文化

我国西部疆域辽阔、水深土厚、民族众多、历史悠久。中华人民共和国成立之后，特别是改革开放之后，在中国共产党的领导下，在中华民族共同体意识的指引下，各民族同胞和谐相处、共同奋进，谱写了社会主义现代化事业的绚丽篇章。作为祖国西部地区人民生活和精神世界的出色描画者，西部作家以宽广的视野和多彩的笔调，精心描绘了西部人民的生活命运、内心世界和社会历史景观。这些文学描绘，既是我国西部社会历史进步和各民族心灵变迁的真实记录，也是“中国故事”和“中国灵魂”的别致讲述，客观上极大地丰富了中国当代文学的百花园地。

阅读中国当代西部文学作品，我们会发现西部文学创作当中的一个比较突出的现象，即作家们会在写作中相当强烈地表现出对中华优秀传统文化精神的格外推崇和由衷敬意，并通过各种人物和故事，将中华优秀传统文化精神形象地呈现出来。

首先，在西部文学中，对西部土地山川和社会风情的深深迷醉和眷恋，是弥漫于作品当中的一种情感总基调，这种对故园情和土地情的描写，实际上是对流淌于中华民族血液之中的浓浓的爱国情的书写。

在西部文学中，对于西部自然地理面貌和风土人情的书写成为最为重要的艺术元素，丁帆先生主编的《中国西部新文学史》将之称为“三画”（风景画、风俗画、风情画）描写，认为“‘三画’使西部新文学具有了浓郁的‘地域色彩’和‘风俗画面’，是西部文学赖以存在的底色”①。昌耀本是湖南桃源县人，1950—1953年参加过抗美援朝战争。1955年昌耀调青海省文联，1958年被错划为“右派”，颠沛流离于青海垦区。1961年，祁连山下的昌耀写下这样一首诗：

这是赭黄色的土地

这土地是赭黄色的。
有如它的享有者那样成熟的
玉蜀黍般光亮的肤色，这土地是赭黄色的。
不错，这是赭黄色的土地，
有如象牙般的坚实、致密和华贵，
经受得了最沉重的爱情的磨砺。

……这是象牙般可雕的
土地啊！

昌耀在这首短诗中所表达出来的对于土地的深情，几乎可以代表所有西部作家创作中的故土情和家园情。

还可以举两个宁夏作家的优秀小说来做例子。

宁夏不仅是一个具有漫长的农牧史的地区，更是多民族文化长期混合

① 丁帆主编：《中国西部新文学史》，人民文学出版社2019年版，第22—24页。

交融、和谐共生的所在。这样的地域文化底色，反映在宁夏短篇小说的创作当中，便是作家们会不自觉地在作品当中细致描绘民族民间的风土人情，将地域民族精神生活内涵和审美性呈现出来，从而形成氤氲于宁夏短篇小说之中的特殊的地域文化和民族文化情调。郭文斌的短篇小说《大年》是受众多评论家和读者称许的作品。这篇小说生动而细腻地描绘了宁夏南部“西海固”地区人民欢欢喜喜“过大年”的如诗情景。小说从大年三十写至大年初一，关陇文化影响下的西北乡村春节景象尽收眼底。写春联、贴门神、挂灯笼、蒸馒头、上坟祭祖、供桌上香、开柜分年（把糖果、核桃、红枣分成堆）、磕头拜年，一切都是喜悦心情支配下的人间活动，处处都是中华文化温情脉脉的演出。小说借两个无邪儿童的眼睛观察大年景象，更增添了几分画意诗情。汪曾祺曾经说过：“风俗，不论是自然形成的，还是包含着一定的人为成分（如自上而下推行）的，都反映了一个民族对生活的挚爱，对‘活着’所感到的欢悦。他们把生活中的诗情用一定的外部形式固定下来，并且相互交流，融为一体。风俗中保留了一个民族的常绿的童心，并对这种童心加以圣化，风俗使一个民族永不衰老。”① 张贤亮祖籍江南，自小生活于都市，却因为家庭出身的原因十九岁即来到宁夏平原生活和劳动。在劳改和被监管的二十二年当中，他的身心频遭磨难、数回死里逃生。1979年，张贤亮在文坛复出，发表了一系列小说。他在《邢老汉和狗的故事》《灵与肉》《绿化树》等中短篇小说中，深度反思极左路线对知识分子和底层人民命运的肆意干涉和心灵伤害，却从未对他有接纳养育之恩的宁夏平原有半句微词。相反，张贤亮充满诗情地描绘宁夏平原的春夏秋冬景色，饱含深情地描述祖祖辈辈生活于西部土地上的底层劳动者身上的动人美德。在《灵与肉》当中，正是郭谝子等底层人民的发自内心的善良、包容，对弱者的同情、关爱，才使许灵均拒绝了资本家父亲的召唤而回到了黄土飞扬的塞北农场。小说中这样描写许灵

① 汪曾祺：《谈谈风俗画》，见《汪曾祺文集·文论卷》，江苏文艺出版社1993年版，第61页。

均选择回到农场时的心情："不，他不能待在这里。他要回去！那里有他在患难时帮助过他的人们，而现在他们正在盼望着他的帮助；那里有他汗水浸过的土地，现在他的汗水正在收割过的田野上晶莹闪光；那里有他相濡以沫的妻子和女儿；那里有他生命的根！"张贤亮的早期小说带有极强的自传性，所以我更愿意把许灵均的心声视作张贤亮的夫子自道。

爱故土、爱家园，是爱国的基础，西部文学当中对生我养我的土地的爱恋，对于土地之上人民生活和独特的文化风情的礼赞，既来源于中华民族源远流长的历史生活和农耕传统，也来源于自秦代之后而形成的"大一统"的文化思维和"天下大同""四海一家"的国家思维。

其次，在西部文学当中，对人的生命和自然万物的尊重与理解；对君子人格和"忠恕"善良等古老的道德原则的坚定持守，充分体现着中华优秀传统文化中"天人合一""君子以自强不息""仁者爱人"等思想的深刻影响。

（一）尊重万物

大家知道，中华民族是一个有着五千年文明史的民族。我国是一个具有典型的大陆性气候又处于北温带的国家，四季分明是我国气候的基本特征，农耕生活是中华民族最具有普遍性和典型性的生活。这样的地理空间环境、气候特点和农耕生活的特点，造成了我们祖先对自然山川的格外崇拜，所以会视自然山川、田园河流、花草树木为亲人，会对自然脉搏的跳动把握拿捏得格外精准（二十四节气）。

中国哲学从文明初现曙光的原初时代开始，就一直朴素而坚定地认为人类与自然是生命共同体，反对人类单方面地征服自然和掠夺自然。在对人与自然天地关系的理解上，主张"天人合一"，提倡人类与自然万物的和谐共生、气息相通。《老子》二十五章云："人法地，地法天，天法道，道法自然。"我体会，所谓"道"，在老庄哲学的观念当中，指的是超越自然和人世的最高原理和法则。所谓"自然"，则指的是天地万物的本然、本生状态，不受外力干扰和扭曲的自然而然的状态。庄子有言："天地与我并生，而万物与我为一。”（《庄子·齐物论》）汉代，大学者董仲舒提出：“以类合之，天人一也”“天人之际，合而为一”。宋代，辛弃疾词曰：“我见青山多妩媚，料青山见我应如是。情与貌，略相似。”（《贺新郎》）应该说，在漫长的岁月里，我们的祖先一直与自然万物保持着相亲相爱、和谐相处的亲密关系。

在新时期西部文学作品中，最早描写人与动物之间深情的作品是内蒙古作家乌热尔图（鄂温克族）的《七叉犄角的公鹿》（获得1982年全国优秀短篇小说奖）。这篇小说通过一个少年猎手与山林中一只公鹿的几番邂逅和碰撞，生动地表现了山林民族与动物间难以割舍的那份柔情。

刘亮程是20世纪90年代崛起于中国文坛的西部散文家。在他的那些风格独特的散文中，无论是《狗这一辈子》《通驴性的人》，还是《卖掉的老牛》《与虫共眠》，都充满了对动物生命的理解、尊重和同情怜悯。刘亮程的创作思想深处，实际上是古老的老庄哲学，是“天地与我并生，万物与我为一”的现代呈现。

（二）坚守永恒的人类道义精神原则

对君子人格和古老道义原则的坚定持守，对高贵的人类精神价值的赞美与高扬，构成了西部文学深厚的人文性和最为动人的思想魅力。

人类的历史，是一部充满生存的欢欣也布满命运的凶险和生活的血泪的历史。千百年来，正是因为人类社会始终存在着堪称强大的正义而仁爱的力量，我们才穿越了一次又一次苦难和伤害而走向美好的明天。文学作为人类意识形态之一种，它的天然责任之一便是守护和弘扬人类的道义原则和高贵精神，以“美”和“善”的光芒，照亮生存的暗影和常常被世俗烟尘蒙蔽的人类的灵魂。新时期以来的西部文学从起步阶段开始，就意识到文学作品当中对正义原则和纯美的道德原则的坚守与弘扬，从来都是照亮作品的灵魂之灯。

张贤亮获得全国优秀短篇小说奖的作品《肖尔布拉克》（1983年）叙述了一个新疆司机的故事。在这篇小说中，一个长年奔波于千里长途的河南籍司机，经历许多生活的磨难，也获得生活的美好馈赠。小说最打动读者的是司机内心深处所充盈着的古老而神圣的价值情怀，那种扶危济困、不计得失荣辱、救人于非常险境的价值持守，既是对古老的道德原则的褒扬，也是感动读者的审美所在。乌热尔图（鄂温克族）的获奖小说《琥珀色的篝火》（1983年全国优秀短篇小说），叙述猎人尼库在送重病妻子救治的途中，暂时抛下妻子而去救助三个陌生探险者的故事。尼库与三个探险者素昧平生，为什么要费很大的力气冒险去救助三个陌生人？因为尼库一家人不忍心看着对山林世界的凶险毫不知晓的三位探险者遭遇不测。这使我们不能不想到孟子的一段话："今人乍见孺子将入于井，皆有怵惕恻隐之心，非所以内交于孺子之父母也，非所以要誉于乡党朋友也，非恶其声而然也。"（《孟子·公孙丑上》）陕西作家邹志安的《支书下台唱大戏》（获得1985—1986年度全国优秀短篇小说奖）中，一个一心为民的村支书李润娃因为不愿意摊派百姓而被免掉官职，村里的百姓尽管依然贫困，然而他们愿意凑钱请县秦剧团，为蒙冤的村支书李润娃唱大戏。这是怎样的古老道义情怀——好人老实人不能随便让人欺负！蒙古族老作家阿云嘎2011年发表的小说《天上没有铁丝网》也是一篇注目当下、在对古老的道义精神由衷赞美的同时表达现实忧患的作品。小说主人公牧民萨勒吉德在平日的生活中是一个心地善良、与世无争的人，他的古道热肠曾经感动许多乡亲。然而，草场实施了承包制之后，风气大坏，许多人变得异常自私，毫无人情人性可言——连萨勒吉德的两个儿子都为了小家的利益大打出手，萨勒吉德最后只好逃离家乡。《天上没有铁丝网》给出了一个令人深思的开放式结尾，我更愿意相信，作者是在为传统草原文化的衰落唱响悲歌。宁夏70后作家张学东的短篇小说《送一个人上路》（《上海文学》2003年第8期）以颇为别致的笔调，叙述了祖父如何不顾家人的反对和憎恨厌恶之情，而将生产队原饲养员韩老七迎养家中并在韩氏病亡之后为其送终的故事。小说的补记部分揭开了此事的谜底：多年以前，当祖父还是生产队长时，韩老七因为驯养军马遭受意外伤害永远失去了性功能。

祖父当时撂下过一句话：“你，老七，一块儿住吧。只要我不走在你前头，到时候我送你上路。”就是为了这一句庄严的承诺，祖父用六年零七个月的时间陪伴韩氏、供其吃喝，极尽谦卑服侍之能事。出生和成长于内蒙古自治区阿拉善盟的宁夏60后作家漠月的短篇小说《父亲与驼》讲述父亲将生产队的骆驼视作自己亲人的故事。当一头老儿驼因年老体衰忽然失踪之后，父亲无视酷暑天气，用整整一个夏天的时间在沙漠深处不停地寻找“老伙伴”。父亲如此不顾性命地寻找一头牲畜，原因是老儿驼当年当头驼的时候，它的子孙当中出了二十峰军驼。在父亲的意念当中，对一个有过“军功”的骆驼，是不能不管它的死活和最终归宿的。这是人间的道义原则所在，是人类生命原则对于另外一种生命的投射和迁移。

第三，在西部文学作品中，无论是忍辱负重、坚韧不拔的男性形象的塑造，还是温柔善良、具有牺牲和奉献精神的女性形象的塑造，都深刻体现着中华优秀传统文化的人文追求和价值情怀。

现代以来，西部的社会发展速度总体落后于东部。在相当漫长的历史阶段，西部一直处于前现代社会，在农耕文明作为主要生产方式和生活方式的前提下，古老中国的社会秩序和道德原则得以比较完整地保存。在西部文学作品中，忍辱负重、坚韧不拔的男性形象的塑造和温柔善良、具有牺牲和奉献精神的女性形象的塑造，成为自然的文学选择。

《白鹿原》依托于动荡的时代背景和异常复杂的中国乡土社会，富于深度地塑造了一批具有丰富的性格内涵的人物形象。尤其是对于白嘉轩形象的刻画，表明作家对乡土中国的文化奥秘有着非常深入的体察和思索。在白嘉轩身上，君子的积极进取、不惧担当、忍辱负重、以德报怨等优美人格，表现得极具光彩和魅力。温亚军《成人礼》（原载《大家》2006年第1期）中“父亲”的形象也具有代表性。在西部文学作品中，那些沉默寡言、隐忍坚定，勇于奉献和大义凛然的男性形象，无一不代表着中华民族血脉相承的集体性格和文化传统。

在西部作家的创作当中，温柔善良、勤苦隐忍、具有奉献和牺牲精神的女性形象成为一道动人风景。从新时期早期张贤亮笔下的李秀芝（《灵与肉》）、戈悟觉笔下的梅青（《夏天的经历》），到石舒清笔下的环环媳妇（《节日》）、李进祥笔下的阿依舍（《女人的河》）、漠月笔下的大嫂（《锁阳》），一直到前几年马金莲在小说中塑造的荞花（《荞花的月亮》）、阿舍（《鲜花与蛇》）、陈彦笔下的忆秦娥（《主角》，获得第十届茅盾文学奖），虽然作家们写作的时代环境和创作心情各有差异，但对善良优美女性的由衷喜爱和倾情塑造却是一以贯之的。熟知文化史者都知道，女性在人类文化史上一直担当着"地母"的形象，她们代表着温润、善良、宽厚、包容、忠贞、奉献等等美好的人文价值的永恒拥有和坚定持守。西部作家痴情于塑造优美善良的女性形象，一方面，显示着他们对女性命运深切关注的人道主义情怀；另一方面，面对"生活以奢靡为佳、人情以放荡为快"的某些不良思潮，他们想借女性这一文化符码，赞扬与呼唤千百年来人类社会曾经拥有的那些美好的人文精神和价值情怀。评论家贺绍俊这样评价宁夏小说创作当中的人文特质："宁夏作家群体精准地表达出建立在'前现代社会'基础上的人类积累的精神价值，它是由伦理道德、信仰、理想、人与自然之间的生态关系、人与人之间的情感交流等构成的。这是中国现代化建设不可缺少的精神资源，同时也提升和丰富了当下文学的精神内涵。"[①] 诚哉斯言！

2022年5月

① 贺绍俊：《宁静安详 纯静透明 —— 宁夏作家群体创作印象》，中国文艺网，2013年3月26日。

宁夏当代文学的历史传统

宁夏回族自治区是我国五个民族自治区之一，地处祖国大西北腹地，历史相当古老悠久。早在3万年前，这里就有了人类活动的痕迹。位于银川市黄河东岸的水洞沟古人类文化遗址，是我国境内最早发掘的旧石器时代的古人类文化遗址之一。公元前3世纪，秦始皇统一中国后，派兵在宁夏屯垦，境内修筑了闻名世界的秦长城，还兴修了便于耕种的秦渠，开创了宁夏平原引黄河水灌溉农田的历史。到了汉代，这里的农耕经济已相当发达，汉武帝两次巡视宁夏，向该地区移民70万，以发展农业，巩固边防。唐代，宁夏南部的固原等地是连贯中西交通贸易的陆上丝绸之路的重要通道之一，也是佛教传入关中及中原地区的重要通道之一。由于当时的宁夏平原农业兴旺，百姓安居乐业，所以唐代诗人韦蟾在一首诗中咏叹道："贺兰山下果园成，塞北江南旧有名。水木万家朱户暗，弓刀千队铁衣鸣。"（《送卢潘尚书之灵武》）11世纪中叶，在这片土地上曾经诞生过一个由党项人建立的强悍的西夏王朝。

元、明、清三朝，宁夏成为中央政府用心经营的地方。在明代，有大量的内地读书人以官员或者是被流放者的身份进入宁夏。这些"知识移民"的到来给宁夏的社会生活面貌带来了可称新鲜的变化。据《嘉靖宁夏新志》记载，截至明嘉靖年间，历任宁夏最高行政长官的42人当中，41人来自江苏、浙江、江西、湖北、河南、河北、山西、山东这些地区。虽然这些官员在宁夏的生活时间都不算长，但他们主政期间，大力倡导中原先进文化，兴办学校，传播儒学。通过个人影响和行政措施，为处于祖国边陲的宁夏培养读书风气、树立士人风采。清代以后，随着国内各民族之间政治、经济、文化融合趋势的进一步扩大与加强，宁夏地区可以说已经汇聚了天下“五湖四海”之人，以至于民间有这样的说法：“宁夏有天下人，而天下无宁夏人。”

中华人民共和国成立之后，1958年宁夏回族自治区成立。在“开发大西北”的国家战略实施过程中，宁夏又成为得到祖国东部沿海发达地区支援最多的一个西部少数民族地区，大量随工厂搬迁的工业移民和风华正茂的南方知识青年分批进入宁夏。1958年到1959年间，仅浙江和上海两地的知识青年，就有超过10万人响应党和政府“建设大西北”的号召，进入宁夏山川当工人和农民。在大量的江南人来到宁夏的时刻，饱含着清新温润之气的江南文化也在不经意当中逐渐在西北这片土地上生根、发芽，使宁夏文化的内涵当中增添了轻灵与秀丽的因素。

客观而言，由于地理环境和历史进程的特殊性，从悠远时空中走来的宁夏社会和宁夏文化一直具有多元和杂糅的特点。像祖国其他少数民族聚居地区一样，由于“和谐”观念深入人心，在漫长而丰富的历史进程中，生活在这里的各族人民和生长于这片土地上的文化，从未形成尖锐的冲突和无法调和的矛盾。相反，由于秉承着中华民族共同体理念和中华文化“和为贵”思想，这里的人民长时期和睦相处、守望相助，这里的文化因来源多元而呈现着南北交融、刚柔相济，既有北方之厚重又得南方之轻灵秀美的鲜明特色。而这独特的文化积累与沉淀无疑为以后的宁夏社会和宁夏文化奠定了基本的精神底色。

宁夏的历史文化独特而充满魅力，宁夏的现实发展同样令人欢欣鼓舞。宁夏回族自治区成立65周年以来，特别是进入中国特色社会主义新时代以来，在以习近平同志为核心的党中央的亲切关怀下，在宁夏回族自治区党委和政府的坚强领导下，宁夏的各项事业都取得了突出的成就。宁夏社会呈现出经济发展强劲、各民族兄弟相亲相爱，百姓安居乐业、各行各业奋发进取、只争朝夕的喜人局面。

显而易见，宁夏悠久丰富的历史，多民族和谐相处、文化融合的社会局面以及当代宁夏人为改变宁夏经济社会面貌而埋头苦干、奋力拼搏的现实图景，为宁夏的文学艺术创作提供了取之不尽的巨大精神资源。换句话说，在宁夏这片虽然地处偏远、但与祖国和中华民族共同命运血脉相连、与时代脉搏同频共振的土地上，可以挖掘的历史故事和每天都在上演的现实传奇数不胜数。事实上，宁夏回族自治区成立65年来，宁夏的文学艺术工作者已经通过艰辛的努力，为我们奉献了相当多的来源于宁夏大地的历史与现实、深情演绎“宁夏故事”和细致刻画“宁夏形象”的优秀作品。20世纪70年代末到80年代初期，经历过人生大磨难的作家张贤亮以其饱经沧桑忧患之后的慷慨悲歌征服了大江南北，他创作的小说《灵与肉》《肖尔布拉克》和《绿化树》三获全国优秀中、短篇小说奖①。张贤亮的作品不仅叙述特殊年代里我国知识分子所遭受的身心磨难，更让人难以忘怀的是，作家深刻动人地写出了非常岁月中知识分子的爱国之情、报国之志以及充溢于底层劳动人民内心深处强大的正义情怀和人道情怀。宁夏的三位“鲁迅文学奖”短篇小说获得者石舒清（《清水里的刀子》）、郭文斌（《吉祥如意》）和马金莲（《1987年的浆水和酸菜》）②是从宁夏南部“西海固”的黄土地成长起来的作家。“西海固”地区因人与自然生态关系失衡，“十年九旱”，过去一直以“土地不养人”“苦甲天下”而闻名于世。改革开放以来，在党和国家“脱贫致富奔小康”政策的光辉照耀下，在宁夏各级干部和群众的不间断努力和奋力拼搏之下，“西海固”人民终于在

---

① 张贤亮的短篇小说《灵与肉》《肖尔布拉克》分别获得1980年和1983年全国优秀短篇小说奖，中篇小说《绿化树》获得1983—1984年度全国优秀中篇小说奖。

② 石舒清以短篇小说《清水里的刀子》获得第二届鲁迅文学奖，郭文斌以短篇小说《吉祥如意》获得第四届鲁迅文学奖，马金莲以短篇小说《1987年的浆水和酸菜》获得第七届鲁迅文学奖。

中国特色社会主义新时代摆脱了压在心头多年的绝对贫困梦魇，走上了小康社会的光荣之路。在来自“西海固”的三位作家的作品当中，我们看到，他们分别以各自的生活和艺术视角描写了往昔年代西北地区普通百姓所遭遇的物质生活的匮乏和命运的不幸。然而，更多地流淌于作家们笔下的是苦难岁月当中的不屈信念和自尊自强的进取精神，是人间社会里永世长存的诚实、善良、仁爱、重情重义等等精神品格所带来的抚慰人心的力量。于是，在石舒清、郭文斌和马金莲所构筑的文学天地当中，尽管有着生活和岁月所带来的伤痛、悲哀、沮丧、坎坷与磨难，但作家们始终以丰沛的激情，书写着人类生活本身所具有的美丽和仁善品格，并把这种“美”和“善”当作照亮生存暗影的不灭的灯火。我们阅读这些作品，心灵的田野常常会被浩荡而温暖的巨浪使劲拍打。

回顾和总结宁夏回族自治区成立65周年，特别是改革开放40多年以来宁夏的文学创作经验，可以发现：经过几代作家的艰辛求索和不懈奋斗，宁夏文学界不仅为当代中国文坛奉献了一批具有全国影响力的作家以及品质一流的作品，同时，在岁月的转换和时代的变迁当中，宁夏当代文学也悄然而坚定地沉淀了一些创作思维和创作气质，这些创作思维和创作气质天然地带有某种独特性，已经鲜明地构成了宁夏文学的历史传统。作为一位长时期关注和研究宁夏文学的学者，我把宁夏当代文学的历史传统总结和归纳为以下四个方面。

历史传统之一：始终牢记文艺“为人民”的责任担当，坚守现实主义的创作精神和艺术品格。

“民惟邦本”的思想认知和“为人民”的文学使命意识是近代以来持续激荡于中国启蒙思想家灵魂深处的核心思想之一，也是五四以来以鲁迅为代表的杰出的新文学作家们始终追寻的文学初心。作为一种绵延不绝的文学伟大传统和精神性遗传密码，它们已经深深植根于五四以后任何一代中国作家的心灵最深处和最柔软处。宁夏当代作家绝大多数都是从西北的黄土风沙和底层人民中间走出来的，有着与广大人民共同的命运遭际和心灵波动。几十年来，人民经受生活的坎坷和奋斗不止的历程、百姓的盼望与期待，作家们几乎烂熟于心。因此，对宁夏作家而言，扎根生我养我的西北黄土地，书写生活的艰难与进步、百姓的悲伤与喜悦，不仅是一种内心情感表达的需要，更是始终萦绕于心的中国写作者天然的使命与责任。翻阅宁夏作家的文学文本，无论是迁居宁夏的张贤亮讲述“落难者”人生命运起伏波荡的作品，还是石舒清、郭文斌、季栋梁、李进祥、火会亮、马金莲等土生土长的作家叙述的“西海固”普通农民的生活悲苦与日常烦恼，莫不是西北人民真实生存图景的再现，也表达着作家对于人民生活困苦的忧虑、对于生活进步的喜悦和欢欣。

中国现当代文学的创作实践表明，“为人民”和“为人生”的创作追求，总是容易与现实主义的创作精神和艺术品格构成逻辑对应关系。当代宁夏作家的创作实践，也恰好对这一逻辑对应关系作了相当充分的证明。我们以为，现实主义的创作精神就是一种愿意最大限度地拥抱时代和现实生活、愿意情感饱满地书写真实而复杂的社会人生的创作精神。拥有现实主义主体创作精神的作家，一方面，通常会用乐观明朗的笔调来歌颂现实的光明面和人间社会的“真善美”；另一方面，现实主义作家又是人类社会美好理想的坚定追求者和人间世界公平正义原则自始至终的捍卫者和维护者。他们怀着滚烫的爱国心和民族情，敢于描写社会生活当中不能令人满意的存在，他们会用严厉峻切的笔调鞭挞人间的不公不义，批判人性当中的“假丑恶”。现实主义这一“感时忧国”的层面，实际上反映的是五四以来鲁迅等优秀作家所反复提倡的文学责任意识和使命担当——文学是“为人生”的，并且要“改良这人生”。几十年来，宁夏作家始终坚守着文学“关注时代命运”“关注人民疾苦”的创作意识和观念，他们的创作一直与共和国的伟大时代和人民血脉相连，与西北大地的风沙和泥土息息相关。在他们的心目中，文学既是对复杂生活的锐利穿透，也是对生活诗意的认真发现和观照。20世纪70年代末以来，几代宁夏作家都是现实主义精神品格和创作手法的信奉者、实践者，无论是新时期早期的“两张一戈”（张贤亮、张武、戈悟觉），还是20世纪90年代以后崛起的“宁夏六棵树”（陈继明、石舒清、金瓯、漠月、季栋梁、张学东），都在以对中国现实问题的敏感、对国家和民族命运的深切关注、对百姓生命疾苦的同情，书写着一个又一个“宁夏故事”。宁夏作家艺术家这种既敢于直面人生，又注意挖掘生活美丽诗意的现实主义艺术品格，构成了宁夏当代文学坚实的精神底色。

可以简单回顾一下改革开放四十多年以来宁夏小说的创作史，看看一些具有全国知名度的宁夏作家是如何以现实主义的创作激情而精心描画风云翻卷的时代大潮和跌宕起伏的中国人的人生命运的。当中国社会由动荡的“文革”岁月走入拨乱反正的社会主义新时期的历史时刻，经历了二十余年底层生活的张贤亮以个人往昔的生命浮沉为触发点，开始了他堪称辉煌的新时期文学之旅。张贤亮的文学贡献在于，他不仅以深沉的现实主义笔法，异常真实地描绘出极左政治肆虐年代中国知识分子和西北农民的悲剧性命运，更令人震撼的是，他以解剖刀般锋利的笔触深入受难的知识分子的灵魂世界，刻写出处于人生磨难和生死困境当中的知识分子灵魂的沉沦和试图获得自我拯救时的挣扎与困扰。他的《灵与肉》《绿化树》和《烦恼就是智慧》等作品，为我们留下了非正常年代里当代中国知识分子最真实无伪的灵魂画像。另外，张贤亮对于底层农民形象的精彩刻画也颇令人难忘。他对寂寞的邢老汉的刻画（《邢老汉和狗的故事》），他对底层农民马缨花、海喜喜的描画（《绿化树》），尤其是在《河的子孙》这部中篇小说中，他对乡村基层干部魏天贵（人称“半个鬼”）形象的倾尽心力的塑造，不仅证明着现实主义创作笔力的深刻性和惊人的穿透力，也使张贤亮成为新时期早期文坛中国农民形象最出色的刻画家之一。张贤亮之外，张武发表于1979年的短篇小说《看“点”日记》对某些高级干部身上存在的形式主义、官僚主义作风的尖锐发现与批评，陈继明、石舒清、李进祥、季栋梁等摹写社会转型时期农村生活变迁和普通农民命运沉浮的《粉刷工吉祥》《选举》《换水》《上庄记》等作品，戈悟觉、漠月、马金莲对平淡庸常生活当中美丽诗意的捕捉与动人呈现（《夏天的经历》《湖道》《1987年的浆水和酸菜》），都从不同的侧面，丰富着宁夏当代文学创作的面貌，显现着现实主义创作干预生活、逼视现实、塑造理想的超强艺术能力。

历史传统之二：热爱家园、痴恋乡土的创作情怀。

在相当漫长的历史阶段，宁夏地区一直处于以农牧业生活为主要生活内容的前现代时空当中。1958年，宁夏回族自治区成立，数十万“五湖四海”的新移民来到宁夏，现代生活气息开始在这片黄土地上慢慢生成，但并不足以撼动宁夏以农牧业生活为主的原有时空和固有文化格局。直到改革开放之后一直到进入中国特色社会主义新时代，在时代浪潮的反复冲击和带动下，宁夏社会才逐渐汇入中国社会现代化和城市化的大潮之中，拥有了高速和全面发展的现实以及与现代文明对话的豪情与底气。

由于前现代社会的漫长性和历史空间农耕文化的持久性、弥漫性，宁夏当代作家队伍中的大多数成员均来自乡村或者有长期的乡土生活经验，对乡土的记忆与情感强烈而炽热。张贤亮早年生长于富裕之家，与中国社会底层是隔膜的。受时代风潮的影响，1957年之后他被迫进入西北广袤的田野和风沙扑面的生存之中。在二十二年（1957—1979年）的艰难岁月中，他与宁夏平原的乡村生活和农民有了贴身接触，深刻感受到了与少年时代曾经的“精致生活”趣味完全相左的西北乡土文化。与底层的零距离接触和不断接受底层人民的善意与温情，使张贤亮这个曾经的“富人的儿子”对宁夏的乡村和农民产生了强烈而深厚的情感，也使他作品中所构筑的“荒村家园”和农民形象格外动人。而在“宁夏青年作家群”这一庞大的创作群体当中，除了金瓯、韩银梅、平原、曹海英、张九鹏等极少数几位作家少年时代生活和成长于西北不发达城市，陈继明、石舒清、郭文斌、季栋梁、漠月、李进祥、火会亮、张学东、马金莲、梦也、马占祥等人，皆来自农村，而且多来自长期贫困的“西海固”地区。来自乡土的作家，自小与黄土、沟壑、草木菽粟、牛、羊、马、驼为伴，日日目睹西北农民于贫瘠的荒山沟壑间广种薄收的辛苦劳作，在父老乡亲的汗水和泪水的哺育中长大成人。生活的艰辛困顿和父辈的教诲培养了他们的感恩意识和怀旧惜物思想，深刻地塑造和决定了他们的精神价值取向和审美情怀，也构建了宁夏作家普遍而深厚的“家园意识”和乡恋情感。因此，他们乐于也善于把自己的创作之“根”深深扎进中国西北的黄土地里，从宁夏这片土地上“生活的丰饶”和人的命运的多姿多彩中汲取创作不竭的动力和源泉——说宁夏故事、唱中国歌谣。同时，他们也把弘扬中华优秀传统文化、传播中华民族共同体意识作为创作追求的核心目标之一。他们以富于力度的笔触书写着宁夏这片土地上的历史生活和各族人民血浓于水的同胞之情，赞美和高扬古老的道义原则和高贵的人类精神价值。在宁夏当代作家笔下，没有戏说和历史虚无主义，生活从来都是乡土和家园中欢乐与悲伤的相互缠绕，是人的生存命运的深情而真挚的描绘，是漫长而五味杂陈的劳作、生育、死亡、忍受、哭泣和歌唱。

历史传统之三：深厚而充沛的人文性。

宁夏当代文学创作一直以深厚而充沛的人文性而感动万千读者。这种深厚而充沛的人文性首先表现为对于人的生命（延及动物生命）与价值的肯定和对人的不幸命运的关注与同情。

在张贤亮创作于新时期早期的小说当中，对生命价值的肯定和对人的不幸命运的深刻怜悯是重要的文学主题。他同情荒屋中孤苦的邢老汉（《邢老汉和狗的故事》），为邢老汉惨淡的人生命运深深叹息；他叙述沦落于民间的读书人许灵均（《灵与肉》）在寒冷的秋夜睡在马槽当中，因身世飘零而抱着马头痛哭失声，所刻写的人与马相拥而泣的画面令读者终生难以忘怀。陈勇发表于1986年的短篇小说《靳老头的丧事》，叙述机关锅炉工靳老头突然离世之前的若干故事，既凸显了底层普通劳动者善良而高洁的灵魂，也对一个“小人物”欢寡愁殷的孤苦一生唏嘘不已。石舒清以讲述生活于“西海固”地区人们的命运遭际而闻名文坛。在他的笔下，无论是充满母性光辉的残疾人赫丽彻（《一个女人的断记》），还是身为十几个孩子的母亲，却因燎牛头时燎坏了一块而遭到毒打的小个子女人（《牛头》），石舒清写来痛彻于心，其情也哀。季栋梁的小说《军马祭》叙述部队的一匹军马因骑兵团解散而流落乡间的故事。这匹身姿挺拔、训练有素的军马只在进入相对开阔的野地时才迸发出生命的激情与活力，它的奔跑与跳跃既是“千里马”的本能使然，也极大地震惊了所有乡野之民。然而，就是这么一匹骏马，最终却“辱于奴隶人之手”①。在经过了漫长而激烈的抗争之后，军马终于被硬生生改造成了耕田之马——它的庄重、傲慢的个性完全失去，脏兮兮地混在一群牲口当中。季栋梁是在讲述马的故事，但是，细细读来，这匹军马的生命遭际又何尝不是一个人的命运！

宁夏当代文学深厚而充沛的人文性的第二个表现是：对古老的道义原则和高贵的人类精神价值原则的坚守与弘扬。

客观而言，人类的生存发展史既是一部充满生命的欢欣与喜悦的历史，也是一部布满命运的不测与生命血泪的历史。千百年来，正是因为人类矢志不渝地坚守着仁爱之心和光明正义力量，我们才穿越了一次又一次死亡、灾难和伤痛而走向更美好的明天。文学艺术作为人类意识形态之一种，它的天然责任之一便是守护和弘扬人类的道义原则和高贵精神，以“美”和“善”的光芒，照亮生存的暗影和常常被世俗烟尘所蒙蔽的人类的灵魂。宁夏的文学创作从新时期早期开始，就强烈地意识到对“仁爱”之心和古老的道义原则的坚守与弘扬、对埋头苦干与拼命硬干的“中国精神”的歌颂与弘扬，从来都是照亮作品的灵魂之灯。张贤亮获得1983年全国优秀短篇小说奖的《肖尔布拉克》叙述一位西部司机的故事。这位长年奔波于千里长途的河南籍司机，历经生活的诸多磨难，也获得生活给予的意外馈赠。小说最打动我们的是司机内心深处始终充盈着的神圣而古老的价值情怀，那种不计荣辱得失、救人于水火的道义担当，既是“人之为人”的价值持守，也是感动读者的审美所在。在宁夏的另外一位小说家的

① 见韩愈《杂说四》，原文是这样几句：“千里马常有，而伯乐不常有。故虽有名马，只辱于奴隶人之手，骈死于槽枥之间，不以千里称也。”

笔下，人与动物的深情不仅成为书写的对象，也成为人类道义精神的彰显之地。漠月的短篇小说《父亲与驼》讲述父亲视一位老骆驼为亲子的故事。一匹曾经当过头驼并且为国家立过功的老骆驼因年老体衰而忽然失踪，忧心如焚的父亲无视沙漠中的酷暑追踪了一个夏天，终无所获，他自己却几乎瘦脱了形。在父亲的意识当中，一个有过“军功”的骆驼不能不明不白地失踪了，人一定要管它的死活和归宿。《父亲与驼》实际上弘扬的是人类高贵的道义原则，是人类生命原则对另外一种生命个体的投射和迁移。

在宁夏当代作家创作的短篇小说当中，温柔贤淑、勤劳隐忍、具有奉献和牺牲精神的妇女形象的塑造成为一道格外动人的文学风景。从20世纪80年代张贤亮笔下的李秀芝（《灵与肉》）、戈悟觉笔下的梅青（《夏天的经历》），到石舒清笔下的环环媳妇（《节日》）、李进祥笔下的阿依舍（《女人的河》）、漠月笔下的大嫂（《锁阳》），一直到马金莲在小说中塑造的荞花（《荞花的月亮》）、阿舍（《鲜花与蛇》）等，虽然作家们写作的时代背景和创作心情各有差异，但对善良优美女性的发自内心的喜爱和倾情塑造却是一以贯之的。熟知文化史者都知道，女性在人类文化史上一直担当着“地母”的形象，她们代表着对温润、善良、宽厚、包容、忠贞、奉献等等美好的人文价值的永恒拥有和坚定持守。宁夏作家痴情于塑造优美善良的女性形象，一方面，显示着他们对女性命运深切关注的人道主义情怀；另一方面，在“生活以奢靡为佳、人情以放荡为快”的年代，他们也是想借女性这一文化符码，赞扬与呼唤千百年来人类社会曾经拥有的那些美好的人文精神和价值情怀。学者贺绍俊这样评价宁夏小说创作当中的人文性特质：“宁夏作家群体精准地表达出建立在‘前现代社会’基础上的人类积累的精神价值，它是由伦理道德、信仰、理想、人与自然之间的生态关系、人与人之间的情感交流等构成的。这是中国现代化建设不可缺少的精神资源，同时也提升和丰富了当下文学的精神内涵。”[①] 诚哉

① 贺绍俊：《宁静安详 纯静透明 —— 宁夏作家群体创作印象》，中国文艺网，2013年3月26日。

斯言！

历史传统之四：艺术视野上的开阔胸襟和创作中精益求精的工匠精神。

从新时期早期开始，宁夏作家的创作视野和创作胸襟就显现出开放和开阔的特质。众所周知，宁夏当代文学的第一批“拓荒者”，是1958年宁夏回族自治区成立之后来自祖国各地的“新移民”，他们大多数人在江南和中原地区长大，接受过良好的早期教育，拥有不俗的文化品位和文学眼光。宁夏当代第一家文学刊物《群众文艺》(《朔方》的前身)和《宁夏日报》的文学副刊“六盘山”栏目①的创办者皆为“新移民”，宁夏文坛在国内产生重要文学影响的第一批作家也是“移民”作家②。因此，宁夏当代文学在其始发期和新时期初期，由于参加者身份的独特性和文化趣味的尚雅性，其起点相当高。张贤亮于1979年在文坛复出，1980年即以短篇小说《灵与肉》而蟾宫折桂，当时文坛内外许多人异常惊讶，是因为他们不知道20世纪80年代的宁夏文坛是“新移民”作家独领风骚的年代。以后，随着国家政治、经济、文化形势的强劲发展，从20世纪90年代到新时代，陈继明、石舒清、金瓯、郭文斌、季栋梁、漠月、李进祥、火会亮、张学东、阿舍、马金莲等年轻一代本土作家茁壮成长，并逐渐生长成为宁夏文学的“一片林”。这一批更为年轻的作家生活于中国社会的改革开放年代，虽自小多在乡村长大，但成年之后大都有过大学学习经历和城市生活经历，也经受过全球化、信息化时代的观念洗礼和资讯冲击，因此他们的文学观念和创作胸襟是处于开放状态的，创作的心态平稳而执着，精益求精的工匠精神和打造精品的创作追求始终如一。

---

① 20世纪60—80年代，该副刊栏目是宁夏当代作家和业余作者发表文学作品的重要园地，也是培养宁夏作家的重要阵地。

② 中国当代文学史上，在国内文坛产生重要影响的第一批宁夏作家有哈宽贵、张贤亮、张武、戈悟觉、高深、路展、高嵩、程造之、吴淮生、刘和芳、马知遥等。上述作家的原籍分别是江苏、上海、浙江、安徽、湖北、辽宁、河北、甘肃等省市，1958年宁夏回族自治区成立之后，他们由原籍或者工作地京津沪等城市来到宁夏，成为宁夏当代文学的拓荒者。

我们可以在张贤亮的创作当中深刻感受他的开阔胸襟和工匠精神。当我们谈及张贤亮和他的文学创作时，“宽阔”两个字是首先进入我们脑海中的关键词。张贤亮是那种生活于风云变幻年代、人生经历堪称传奇的作家。时代的大开大阖和个人命运的剧烈动荡浮沉，造就了张贤亮创作视野的宽阔性，使得他的创作虽大多注目于“劳改生涯”，但底色和蕴含却远远超出所描述的具体生活本身。他的“宽阔”是时代所赋予的，也是他砥砺奋进、不断上下求索的艺术胸襟所带来的。张贤亮又是一个在创作上始终追求完美和精致风格的作家。阅读他创作的那些文学精品，从《灵与肉》《河的子孙》《绿化树》《初吻》《男人的一半是女人》《习惯死亡》《普贤寺》到《一亿六》，可以发现：他总是在每一次写作出发之前，在百转千回的思虑之后，力图以崭新的审美眼光、方式和语言手段，再度潜入社会历史与人性之河的河床，经历一番艰苦细致的寻觅、挖掘，将被新鲜化和“陌生化”的社会人生与人物形象重新奉献于我们目前，让读者在惊讶炫目之后陷入对社会存在和人的命运的深长思索当中。“读者们的心中能够留存许灵均、章永璘、马缨花、李秀芝、海喜喜等文学人物形象，恰恰是因为那是张贤亮在内心沉淀多年、思索多年、孕育多年的来自广阔的黄土地上的人物形象。这些人物曾经与他的生命相交集，与他的命运同生死，甚至是与他在西北荒村的一盘土炕上共同打过滚。”① 所以，这些文学形象是从张贤亮心灵柔软处流淌出来的文学形象，是他苦心孤诣、精雕细刻之后而生发光芒的文学形象。

在20世纪90年代崛起的“宁夏青年作家群”（“三棵树”是其代表）创作的小说精品和新时代最为活跃的宁夏作家作品当中，很少能够看到狭窄封闭的创作视野和粗劣的艺术笔墨。更多时候，读者们感受到的是宁夏作家对于文学事业的虔诚之心和创作时“与每一个字摔跤搏斗”（加西亚·马尔克斯语）的写作姿态。《清水里的刀子》《吉祥如意》《1987年的

① 郎伟：《忧郁的灵魂怎样抵达迷蒙的远方》，《朔方》2014年第11期。

浆水和酸菜》《上庄记》等获得国家级文学奖的作品，其思想艺术水准自然令人叹服，陈继明的《骨头》《蝴蝶》《北京和尚》，漠月的《锁阳》《湖道》，金瓯的《前面的路》，李进祥的《口弦子奶奶》，张学东的《送一个人上路》，阿舍的《阿娜河畔》等作品，可以毫无愧色地说，不仅是宁夏近二十年来最为优秀的小说，也是中国文坛新世纪以来最美的收获之一。

宁夏几代作家的创作实践已经证明了这样一个文学规律：艺术视野的开阔性和精益求精的工匠精神是成就一位杰出作家的必由之路。在百舸争流、千帆竞发的新时代，宁夏的新进作家们只有在坚守“中国化”的同时，也虚心学习借鉴国外优秀文化；在始终坚守文学阅读和艺术创作所必需的宁静和沉思品质，老老实实地“啃”中外文艺大师的经典之作的基础上，既注目于脚底下的西北黄土地，也时常仰望遥远灿烂的星空，并能像心态平和、手段高超的玉器行的工匠一样不惜时间和体力地打磨自己手中的作品，才可能创作出无愧于伟大时代和伟大人民的精品佳作。

2023年12月

中国文学的“宁夏现象”①

——改革开放40年来的宁夏文学事业发展回顾

今年是中国社会和中国人民走上改革开放伟大征程40周年，也是宁夏回族自治区成立60周年。在这样一个值得纪念的历史时刻，回顾宁夏文学所走过的艰难奋进之路，总结几代作家所创造的不平凡业绩，既是一种责任，也是宁夏文学研究者必须完成的一项学术工作。

1958年，在祖国开发和建设大西北的热潮当中，宁夏回族自治区宣告成立。崭新的思想与时代的激情，为宁夏的经济和社会文化发展带来了前所未有的生机与活力。在宁夏这片古老而神奇的土地上，各族人民感受着只争朝夕奋发有为的强劲时代脉搏，开始了改天换地的新壮举。60年过去了，当我们回首已经逝去的峥嵘岁月，回顾宁夏由祖国西北地区一个偏远的不被人注意的小省区，发展变化成为今天闻名遐迩的“塞上明珠”，不禁会感慨万端。应该说，宁夏由昔日的偏远落后地区一跃而成为如今引人注目之地，与党中央和国务院对宁夏人民的亲切关怀和对宁夏工作一以贯之的支持是分不开的，也与宁夏各级领导和人民几十年如一日的埋头苦

① 本文为作者在中国作协、宁夏回族自治区党委宣传部联合主办，中国作协创研部、宁夏文联承办的“中国文学的宁夏现象”研讨会上的发言稿，该研讨会于2018年12月20日在北京中国作协举行。

干、负重拼搏、开拓进取、创新前行密切相关。宁夏文学，作为宁夏整个社会主义现代化事业的一个不可缺少的重要组成部分，60年来，尤其是改革开放的40年以来，一直在担当着书写时代、讴歌人民、鼓舞人心、憧憬未来的光荣职责。宁夏的文学创作家们，在自治区党委和政府的热情关怀之下，在宁夏文联和宁夏作协的积极领导和组织之下，几十年来，创作了大量的思想性和艺术性俱佳的优秀作品。这些优秀的文学作品描写宁夏各族人民的生活和命运，发现时代潮流汹涌澎湃的历史和现实依据，挖掘并充分展示存在于人民生活当中的源远流长的“真、善、美”的情愫，讴歌我国社会主义现代化事业的最新进展。简而言之，宁夏文学创作家们以一支绚丽多姿的彩笔，充满深情地描画了宁夏人民负重前行、奋斗拼搏的历史画卷以及宁夏人民在新的社会时代背景下的心灵图景。可以毫不夸张地说，在改革开放以来的宁夏社会主义革命和建设事业当中，宁夏的文学艺术家们的表现是相当优异的。他们的卓越创作不仅集中体现了作家们对时代潮流的深切感知，对宁夏各族人民生存命运的审美把握，对中国特色社会主义伟大事业发自内心的赞叹和歌颂，更重要的是，由于作家们的杰出创作，“宁夏文学”如今已经成为宁夏对外宣传的一个最好的“窗口”，一张备受世人关注的文化“名片”。为了更好地推进宁夏文学事业的大发展大繁荣，我们有必要对1978年到2018年四十年间，尤其是党的十八大以来，宁夏文学的发展情况和所取得的重要业绩，作一简单的梳理和回顾。

一、宁夏文学发展的三个高潮期

改革开放40年来，宁夏文学由昔日的相对沉寂弱小而走向了今天的繁盛与强大，经历了漫长而艰辛的行进和探寻之路。在这不算短暂的40年间，可以明显看到宁夏文学发展中的三个高潮期。

第一个高潮期出现于改革开放初期到20世纪80年代中期。这一时期，感应着祖国和时代命运的激荡起伏，以张贤亮为主要代表的宁夏优秀作家以“音色”鲜明的“歌喉”，唱出了震撼人心的浑厚苍凉之声，因而引起了全国数以十万、百万计读者和国内文学权威话语的特别关注。在20世纪80年代的宁夏作家队伍中，一直有“二张一戈”（张贤亮、张武、戈悟觉）的说法。张贤亮基于个人忧患、民族痛史的慷慨悲歌和对社会人生的锐利穿透，张武的深耕乡土与针砭时弊，戈悟觉的运笔轻灵和对苦难历史的超越，皆在中国文坛形成良好口碑。除此之外，小说创作领域的哈宽贵、路展、程造之、马知遥、翟承恩、杨仁山、王洲贵、蒋振邦、南台、李唯、郑柯、马治中、查舜、那守箴、张冀雪、吴善珍，诗歌创作领域的高深、吴淮生、肖川、刘国尧、秦中吟、马乐群、杨少青、万里鹏，散文创作领域的张涧、刘和芳、吴音、冯剑华、余光慧、都沛、王庆同等作家也都创作出了不少精品力作，形成了宁夏文学创作的一时之盛。

第二个高潮期出现在20世纪90年代中期到21世纪初期。这一历史时期，经过此前七八年间的创作沉潜和力量积聚，“宁夏青年作家群”终于崛起，形成了中国文学夜空中又一个耀眼“星群”。与第一个高潮期相比，这一阶段的宁夏文学呈现出整体创作水准相当超凡的特质。以活跃于这一历史时期的“六棵树”等作家为例，就足以使我们真切地感受到宁夏文坛创作风格的丰富性。石舒清的体验之深与描写之精细；陈继明的敏锐、多思和尖刻；金瓯的反讽、冷嘲与先锋性；漠月的静谧和诗情；季栋梁扑向现实时的激情和冷峻的穿透；李进祥的忧伤和沉郁；郭文斌的温柔敦厚；张学东对20世纪中国社会“伤害”主题的发现和书写，莫不以逼人的思想和艺术力量冲击着我们的心灵。简言之，以“三棵树”和“新三棵树”以及杨梓、郎伟、白草、火会亮、杨森君、梦也、王怀凌、韩银梅、了一容、单永珍、牛学智、阿舍、曹海英、木妮、吟泠等为代表的宁夏“60后”和“70后”作家，用布满粗粝厚重的西北风沙和弥漫着东方古典情韵的作品，以对人的命运的关注和对人性的信心，征服了广大读者，因而又一次赢得了中国文坛对宁夏文学的格外敬意和掌声。

第三个高潮期出现在党的十八大以来的五六年间。在党的十八大精神的鼓舞下，在习近平总书记在文艺工作座谈会上的讲话精神的指引下，近年来，宁夏文学取得了长足的进步，获得了突出的成就。马金莲的长篇小说《马兰花开》和季栋梁的长篇小说《上庄记》同时获得“五个一工程”作品奖（第十三届精神文明建设“五个一工程”评选，2014年），马金莲获得“鲁迅文学奖”（第七届，2018年）、“骏马奖”（第十一届，2016年），赵华获得全国优秀儿童文学奖（第十届，2017年），漠月、张学东、马悦、阿舍等作家获得《十月》文学奖、《小说选刊》奖和《民族文学》奖等重要奖项，并多人次荣登中国小说学会年度选本和排行榜。李进祥、刘汉斌、乌兰其木格等作家的作品集入选“21世纪文学之星”“中国少数民族文学之星”丛书，40多部宁夏作家的作品入选中国作协重点作品扶持项目。显而易见，宁夏文学再一次以成规模的“方阵”形式走上中国文学的前台，形成令人刮目相看的“宁夏现象”。

二、“宁夏现象”的内涵

我个人理解，中国文学的“宁夏现象”应该包括以下几个方面的内涵。

第一，宁夏的中短篇小说创作经过几代作家的不懈努力，已经形成鲜明的思想和艺术特色，在中国文坛具有相当高的知名度和美誉度。在短篇小说创作领域，几十年来，宁夏文坛一直是名家辈出，代有传人。从张贤亮、张武、戈悟觉、马知遥、李唯、张冀雪，到新世纪前后崛起于中国文坛的“三棵树”和“新三棵树”，再到近年获得国家级文学大奖的郭文斌、李进祥、马金莲等，宁夏文学界一直在为当代中国文学提供杰出的短篇小说作家。截至2018年，鲁迅文学奖颁发了七届，短篇小说获奖者35人，宁夏占有3人，还有几位作家获得过提名奖和入围奖；在迄今为止的十一届全国少数民族文学创作“骏马奖”评选中，宁夏共有19人次获奖，获奖的作品主要也还是短篇小说。这样的持续不衰的短篇小说创作业绩，成为一种特殊的“文学现象”，构成了中国文学美丽山河的独特景观之一。

第二，宁夏这片偏远之地既是“草根作家”茁壮成长的沃土，也是“文学照亮生活”的安心福地。据统计，宁夏有近3000名基层作家，这些“草根作家”的创作不仅带着泥土的芬芳，而且带着生活的激情和向往，温暖与眷恋。正因为宁夏各市县对文学事业高度重视，基层作家人数多、创作活跃，西吉县被中国作协中华文学基金会郑重命名为中国第一个“文学之乡”，同心县被中国作协中国诗歌学会授予“诗歌之乡”。也因此，2016年5月，中国作协将“文学照亮生活”全民公益大讲堂的首课放在了西吉县，并由铁凝主席主讲。铁凝主席在大讲堂上这样说：文学不仅是西吉这片土地上生长得最好的“庄稼”，西吉也应该是中国文学最宝贵的一个“粮仓”。粗粗梳理一下新时期以来的宁夏文学发展史，无论是第一个高潮期的“二张一戈”还是第二个高潮期的“六棵树”，一直到最近几年创作风头强劲的马金莲以及“拇指作家”马慧娟、英年早逝的司机作家保剑君、打工者作家彦妮[①]等等，莫不是从乡土和城市的基层生活走出，带着乡间的泥土味、青草味和城市街道的烟火味走上文坛。来自基层的写作者们痴情文学、热爱写作，是因为文学已经成为他们日常生存中不可或缺的内容和元素，文学不仅是困苦生命在艰辛岁月当中的心灵寄托，更是照亮生存暗影的一盏格外耀眼的理想之灯。

第三，宁夏文学的生长和壮大，既是写作者勤奋耕耘的结果，更是本地文学刊物编辑们无私奉献的明证。在宁夏，作家与编辑之间，从来都是鱼水深情。宁夏三份声名远播的文学杂志《朔方》《黄河文学》《六盘山》

---

① 马慧娟，“80后”回族女作家，笔名溪风。马慧娟的家乡原在“西海固”地区，后来搬迁到宁夏吴忠红寺堡区，以务农打工为生，业余时间从事创作。因她主要以手机作为写作工具（已经写坏了若干个手机），故有“拇指作家”之称。保剑君（1973—2017），回族作家，宁夏贺兰县人，以开出租车为生。写作和发表过诗歌、散文和小说。曾经获得全国交通运输系统“劳动模范”称号。2017年12月17日因心脏病突发辞世，终年44岁。彦妮，原名张彦忠，宁夏海原人。从乡村来到城市后，主要以经营街头报刊亭为生。出版过长篇小说和散文集，获得过冰心儿童文学新作奖、孙犁散文奖。

和各市县二十多份内部文学刊物的编辑们几十年如一日，满怀一腔热情，奉献此生心血，兢兢业业、沙里淘金，扶持和帮助着宁夏作家一步步从乡村走向城市，从宁夏走向全国。以今年获得鲁迅文学奖短篇小说奖的回族女作家马金莲为例，她的成长就印证着宁夏编辑与作家间的鱼水之情。从冯剑华主编开始，经过哈若蕙主编，再到漠月主编，十年间，《朔方》三任主编仿佛在跑一场接力赛，无形中传递的是不遗余力地培养和呵护宁夏本土作家的信念和责任担当。在这十年里，《朔方》一共发表了马金莲的小说和散文作品共24篇，另外还发表了3 篇有关马金莲创作的访谈和评论。《六盘山》杂志是马金莲文学起步的所在，诸多编辑的无私付出对马金莲的成长起到了不可忽视的作用。马金莲曾经在一篇文章中提到，当年她在固原民族师范学校读书的时候，是朱世忠先生在一次全校大会上特别转述的一句话（《朔方》杂志编辑说“马金莲的写作就是和一般同学不一样，大有潜力!”），成为她往后几年努力的动力之一。所以，马金莲曾经有言：“作者与刊物的关系，就如一棵小苗与一片沃土的关系。”[①] 应该说，没有文学编辑们的坚韧的付出，就不会有宁夏文学的辉煌成就，宁夏文学编辑的勤苦敬业精神和“燃烧自己、照亮作家”的蜡烛精神，是“宁夏现象”的第三重内涵。

三、宁夏文学的创作特色

经过几代作家几十年的探索与创作实践，宁夏文学已经形成了自己的创作特色。这种具有区分度的创作精神底色，主要包括以下几个方面。

第一，始终坚持现实主义的创作道路。几十年来，无论风云如何变幻，宁夏文学界的主流作家们始终坚守着文学“关注时代命运”“关注天下苍生”的创作意识和观念，他们的创作一直聚焦于西北大地上的社会与

① 马金莲：《我与〈朔方〉之间的点点滴滴》，《朔方》2011年第1期。

人生，与这片土地上的季节轮换、人世沧桑和泥土滋味气息相通、血脉相连。在他们的心目中，文学从来都是对生活和现实的勇敢面对，是对包围着我们身体和意识的社会人生问题的真切感知和认真发现，而非不食人间烟火不接“地气”的凌空蹈虚、穿越玄幻，更不是个人私生活尤其是隐私的铺张性书写。这种敢于直面人生，又注意挖掘生活美丽诗意的现实主义文学品格，构成了宁夏文学坚实的精神底色。

第二，始终将创作之“根”深扎于中华大地，扎入中华优秀传统文化之中。宁夏作家队伍中的大多数成员来自乡村或者有长期的乡土生活经验，受中国传统文化和西北农耕社会影响很深。因此，宁夏作家普遍具有“家园意识”和乡恋情感。他们乐于也善于把自己的创作之“根”深深扎进西北黄土地里，从中国本土生活深厚而丰富的地层中汲取无尽的创作源泉——说中国故事、唱西北歌谣。同时，他们也把弘扬中华优秀传统文化、传播中华民族共同体意识作为创作追求的核心目标之一。他们以多彩的笔触书写着西北土地上的历史生活和现实行进，赞美和高扬古老的道义原则和高贵的人类精神价值。在宁夏作家笔下，生活从来都是欢乐与悲伤的相互缠绕，是人的生存命运的深情而真挚的描绘，是漫长而五味杂陈的劳作、生育、死亡、忍受、哭泣和歌唱。

第三，坚持以人民为中心的创作导向，坚持文艺创作鼓舞人心的创作追求。宁夏作家始终把创作焦点对准底层、对准人民，始终把文学当作是指引国民精神前进的灯火。他们是生活美和人性美的歌唱者。当一些作家对人性的善良和世界的温暖表示怀疑，在作品中一味展示人间的阴暗与生活的罪恶之时，在宁夏作家的作品当中，仁爱、温暖、善良却是贯穿始终的主旋律。在他们所构筑的文学天地当中，尽管有着生活的不幸、沮丧、坎坷和艰难，但创作者始终以一支贮满深情的彩笔，书写着人类生活本身所具有的美丽和仁善，并把这种“美”和“善”当作照亮人类前行道路的不灭灯火。我们读他们的作品，内心常常会被温暖的潮水所淹没。

第四，坚持洋为中用、开拓创新。宁夏作家的创作视野是开放的，也是开阔的。他们在坚守“中国化”的同时，也虚心学习借鉴国外优秀文化，从不盲目跟“风”，也不轻率地声言“反叛”和“颠覆”。他们始终坚守文学阅读和创作所必需的宁静和沉思品质，老老实实地“啃”中外文学大师的经典之作，细心而扎实地揣摩学习，以汲取最完美深厚的文学营养，丰富和开拓自己的艺术思维和心灵，从而写出动人心魄的佳作。正因为既具有鲜明的中国特色，又具有开阔的创作胸襟，所以宁夏作家的很多作品都被翻译成英、法、俄、日、德、希腊等多种文字，在全世界30多个国家出版发行。

四、宁夏文学取得成功的原因

宁夏的文学事业何以能够在不被看好的局面下异军突起，并且呈现欣欣向荣的景象，原因可以归纳为以下几个方面。

第一，宁夏文学艺术创作的大环境非常好。

一个地区的社会氛围与精神环境的好与差，会直接影响到作家和艺术家的创作。虽然，作家艺术家的创作通常都是个体性的行为，但社会各界对其是否真心关注和欣赏，确实会对创作者的心理和情感产生深刻而微妙的影响。改革开放以来，宁夏的文艺事业呈现喜人局面，原因之一是我区能够精心营造有利于作家艺术家从事创作的良好的社会气氛和精神环境。具体来说，一是自治区党委宣传部历届领导都对我区的文学艺术创作极为重视，并采取许多有力措施积极推进宁夏的文艺工作；二是宁夏文联和各艺术家协会精心策划、认真组织，以“出作品”和“出人才”作为事业前进和发展的标志；三是宁夏的文学艺术创作一直是宁夏舆论关注的焦点之一，宁夏作家和艺术家的地位相对比较高。由于领导关心，专业协会工作扎实，新闻媒介积极宣传，所以我区作家和艺术家的创作一直受到热情的鼓励和全社会的关注。作家艺术家的辛勤劳动能够得到相当程度的认可和关注，这保证了宁夏作家艺术家能够在一种受激励被尊重的良好的精神环境中从事创作。

第二，宁夏自古以来就是多民族人民聚居和生活的地方，宁夏文化一直呈现多元和杂合的特点。这种文化的相通共融状态对文学艺术创作而言，是一笔丰厚的精神资源。北方的刚健厚重与南方的轻灵秀美共同构成了宁夏文学艺术生长发育的精神土壤。

宁夏回族自治区地处祖国的西北部，历史上这里就是一个多民族聚居的地区，也是一个多种文化形态相通共融的地区。秦汉以来，以儒家思想作为核心内容的中原农耕文化就在这片土地上扎根；在比较漫长的民族融合的过程中，带有边地和草原文化特点的西夏文化曾经在这片土地上繁荣了近二百年；元代以后，伊斯兰文化又逐渐进入宁夏；明、清时期的宁夏，是中央政府用心经营的地方，大批中原人和江南人以移民或“流放者”的身份进入宁夏。明代洪武年间，一批江南知识分子曾经被驱赶到宁夏，由此带来了江南文化清新的“水汽”。客观地说，由于地理环境和历史进程的特殊性，古代的宁夏社会和宁夏文化一直具有多元和杂合的特点。然而，像祖国其他少数民族聚居地区一样，由于和谐观念的深入人心，在漫长而复杂的历史进程中，生活在这里的各族人民和生长于这片土地上的文化，却并没有形成尖锐的冲突和无法调和的矛盾。相反，由于秉承着中华文化的和谐理念，这里的人民和睦相处，这里的文化因来源广泛而呈现着南北交融、刚柔相济，既有北方之厚重又得南方之轻灵秀美的鲜明特色。而这独特的文化无疑为以后的宁夏社会和宁夏文化奠定了基本的精神底色，同时，也为宁夏的文学艺术创作提供了极其深厚的精神资源。

第三，从宁夏文学的成长历程来看，文学领军人物的出现，往往是带动一种创作风气的“原能力”，从而造成某一个创作门类的繁盛状态。

从文学史上的一些著名事例来看，某一地区浓厚的文学艺术创作风气的培养和创作家队伍的形成往往需要某些领军人物的适时出现。这些领军人物一般自身都具有相当杰出的创作才能，在文坛有非常大的号召力。经由他们，一些地区的创作空气会突然间变得充满活力。时隔不久，这个地区的总体创作水平忽然得到有力提升，一批实力不俗的年轻创作者开始走上前台。回顾宁夏文学的成长过程，可以看到开风气之先的领军人物的出现，对宁夏文学事业的成长和进步是多么的意义重大。20世纪50年代末，张贤亮以戴罪之身来到银川。从个人角度而言，是大不幸。然而对宁夏文学事业而言，张贤亮的到来实在是一个难得的馈赠。事实上，张贤亮复出之后能够倾情歌唱，既标志着他个人命运的特殊转折，也是宁夏文学走向全国的重大契机。自20世纪80年代张贤亮在中国文坛取得优势地位以后，宁夏文学就开始在中国文学界具有了品牌效应。而这种品牌效应的最大功能在于，它使中国文坛不再会对宁夏文学产生忽视心理，同时，它也使张贤亮之后的宁夏作家有了足够的创作自信心。有了张贤亮这个文学“巨人”，宁夏年轻一代的作家就有了艺术学习的榜样和走向中国文坛的充足底气。因为，正是在朔方这片古老而神奇的土地上，张贤亮取得了令人惊喜的成功。显而易见，文学领军人物的适时出现，从小处说，可以带动一个地区的活跃的创作状态，从长远看，则会促使一种精神气候的形成，而这种精神气候一旦形成，则会对文学创作的整体运行构成激励和保护机制。

第四，对本土化的坚守构成了宁夏文学的创作之魂，也构成了宁夏文学独步中国文坛的优势所在。

宁夏地处西部，又是多民族同胞聚居之地，应该说这里特殊的自然地理环境和特异的社会人文景观共同构成了宁夏文学艺术家得天独厚的创作资源。从新时期以来宁夏获得全国大奖的文学作品看，正是因为创作家们抓住了“西部”和“民族”特色，才使得他们的创作在与众多的作家和作品竞争时显现出了特殊的艺术面貌和格外新鲜的情调。因此，在西部和多民族同胞聚居的土地上“打一口深井”，从本土生活深厚而丰富的地层中汲取创作源泉，就成为宁夏文学事业走向全国的成功经验之一。

第五，对文学创作事业的敬畏和虔诚之心保证了文学精品的产生。

在宁夏，文学创作从来都是关乎灵魂的事业。它可能是照亮国民精神的灯火，也可能是人类美好精神和情怀的诗意的表达，它从来就不是与人类命运无关的个人的消遣和病态发泄。这么多年以来，宁夏作家从事创作的态度是极其严肃和认真的。甚至可以说，他们是完全抱着一种神圣感来从事创作的。在他们的心目中“文学创作”是一个圣洁的字眼，文艺天然地具有社会责任感和人生使命感，容不得半点怀疑和亵渎。他们将自己的生命融入文学，把自己的心血和智慧奉献给文学，他们愿意成为文学的“殉道者”，而不去关心文学能够给予个人什么样的回报。正是因为对所从事的文学艺术事业的认真持守和痴情奉献，宁夏的文学艺术家们才可能在不长的时期之内攀上了文学和艺术的顶峰，并赢得了人民群众对他们的发自内心的尊重。

2018 年 12 月

论新时期以来（1978—2018年）的宁夏短篇小说创作

一

在中国当代文学史上，短篇小说的创作一向是受到重视和热情鼓励的。无论是在“十七年”文学时期，还是在20世纪80年代，短篇小说的优秀创作者皆是被文坛垂青的“宠儿”。当我们论及“十七年”文学业绩和新时期文学成就的时候，我们就不能够忘记赵树理、孙犁、王愿坚、峻青、茹志鹃、王蒙、刘心武、高晓声、汪曾祺、方之、林斤澜、蒋子龙、陈世旭、何士光、贾平凹、史铁生、莫言、张承志、王安忆、铁凝、刘庆邦、范小青、苏童、毕飞宇等短篇小说创作的佼佼者。这些优秀的创作者，感应着时代前进的强劲脉搏，用艺术彩笔描画社会历史风云激荡之下的个人命运和人的感情波澜，其创作的短篇小说虽篇幅短小、体量不大，仿佛社会历史生活之“剪影”，但一旦连缀起来，却依然可见生活的无穷事象，人性的万千变化。可以说，如果没有短篇小说创作的杰出奉献，中国当代文学的总体价值是要打折扣的。作为中国当代文学的当然组成部分，当代宁夏的短篇小说创作曾经有过面目相对模糊的时期——从1958年宁夏回族自治区成立到新时期前夜，宁夏虽然也出现了哈宽贵、翟承恩、徐兴亚、林楠等勤奋的写作者，但宁夏的短篇小说创作在中国文坛的

“声音”却是微弱的，甚至是“无声”的。这一情状的形成，当然与宁夏的地理位置相对偏远有关。然而客观而言，也与当时宁夏短篇小说创作的实际水准和实力相关：当代宁夏的文学事业尚在初创当中，宁夏的短篇小说创作还处于筚路蓝缕，以启山林阶段。宁夏短篇小说创作“冲出宁夏走向全国”的时刻始于20世纪70年代末80年代初的新时期早期。由于“两张一戈”[①]的卓越文学表现，宁夏的短篇小说开始被中国文坛接受和认可。1980年张贤亮创作发表了《灵与肉》，该篇小说于1981年3月获得“1980年全国优秀短篇小说奖”。张氏的获奖，不仅引来全国读者对宁夏这个西北偏远之地的注目，更把宁夏的短篇小说创作水平提升到了前所未有的高度。当时与张贤亮齐名的张武和戈悟觉，其创作水准亦处于高位状态，张武的《看“点”日记》，戈悟觉的《夏天的经历》都是发表于“国刊”《人民文学》的短篇小说，并且作品发表后，读者反响热烈[②]。20世纪80年代中期至90年代初期，宁夏的短篇小说创作总体而言处于低潮期。差不多有十年时间，中国短篇小说创作的顶尖领域，不再能够听得到宁夏作家的响亮“歌唱”。在如火如荼的“寻根文学”“先锋文学”“新写实小说”等小说潮流当中，难觅宁夏作家作为“弄潮儿”的身影。打破宁夏小说这一尴尬的创作局面的是“宁夏青年作家群”的逐渐崛起。1994年，在几乎没有思想准备的情况下，石舒清以小说集《苦土》入选当年度的“21世纪文学之星”丛书。1996年，陈继明以短篇小说《月光下的几十个白瓶子》而受到著名评论家雷达的激赏，称之为“一个罕见的好短篇”，“堪称是研究当前社会心理，或者说研究近期的‘集体无意识’的佳作”[③]；同

① 这是20世纪80年代宁夏文坛的一个说法，指作家张贤亮、张武和戈悟觉，这几位作家当时皆以写作中短篇小说见长。

② 林斤澜在《夏天的经历》（戈悟觉小说集，浙江文艺出版社1984年版）一书的“序言”当中这样描述道：“《夏天的经历》1982年春天发表在《人民文学》上，听说有的读者很喜欢，同行也有谈论中称赞的。后来拍成电视剧，影响又大多了。票选什么奖时，有的青年跟我说，投‘夏天’的第一票。”

③ 雷达：《不回避姿态与文化体验——近期小说述评》，《中华文学选刊》1996年第4期。

年，青年作家马宇桢又以小说集《季节深处》入选1996年度的“21世纪文学之星”。此后，青年作家陈继明、张学东、了一容的小说集《寂静与芬芳》《跪乳时期的羊》《挂在月光中的铜汤瓶》分别于1998年、2002年和2006年三次入选该丛书。从1994年“21世纪文学之星”丛书首次遴选出版到2006年，十二年时间，宁夏共有5位青年小说家入选“21世纪文学之星”，其比例之高，在中国文坛亦属罕见。2000年6月，中国作家协会、《人民文学》杂志社、《小说选刊》杂志社与宁夏回族自治区党委宣传部、宁夏文联、《朔方》编辑部等单位联合在北京召开宁夏青年作家陈继明、石舒清、金瓯作品讨论会，正式向外界推出“宁夏三棵树”。2001年，石舒清以短篇小说《清水里的刀子》荣获第二届（1997—2000年）鲁迅文学奖，这是继张贤亮之后，第二位获得全国优秀短篇小说奖的宁夏作家。2002年5月，《中国作家》杂志社、《人民文学》杂志社、《文艺报》社与宁夏回族自治区党委宣传部、宁夏文联、《朔方》编辑部等单位在北京联合举办“宁夏青年作家小说作品研讨会”，再一次向外界推出漠月、季栋梁、张学东（又称“新三棵树”）等新锐作家。2007年11月，郭文斌又以短篇小说《吉祥如意》获得第四届（2004—2006年）鲁迅文学奖。几乎在同时，金瓯、石舒清、了一容、李进祥、马金莲分别以中短篇小说集《鸡蛋的眼泪》《伏天》《挂在月光中的铜汤瓶》《换水》《长河》获得第七、第八、第九、第十、第十一届全国少数民族文学创作“骏马奖”。应该说，到新世纪第一个十年结束，以中短篇小说写作见长的“宁夏青年作家群”已经全面崛起，宁夏文学界孜孜以求的宁夏短篇小说创作的高潮期轰然来到。2010年以后，受诸多因素的影响，宁夏短篇小说创作的“井喷”态势不再持续。更多时候，宁夏短篇小说创作处于一种惯性滑行状态。令人欣喜的是，近七八年来，回族女作家马金莲成为宁夏短篇小说创作的代表人物，她的那些饱含着西北乡土风情又内蕴着东方传统文化精神的短篇小说，不仅深受读者喜爱，也反复证明着宁夏短篇小说本来应该拥有的不凡的思想和艺术实力。

二

从新时期的开启到中国社会迈入新时代，时间已经过去整整四十年。四十年间，当代宁夏的文学创作面貌发生了前所未有的变化，作为宁夏文学“窗口”之一的短篇小说创作也走过了一条不平凡的道路，取得了相当不错的文学业绩。令人感到自豪和欣慰的是，四十年来，由于几代作家的不懈努力和奋斗，宁夏的短篇小说在全国已经拥有了相当高的知名度和美誉度，成为中国文坛公认的西部短篇小说创作的重镇。宁夏的短篇小说受读者激赏、被文坛肯定，是因为宁夏的短篇小说创作独具思想和文化魅力，富有区别于其他省区的地域和民族特色。

特色之一：宁夏的短篇小说创作具有辨识度很高的乡土性和地方性。

从总体上说，中国是一个农业大国。即使是在全球化、城市化浪潮一浪高过一浪的当下，居住和生活于被广阔田野所包围着的乡镇的人口仍然占据我国总人口的多数。宁夏地处祖国西北腹地，历史上一直是农牧业相交织的地区。虽然改革开放四十年来，宁夏的社会历史进程加快，城市化步伐加大，也依然不能完全说是进入了发达的现代化和工业化社会。对应着宁夏社会特色鲜明的前现代社会的乡土性特征，以及宁夏作家十之八九皆有乡村生活经历的历史和现实，宁夏短篇小说创作的“乡土性”几乎是天然的。从新时期早期张武的《三叔》《看“点”日记》《瓜王轶事》，张贤亮的《邢老汉和狗的故事》《灵与肉》《肖尔布拉克》，马知遥的《四月的河滩》《搭伙》《静静的月亮山》，到新世纪前后崛起的“宁夏青年作家群”中的诸多优秀作家创作的短篇小说，就作品的取材而言，乡土题材的小说几乎占宁夏短篇小说创作总量的三分之二。新时期以来，就全国文坛而言，写作乡土小说的作家成千上万，其中的短篇小说名家亦不在少数，为什么宁夏的短篇小说作家在相当长的时段之内，能够居于全国第一集团的位置？这就涉及笔者上面所说的“辨识度很高的乡土性和地方性”特质了。我以为，宁夏乡土小说之所以能够在国内浩如烟海的乡土小说中成为易于识别的“舟船”，就在于宁夏作家一直在提供优秀的短篇小说所应该具有的两种气质：比较尖锐、深邃的思想和独特的地域、民族文化气质。

我们先来说宁夏乡土题材的短篇小说所拥有的敏锐超拔的思想质地。张武的《看“点”日记》是发表于1979年的一篇小说，其时，国内文坛“反思文学”正在大行其道。张武却独辟蹊径，讲述了一个发生在西部乡村的生动的现实故事：一位省级领导如何借下乡“蹲点”之名，花拳绣腿，声东击西，大搞形式主义。对比1979年国内文坛写现实乡土的诸多小说，张武的这篇小说敢于大胆触及高级领导干部的工作作风浮夸，做人、谋事不实问题，就是今天看来，也仍然有着不容忽视的现实意义。一篇写于四十年前的短篇小说虽经岁月磨砺，却依然让人感觉小说场景活灵活现、人物故事似曾相识，这当然是作者当年心怀忧患、思索深邃所致。马知遥的《三七》也是发表于新时期早期的作品。这篇小说大胆触及乡村干部借宗教名义肆意敛财的尖锐问题，其粗粝痛切的叙述和贴切的心理刻画之中，是一位回族作家对于祖国和人民的满满的爱，是希望廓清生活的阴霾还人民以正义蓝天的殷殷期盼。陈继明的短篇小说《骨头》描述几十年前乡村两个家族之间的仇杀事件，如何给本家族唯一的幸存者父亲留下巨大的心理阴影并成为他此生最为浩大的话语资源。结局却是颇为出人意料的：在父亲的反复告诫之下，家族的后人们以一种温和而极具韧性的奋斗，完成了对于一度受到损伤的家族荣誉的修复。我们读陈继明的这篇小说，仿佛在读一个近现代中国寓言。“渡尽劫波兄弟在，相逢一笑泯恩仇。”在由野蛮、仇恨和暴力构成的凶险的世界当中，化干戈为玉帛的勇气和以柔克刚的生存智慧，难道不正是东方哲学的最伟大的真谛吗？陈继明的另外一个短篇小说《粉刷工吉祥》亦是一篇问题尖锐、思索深入之作。这篇小说讲述农民工（粉刷工）吉祥因为在邮局汇款时与营业员的一个小小的争执，而在一天内受尽凌辱几乎丧命的故事。作者冷静的、压抑性的叙述以及对于吉祥“死而复生”后不愿提及往事的叙事设计，都在以一种不动声色的文学方式向现实尖锐发问：城里人真的把受尽辛苦的农民工当作一个有尊严的人看待了吗？如果没有，城市的明天将会怎样？评论家金理这样评价《粉刷工吉祥》的意义和价值："我们经常会看到，批评家们对今天的文学丧失介入、参与等积极品质的严厉批评。然而面对陈继明这个短篇，我们很难再轻易地判定文学沟通现实能力的匮乏，也很难判定，当代文学是否真的丧失了介入、沟通现实生活的可能性。"[①] 李进祥也是一位来自乡土的写作者，敏锐的艺术感知和不间断的思索，使他的乡土小说一直带有深沉的思想底色。他发表于2005年的作品《屠户》是一篇让人惊心动魄的小说。这篇描写乡下人渴望进城却在城市中迷失心智进而痛失亲人的作品，实则有着巨大的象征性和寓言质地。它以真实的血和泪告诉大家：当我们因为"不干净"的欲望而变得异常贪婪，从而不知不觉地播下肮脏和罪恶的种子之时，人类一定会收获无尽的伤害和灾难。宁夏乡土小说作家一直居于交通和信息不甚通畅的西北边远之地，学历也不能算很高，按照逻辑的推想，他们的小说作品是不会具有"发现问题"的思想气质的，然而，异常复杂的历史风云和身历的现实生活，以及对人的丰富性、复杂性的感知与深度理解教会了他们，使他们锻造了一双双透视人生和人性的锐利的眼睛，由这双锐利之眼，他们在小说中描绘了别人未曾意识到的人生风景，又在熟悉的人生风景中发现了别人未能发现的生活和人性奥秘。

宁夏不仅是一个具有漫长的农牧史的地区，更是一个多民族文化长期混合交融、和谐共生的所在。这样的地域文化底色，反映在宁夏短篇小说的创作当中，便是作家们会不自觉地在作品当中细致描绘民族民间的风土人情，将地域的民族精神生活内涵审美性呈现，从而形成氤氲于宁夏短篇小说之中的特殊的地域文化和民族文化情调。郭文斌的短篇小说《大年》是受众多评论家和读者称许的作品。这篇小说生动而细腻地描绘了宁夏南部"西海固"地区人民欢欢喜喜"过大年"的如诗情景。小说从大年三十

① 金理：《纯文学果真丧失了社会担当的可能么?》，《文汇报》2004年6月23日。

写至大年初一，关陇文化影响下的西北乡村春节景象尽收眼底。写春联、贴门神、挂灯笼、蒸馒头、上坟祭祖、供桌上香、开柜分年（把糖果、核桃、红枣分成堆）、磕头拜年，一切都是喜悦心情支配下的人间活动，处处都是中华文化温情脉脉的演出。小说借两个无邪儿童的眼睛观察大年景象，更增添了几分小说的画意诗情。汪曾祺曾经说过："风俗，不论是自然形成的，还是包含着一定的人为成分（如自上而下推行）的，都反映了一个民族对生活的挚爱，对'活着'所感到的欢悦。他们把生活中的诗情用一定的外部形式固定下来，并且相互交流，融为一体。风俗中保留了一个民族的常绿的童心，并对这种童心加以圣化，风俗使一个民族永不衰老。"[①] 我们读《大年》，不仅感受到流淌于民族民间的生活诗韵，更会深刻地理解到中华文化的"乐感"气质。石舒清是中国文坛公认的擅长描写回族文化精神和回族风俗人情的小说家。他的小说，取材皆为回族人民的日常生活，小说的内里却弥漫和渗透着回族文化的精神情韵。无论是《清水里的刀子》对回族民间一个神奇传说的审美呈现，还是《清洁的日子》《红花绿叶》《节日》《疙瘩山》《旱年》等作品对回族人民日常生活中带有宗教文化意味的仪式和心理的状绘，其旨归皆为呈现回族善良、正义、隐忍、内敛、尚洁、求真的精神性格气质。读石舒清创作的大量的短篇小说，不仅会清晰认识西北回族人民日常生活的寻常面貌，更会对回族人民的精神世界和民族性格底色产生深入探究的兴趣。马金莲是近年来活跃于中国文坛的回族女作家，她的小说所呈现的生活内容与石舒清有相似性，所不同者，马金莲更喜欢以一个女童的目光打量西北乡村风物、书写底层人物命运。于是，孩子的眼中便出现了"西海固"乡村的诸多农耕文化景观——从春耕到秋收的辛劳过程（《永远的农事》）、木匠制作木器的过程（《尕师兄》《墨斗》）、蜜蜂分窝的过程（《六月开花儿》）、脱泥缸的场景等等，那个奔跑在西北乡村黄土地上的小女孩（通常的叙事人）渐渐

① 汪曾祺：《谈谈风俗画》，见《汪曾祺文集·文论卷》，江苏文艺出版社1993年版，第61页。

长大，而那些属于前现代社会的古老的乡村文化景观却逐渐沉入历史和生活的深处，成为夕阳晚照。漠月自小生活于西部的阿拉善草原，对草原生活的深情构成了他小说创作的不竭动力和无尽源泉。他的小说书写居于大漠深处的农牧民故事，于人物命运的起伏跌宕之中，清晰呈现了孕育于荒野大漠环境之中的“草原性格”。那种朴实、坚韧、仗义、豪爽的性情，那种“天宽地阔、任我纵横；漠野无声、我自狂啸”的生命挥洒状态，是写实，也是写意。我们读漠月的小说，会深刻地感受到中国北方草原文化的独特魅力，这种独特魅力是沙漠当中的驼铃声和毡房里的奶茶香味带来的，更是由迥异于城里人的简单、淳朴、了无心机、自由挥洒的生命情志带来的。

特色之二，宁夏的短篇小说创作一直饱含深厚的人文性。

从新时期早期开始，宁夏作家创作的小说当中就充溢着浓厚的人文性。这种人文性首先体现为写作者对于故乡的爱恋和对于生我养我的土地的深情，由于情动于中，所以宁夏的短篇小说创作始终是具有饱满的情感性的。张贤亮祖籍江南，自小生活于中国都市，却因为家庭出身的原因十九岁即来到宁夏平原生活和劳动。在劳改和被监管的二十二年当中，他的身心频遭磨难、数回死里逃生。1979年，张贤亮在文坛复出。复出后的张贤亮发表了一系列小说，他在《邢老汉和狗的故事》《灵与肉》《绿化树》等中短篇小说中，深度反思极左路线对知识分子和底层人民命运的肆意干涉和心灵的伤害，却从不对他有接纳养育之恩的宁夏平原有半句微词。相反，张贤亮充满诗情地描绘宁夏平原的春夏秋冬景色，饱含深情地描述祖祖辈辈生活于西部土地上的底层劳动者身上存在的动人美德。在《灵与肉》当中，正是郭谝子等底层人民的发自内心的善良、包容、对弱者的同情、关爱，才使许灵均拒绝了资本家父亲的召唤而回到了黄土飞扬的塞北农场。小说中这样描写许灵均选择回到农场时的心情：“不，他不能待在这里。他要回去！那里有他在患难时帮助过他的人们，而现在他们正在盼望着他的帮助；那里有他汗水浸过的土地，现在他的汗水正在收割过的田野上晶莹闪光；那里有他相濡以沫的妻子和女儿；那里有他生命的根!”张贤亮的早期小说带有极强的自传性，所以我更愿意把许灵均的心声视作张贤亮的夫子自道。以深情灌注的笔触描写家乡故土的人事风华在宁夏作家这里是普遍现象。漠月不止一次地表达对于阿拉善高原的痴情爱恋，他说：“我的小说一开始就被故乡情结和恋土情结笼罩着，始终无法摆脱，以至如影随形。”“这又给了我一个重要的启示，我只能属于贺兰山以西的阿拉善，属于那里的草原和沙漠，无论我走到哪里，无论我走了多远。假如我的小说中缺少了草原、沙漠、羊群、驼群这些最基本的元素，我将寸步难行，一事无成。”① 正是对家乡的痴情眷恋，形成了他创作的特殊视域，“他总是能在西部偏远寂寥之地，在被风沙和干旱肆意围困的漠野深处，从平静和寻常的生活状态中，发现和呈示动人的诗情。于是，一向被认为是枯寂、无趣、地老天荒之所在，突然孕育并生机盎然地呈现了人间的诸多欢喜与温情”②。李进祥的家乡位于宁夏南部的清水河畔。清水河水既苦又涩，不能饮用，也不能浇地。然而，清水河畔多少年来一直生活着众多回族同胞，李进祥的父母和亲人就居于其中。李进祥这样说：“就在这块被认定不适合人类生存的地方，这些人活了下来，繁衍生息，在极端的艰苦中演绎着极致的人生，绽放出最艳丽的生命光华。这都让人感伤、感动、感悟，并成为我创作的素材。”③ 正是带着对家乡父老的满腔爱意，李进祥创作了“清水河系列”，不仅讲述清水河畔过去的故事，更带着悲悯的眼睛注视清水河人物今天的生存命运。他的《口弦子奶奶》《女人的河》《换水》《屠户》《遍地毒蝎》等小说，其爱之切，其情之真，其思之深，即使是在以“情”动人的宁夏作家群中，也属鹤立鸡群。评论家申霞艳意识到了宁夏作家创作中的“情感饱满性”问题，她在《马

① 漠月：《贺兰山以西》，《十月》2006年第2期。

② 郎伟：《漠野深处的动人诗情 —— 读漠月的小说》，见郎伟评论集《写作是为时代作证》，宁夏人民出版社2007年版，第146页。

③ 李进祥：《走不出清水河》（代后记），见李进祥小说集《换水》，漓江出版社2009年版。

金莲：以弱者的眼睛打量世界》一文中认为：当许多中国作家在写作小说时，“既没有叙事的合理性，又没有动人的情感”，“马金莲的写作让人振奋，因为她的叙述世界中央始终站着一个有血有肉、有痛有爱的坚韧的作家。她没有在叙事面前隐匿，她没有在残酷的真相面前转身离去。她的泪水、忍受和承担是那样真实地横亘在文本内部。她勇敢地迎接生活的苦难、变化乃至无常，她吞下这一切并将之转化为写作的营养。”[①] 如果读者们熟知马金莲的创作，显然会由衷地感到申霞艳对马金莲小说创作的解读是妥帖而精当的。我的见解是，申霞艳的这一解读同样适合于深情创作的宁夏其他小说家。

宁夏短篇小说深厚的人文性还体现为创作家在作品当中对古老的道义原则和高贵的人类精神价值的赞美与高扬。人类的历史，是一部既充满生存的欢欣也布满命运的凶险和生活的血泪的历史。千百年来，正是因为人类社会始终存在着堪称强大的正义而仁爱的力量，我们才穿越了一次又一次苦难和伤害而走向美好的明天。文学作为人类意识形态之一种，它的天然的责任之一便是守护和弘扬人类的道义原则和高贵精神，以“美”和“善”的光芒，照亮生存的暗影和常常被世俗烟尘所蒙蔽的人类的灵魂。新时期以来的宁夏的短篇小说创作从起步阶段开始，就意识到了文学作品当中对正义原则和纯美的道德原则的坚守与弘扬，从来都是照亮作品的灵魂之灯。张贤亮获得全国优秀短篇小说奖的作品《肖尔布拉克》（1983年）叙述一个新疆司机的故事。在这篇小说中，一个长年奔波于千里长途的河南籍司机，经历许多生活的磨难，也获得生活的美好馈赠。小说最打动读者的是司机内心深处所充盈着的古老而神圣的价值情怀，那种扶危济困、不计得失荣辱、救人于非常之险境的价值持守，既是对古老的道德原则的褒扬，也是感动读者的审美所在。张学东的短篇小说《送一个人上路》以颇为别致的笔调，叙述了祖父如何不顾家人的反对和憎恨厌恶之情，而将

① 申霞艳：《马金莲：以弱者的眼睛打量世界》，《黄河文学》2011年第9期。

生产队原饲养员韩老七迎养家中并在韩氏病亡之后为其送终的故事。小说的补记部分揭开了此事的谜底：多年以前，当祖父还是生产队长时，韩老七因为驯养军马遭受意外伤害永远失去了性功能。祖父当时撂下过一句话："你，老七，一块儿住吧。只要我不走在你前头，到时候我送你上路。"就是为了这一句庄严的承诺，祖父用六年零七个月的时间陪伴韩氏、供其吃喝，极尽谦卑讨好之能事。古原发表于2002年的短篇小说《白盖头》讲述了发生于回族村庄麦地湾的一个生活小故事。河州奶奶是在孙儿赛里木不幸死亡之后来到麦地湾的。在这里她发现苏家奶奶的孙子伊黑牙那双黑眼睛像极了赛里木，遂起意收养伊黑牙。然而，在离开的最后一刻，河州奶奶却因顾念苏家奶奶的无助而放弃初衷，留下伊黑牙也留下了助学的款项。一位回族老人于伤心欲绝处仍然能够想到别人（苏奶奶）内心的痛楚和现实的困境（苏家奶奶与伊黑牙多年以来相依为命），其高洁的心灵怎能不让人动容！漠月的短篇小说《父亲与驼》讲述父亲将生产队的骆驼视作自己亲人的故事。当一头老儿驼因年老体衰忽然失踪之后，父亲无视酷暑天气，用整整一个夏天的时间在沙漠深处不停地寻找"老伙伴"。父亲如此不顾性命地寻找一头牲畜，原因是老儿驼当年当头驼的时候，它的子孙当中出了二十峰军驼。在父亲的意念当中，对一个有过"军功"的骆驼，是不能不管它的死活和最终归宿的。这是人间的道义原则所在，是人类生命原则对于另外一种生命的投射和迁移。

在宁夏作家创作的短篇小说当中，温柔善良、勤苦隐忍、具有奉献和牺牲精神的女性形象的塑造成为一道动人风景。从新时期早期张贤亮笔下的李秀芝（《灵与肉》）、戈悟觉笔下的梅青（《夏天的经历》），到石舒清笔下的环环媳妇（《节日》）、李进祥笔下的阿依舍（《女人的河》）、漠月笔下的大嫂（《锁阳》），一直到前几年马金莲在小说中塑造的荞花（《荞花的月亮》）、阿舍（《鲜花与蛇》），虽然作家们写作的时代环境和创作心情各有差异，但对善良优美女性的由衷喜爱和倾情塑造却是一以贯之的。熟知文化史者都知道，女性在人类文化史上一直担当着"地母"的形象，她们代表着温润、善良、宽厚、包容、忠贞、奉献等等美好的人文价值的永恒拥有和坚定持守。宁夏作家痴情于塑造优美善良的女性形象，一方面，显示着他们对女性命运深切关注的人道主义的情怀；另一方面，面对“生活以奢靡为佳、人情以放荡为快”的不良风气，他们也是想借女性这一文化符码，赞扬与呼唤千百年来人类社会曾经拥有的那些美好的人文精神和价值情怀。评论家贺绍俊这样评价宁夏小说创作当中的人文性特质：“宁夏作家群体精准地表达出建立在‘前现代社会’基础上的人类积累的精神价值，它是由伦理道德、信仰、理想、人与自然之间的生态关系、人与人之间的情感交流等构成的。这是中国现代化建设不可缺少的精神资源，同时也提升和丰富了当下文学的精神内涵。”[①] 诚哉斯言！

宁夏短篇小说所拥有的深厚人文性的第三个表现是：对人的生命（包括动物生命）的尊重与理解，对人的力量的正面肯定，对人的不幸命运的关注、同情和怜悯。从人类文化进化的角度说，对于生命、人性和人的命运等等人类核心话题的探究和思索，在古希腊时期和中国的先秦时期就已经被伟大的先贤们反复提及。这种探究和思索，不仅盛行于哲学层面，也风行于文学领域。也就是说，在人类的童年期，有关生命以及人本身的哲学思索和文学呈现即已经流淌为一条水势旺盛之河，以后的两三千年，经过多少代思想家和文学家的不倦工作和倾情提供，发源于人类早期的这一条水势旺盛的思索探究河流已经膨大奔腾为浩瀚的海洋。当中国新时期社会奋力打开思想禁锢的大门的时刻，伴随着政治上的全面进步和思想解放，中国文学界是最先得到人本主义和人道主义思想甘霖浇灌的园地之一。那个年代，对于人的尊重和理解、对于人的命运的关注和怜悯一时间成为中国文学创作最为强劲的“声音”。也是在这样的社会时代背景之下，宁夏新时期短篇小说创作开始了对“人的问题”的关注和书写旅程。张贤亮发表于1980年的小说《邢老汉和狗的故事》通过叙述农民邢老汉与不

---

① 贺绍俊：《宁静安详 纯净透明 —— 宁夏作家群体创作印象》，《光明日报》2013年3月26日。

明身份女人的感情纠葛以及人狗之间的依恋之情，深度控诉了极左路线对人的生命尊严的扼杀和践踏，其对邢老汉的同情怜悯之情跃然纸上。发表于同一时期的马知遥的小说《搭伙》，讲述财主的遗孀四姨太与马车夫相恋的故事。这一对有情人穿越了无数苦难，已经熬过了以“阶级论”为纲的岁月，却因生产队长的一句玩笑话而双双殉情。《搭伙》是马知遥最为出色的短篇小说之一，其深埋于作品的人道情感因文字的不事张扬而显现了巨大的艺术冲击力。陈勇发表于1986年的短篇小说《靳老头的丧事》也是一篇情透纸背之作。这篇小说叙述了机关锅炉工靳老头突然离世之前的若干故事，不仅凸显了一个普通劳动者的善良而高洁的灵魂，也对靳老头一生孤苦的命运唏嘘不已。小说的笔调是充满怜悯之情的，我们甚至能够在作品平静的讲述当中感觉作者的泪水长流。石舒清以写乡土人生而闻名文坛，他对辗转于西北黄土地上的父老乡亲的生存命运从来深切关注，对淳朴农民的生逢不幸从来痛彻于心。《牛头》描写一个已经生下十几个娃娃的母亲，因为燎牛头时不小心燎坏了一块，结果遭到婆婆和丈夫的无情毒打。令人悲哀的是，当有人准备主持公道时，遭受磨难的母亲却不愿承认曾经被凌辱过。《一个女人的断记》讲述残疾人赫丽彻母子的悲惨命运，于对赫丽彻圣洁的母性和坚忍不拔的生命意志的书写中，呈现了底层人民的日常生活景观和复杂难言的人生世相。李进祥的小说多写“清水河”畔的人生悲剧故事。无论是口弦子奶奶失去了儿子之后吹奏的响彻夜空的口弦声（《口弦子奶奶》），早早就寡居了的花祥子的神秘心事（《花祥子》），还是马清、杨洁被城市深深伤害之后准备返乡疗伤（《换水》），兰花对情敌菊花最终的宽宥（《挦脸》），李进祥以一支饱含同情和怜悯之笔，描画“清水河人物”的命运苦痛，在对人之生命的尊重和理解中，感叹着人生的无常与变幻，颂扬着人性的高贵和华美。在本节的最后，笔者还想提及一篇肯定和彰显人的力量、赞扬人所具有的不甘心屈服于命运摆布的强者心态的小说《清真寺背后的老坟院》。这篇由回族作家古原创作的小说，讲述了兰凤奎一家三代人的命运遭际。兰凤奎的爷爷因两个村庄之间的土地纠纷而被土匪杀害，奶奶为了不受土匪凌辱而吞金自杀。父亲三十岁时因劳累过度死亡，哥哥不久也意外溺水身亡。只有母亲始终陪伴着少年兰凤奎慢慢长大，直到兰凤奎娶妻生子，并成为兰家大庄清真寺的开学阿訇。表面看来，这篇小说涉及了一个家族过多的死亡故事，但是我们却丝毫感觉不到小说的悲情低回。相反，一种平静而雍容的讲述，赞颂的是人不会轻易屈服于命运的摆布，不会被身外的世界攻取和打败的信念。在这个充分肯定人的力量的信念当中，不仅有着对于人的崇拜，更有着当今小说中久违了的对于人持有的乐观主义气息。

三

论及新时期以来宁夏短篇小说创作的发展轨迹，不能不提及这四十年间宁夏短篇小说的总体艺术面貌及作家们艺术风格的差异性。从中，我们可以看到宁夏短篇小说前行的主流倾向，也可以清晰观察到作家们创作风格的不同样态。

总体而言，现实主义创作精神和创作方法始终是新时期以来宁夏短篇小说创作界坚守的主流倾向。这一创作精神和创作方法在宁夏文坛长期占有主流位置，原因有三：第一，是与鲁迅等人所开创的中国现代文学的“启蒙”文学传统的深刻影响有关——宁夏的多数作家都是服膺于五四文学“为人生”的社会功能论的。第二，是与宁夏长期处于“前现代社会”的发展形态有关——宁夏作家多数出身于贫寒之家，许多人是从生活贫苦的乡村走出的，对底层人民的生活和命运格外熟悉，充满同情。因此，他们对产生于发达资本主义社会土壤之中的现代主义和后现代主义思潮总是有些隔膜。第三，宁夏短篇小说作家，特别是活跃于新时期早期文坛的作家，其文学启蒙基本上是从阅读中国古典诗词和中国小说开始的。唐诗宋词、明清经典小说，鲁迅等现代作家的作品，都是他们最早的文学启蒙读物。所以，在心灵深处，他们与中国文学的叙事传统和现实主义精神、创作方法更为亲近一些。[①] 当然，由于性格气质、人生经历、精神积淀、感知和描写生活的艺术思维方式等方面的差异，同为现实主义作家，其小说创作也会呈现参差的样态。这种差异性，不仅体现在不同年代的作家那里，也体现在同一代作家身上。

“两张一戈”同为20世纪80年代走现实主义创作之路的小说家，但写作风格颇为不同。张贤亮有过二十余年的人生忧患史，其精神积淀里既有江南的温柔水汽又有西北的雄强和刚劲，所以他的小说呈现出一种大家艺术风范。既可以言说苦难、慷慨悲歌，弹奏一曲“大江东去，浪淘尽千古风流人物”的豪放曲，又可以温柔和婉，细腻多情，吟唱“泪眼问花花不语，乱红飞过秋千去”的婉约小调。比如：他发表于1985年的短篇小说《初吻》和发表于1996年的短篇小说《普贤寺》，就是两篇与《灵与肉》《邢老汉和狗的故事》的叙事焦点、艺术旨趣完全相异的作品。《初吻》之情调感伤、意绪丰饶，《普贤寺》之云淡风轻、空明澄澈，不仅呈现了张氏现实主义创作的多种艺术面貌，也充分证明以现实主义创作方法完全可以写出杰作——以笔者之见，《初吻》和《普贤寺》不仅是新时期宁夏短篇小说中的杰作，亦是20世纪80年代和90年代中国文坛艺术水准最高的短篇小说。张武农家出身，农校毕业，长期在乡村从事基层工作，对农村的“四时八节”和农民的命运了然于心。他的短篇小说几乎皆为写实一路，乡村生活气息浓厚，时代感强烈，虽然某些作品艺术上还可以更加完美一些，但深度进入生活的勇气和敢于面对现实尖锐问题的忧患情怀，今天读来也依然感动人心。戈悟觉名校背景，记者出身，才兼文、体，兴趣

① 可以以宁夏的“80后”作家马金莲为例，来说明笔者的观点。马金莲在最近的一次访谈中这样表述：“我小时候阅读的范围基本上都是中国传统的一些读本，所以要说影响，还是中国传统文学的更多一些吧……我父亲和小叔都很爱阅读，虽然他们没有拿起笔来写作，但是我小时候家里有很多文学读物，从《水浒传》《西游记》到聊斋故事再到民间故事集等，还有一些评书，像《连环套》、杨家将的故事、呼家将的故事、薛仁贵父子征战东西的故事，等等，不胜枚举。”（马金莲：《从小媳妇到作家，苦难成了我最大的财富》，上海《青年报·新青年周刊》第94期，2018年3月6日04—05版。）

广泛。他的短篇小说，既可以生动描画乡村泼辣女性形象（《筵席曲》），又可以讲述城市男女微妙情感故事（《夏天的经历》），两套笔墨，两种风情。如果说戈悟觉的小说有着一以贯之的艺术恒定性，那就是他创作的“巧”：他的短篇小说布局灵巧，情节处理巧妙新鲜而又委婉生色，既是个人才情的体现，也是时代乐观精神的投射。

20世纪90年代中期以后，“宁夏青年作家群”开始崛起于中国文坛。在这一群体当中，云集了众多现实主义创作精神和创作方法的信奉者。石舒清、陈继明、郭文斌、漠月、季栋梁、张学东、李进祥、了一容、火会亮、古原、马金莲等，各自以个性鲜明的创作，丰富着宁夏短篇小说创作的百花园。需要说明的是，经过20世纪80年代“先锋派”文学的探索和实验，进入90年代以后，当代中国的现实主义文学写作范式当中已经增添了更为丰富复杂的精神和艺术内涵。“宁夏青年作家群”恰好成长于这一历史时期，所以他们的创作实践，总体可称现实主义追求，而论及创作个体，则是色彩纷呈、风格繁多。石舒清的写作，其沉郁沉思的品格，颇接近于鲁迅小说传统，而又带有20世纪众多外国作家（比如美国作家辛格、日本作家川端康成）的深刻影响；陈继明的小说创作，一直追踪海明威的写作风格，他的最好的短篇小说（《骨头》《粉刷工吉祥》）里都闪动着海明威的“硬汉”气质；郭文斌的短篇小说，颇受现代小说名家废名和当代小说大师汪曾祺的影响，他的小说作品提供了西北乡村独特的民情风俗画面，丰富了当代中国“散文化小说”的文学实践；李进祥的短篇小说，眼光忧郁，心情悲悯，气氛营造别出心裁，是在现实主义当中糅合了现代派神秘不安因素的文学；张学东是“宁夏青年作家群”当中善于锻造个人风格的小说家，“他在写作现实题材的作品时，其艺术氛围的营造和故事情境的设计总是充满崭新的‘陌生化’的情调和趣味。由于这种‘陌生化’的艺术趣味的存在，‘现实’在他的小说中常常会突然遁入遥远之地，而某种穿越人生与人性的‘寓言’质地却清晰地显现了出来。‘化庸常为神奇，言细事而致渺远’似乎可以概括为他的艺术追求”[①]。漠月、古原的小说风格有相似之处，属于带有抒情气质的小说写作。虽然一个写草原漠野人生，一个讲述宁夏南部回族村庄故事，但艺术笔触上都深情、委婉，于岁月细微处见出人生的悠长绵远，人性的淳朴无华。作为宁夏短篇小说创作界的后起之秀，马金莲近年创作的短篇小说大受文坛好评。在“现实主义回归”的新时代背景下，她的那些源于自身经历，生活绵密厚实、风格朴素、不事雕琢的作品既延续了张贤亮等人所开创的宁夏新时期现实主义文学的光荣传统，又反复证明着“文学永远来自大地与人民”的不变真理。

宁夏短篇小说创作的主流倾向是现实主义，但在新时期以来全方位改革开放的时代文化背景下，宁夏短篇小说创作界也不乏学习西方现代主义、后现代主义的创作精神和艺术方法，以混合着东、西方艺术元素的叙事方式，讲述“西部故事”的写作者。这批写作者，主要集中于20世纪90年代中期崛起于中国文坛的青年作家群当中。马宇桢是宁夏短篇小说界得风气之先的人物，他的《季节深处》《伤心》《玉米街的小林》等作品，叙写人生的疲惫感和无意义感，是宁夏文坛比较早的浸染了西方现代主义文学气息的短篇小说。此后，一批宁夏的“70后”作家，以有别于文学前辈们的文学观念和小说叙述方式冲上文坛。金瓯《前面的路》《刀锋与伤口》等小说以波澜不惊的笔调叙述少年心事及寻找的艰险，他努力剔除多余的抒情，愿意以硬朗和零度面目示人。平原、曹海英、阿舍三人是擅长书写城市知识女性心情的小说家。她们的小说或事涉男女情感的飘移、婚姻的变化，或编织内心复杂纷扰的意绪，颇多梦境的叙述，颇多迷离恍惚之境的营造，艺术面貌与现实主义大异其趣。女作家许艺是宁夏短篇小说创作的新秀，这位“80后”作家感知生活的方式和艺术描写方式更为特别，她的《逃亡的鸡群》《女诗人的榆树》等篇，气氛古怪，人物飘忽，意象奇特，空间变形。其中流露的世界荒诞感和人生破碎感相当强烈。许

① 郎伟：《悲悯是作家的责任》，见郎伟评论集《孤独的写作与丰满的文学——宁夏当代文学创作论》，中央民族大学出版社2015年版，第369页。

艺小说的寓言质地和高度“陌生化”的处理生活的方式，在宁夏短篇小说创作领域属于非主流品质。此种风格的存在，一方面表明宁夏文学创作领域的宽松气氛；另一方面也表明，在宁夏文学创作的百花园中，从来都可以种植出气味特别的花草。

当代宁夏的短篇小说创作，是在社会主义新时期重新起步并逐渐赢得全国声誉的。四十年来，宁夏的数代作家一直在为实现宁夏文学冲出本土、走向全国的梦想而奋斗。如今，这一梦想已经实现。张贤亮、石舒清、郭文斌三人获得全国优秀短篇小说奖和鲁迅文学奖（短篇小说奖），一大批作家的短篇小说频频登上全国知名的文学选刊或入选权威的年度小说选本，这些卓越的文学业绩都表明：宁夏短篇小说创作的美好精神气候已经形成，宁夏的短篇小说创作家们也已经打造和亮出了完全属于个人的“独门兵器”。然而，当年刻苦锻炼的膂力和精心锻造的兵器，是否可以经受新时代更大风雨的强力冲击？重出江湖的勇气和纵横天下的胸襟是否已经重新凝聚和业已养成？在文章的最后，我愿意向宁夏的短篇小说创作家们急切发问，是逼问，更是殷切的期待。

2018年5月

巨大的翅膀和可能的高度

——“宁夏青年作家群”的创作困扰

在新世纪前后的中国文坛，“宁夏青年作家群”的创作赢得了相当多的掌声和喝彩。他们把创作之根深深扎进祖祖辈辈所生存过的西北黄土地，在对父老乡亲悲欢离合生死歌哭故事的真切讲述当中，认真描画着真情流贯的西北乡土社会的生活画卷；他们用各自并不相同的艺术彩笔，将广阔的西北边远之地的自然风光、社会风情、宗教氛围逐一呈现，从而构成了审美化了的西北风情图；他们坚定而执着地向中国优秀的古典文学创作传统学习，心态沉稳，不慌不忙，朴素而单纯地看取世界，描写生活。是的，“宁夏青年作家群”在并不被看好的情况下，以骄人的创作业绩，已经在新世纪前后的中国文坛上掀起了“宁夏风暴”。然而，总有一个困惑始终纠缠着我们：宁夏青年作家们已经拥有了足够多的生活阅历的积累，其创作的年限普遍在10年以上，不可谓不长，他们当中相当多的人也已经创作出了不少精品，有的还获得了国家级的文学奖项。但是，阅读他们的作品，常常感觉气度不够、冲击力薄弱，让人可做玄妙之思（比如《清水里的刀子》）、愉快之想（比如《吉祥如意》），却没有地动山摇般的震撼感觉。宁夏青年作家就仿佛是一只盘旋于蓝天中的巨大之鸟，虽然已经拥有了一双垂天之翼，却总是不能冲到九万里的高空。因此，问题自然就提出来了：既然已经积聚了相当深厚的生存经验，不少作家的艺术风格亦臻于成熟，那么，宁夏青年作家们迄今为止为什么不能提供极具冲击力的如《白鹿原》一样的“黄钟大吕”般的文学佳作？答案可能会是多样的。笔者以为，也许正是宁夏作家的创作优势——对乡土社会的异常熟悉和痴情，既带来他们创作的荣光，也带来他们创作的缺陷与困扰。

在宁夏青年作家所创作的作品中，乡土社会所导致的思想的狭窄性显而易见。由于长期处于西部乡土社会的底层，也由于物质生活的极度匮乏和精神生活的极端稀少，大多数青年作家的精神构成是有一定程度的缺陷的。这直接导致了一旦进入创作时，许多青年作家在看待世界、思索问题方面缺乏应有的全局性目光和更为博大开阔的心胸。由于这种全局性目光的缺乏，作家们所描写的乡土生活实际上是缺少参照系统的，是封闭的、孤立的。鲁迅曾经说过：“外面进行着的夜，无穷的远方，无数的人们，都和我有关。”① 描写乡土又囿于乡土，作品的思想冲击力自然无从谈起，更阔大的人生景象便付之阙如。

乡土：是源泉也是制约

人类亲近与热爱土地的情感几乎是天然的，流动在血液里面的。这当然源于原始人类最初的栖息之地是广阔的大地和原野，更源于人类早期的生存之物都是土地慷慨地奉献和提供的：土地提供给人类延续生命和种族所必需的食物，土地也提供给人类最初的生产劳动工具。我国是一个主要处于北温带的大陆国家，幅员辽阔的土地和适宜的气候使中华民族在五千年前就开始了农耕生活。长期的农耕生活，使中华民族与这片土地以及土地上的山川风物建立了深厚的亲人一般的感情。对于养育自己的大地，对于这大地和原野之上所发生的人类生活的热爱与依恋成为中国人普遍而自然的心理情感，所以文学家们经常会吟唱：土地是我们的母亲，我们是土

① 鲁迅：《“这也是生活”……》，见《且介亭杂文末编》，人民文学出版社1973年版，第113页。

地的儿子。费孝通先生在《乡土中国》一书中说："从基层上看去，中国社会是乡土性的 …… 最近（按：指作者在西南联大讲授《乡村社会学》时的1946到1947年间）我遇着一位到内蒙古旅行回来的美国朋友，他很奇怪地问我：你们中原去的人，到了这最适宜于放牧的草原上，依旧锄地播种，一家家划着小小的一方地，种植起来；真像是向土里一钻，看不到其他利用这片地的方法了。我记得我的老师史禄国先生也告诉过的，远在西伯利亚，中国人住下了，不管天气如何，还是要下些种子，试试看能不能种地 —— 这样说来，我们的民族确实和泥土分不开的了。从土里长出过光荣的历史，自然也会受到土的束缚，现在很有些飞不上天的样子。"费先生又说："农业和游牧或工业不同，它是直接取资于土地的。游牧的人可以逐水草而居，飘忽无定；做工业的人可以择地而居，迁移无碍；而种地的人却搬不动地，长在土里的庄稼行动不得，侍候庄稼的老农也因之像是半身插入了土里，土气是因为不流动而发生的。"① 费孝通先生所说，当然是就中国社会漫长的农耕史和土地依恋史而言的。在风云激荡的20世纪，虽然传统的中国社会受到各种政治因素和外来文化的强烈冲击，但中国人对土地的痴迷和眷恋之情并没有发生根本性改变。土地不仅是这个民族赖以生存的家园，更是作家艺术家反复吟咏的超级对象。应该说，土地和建立于土地之上的乡土社会，作为民族精神历史的博物馆，其独特的地位一直吸引着广大的中国作家艺术家。在20世纪的绝大多数时间里，历史悠久内蕴深厚的乡土生活为中国作家艺术家提供了似乎是取之不尽的创作资源。翻开20世纪文学史，我们发现，主要以描写乡土人生和乡土风情为核心内容的"乡土文学"，在整个世纪的文学创作史上占有相当大的比重和相当重要的位置。"乡土文学"创作所造就的优秀作家也显得数量庞大。"乡土文学"在20世纪的文学史上格外发达，原因无非是两个方面。第一，20世纪的中国社会依然是一个以"农"为主的社会，在

① 费孝通：《乡土中国·生育制度》，北京大学出版社1998年版，第6—7页。

漫长的历史阶段，超过九成的中国人口集中于地域辽阔的农村，农民的生活情景是这个国家触目可见的生活景观，乡村的思想方法和价值观念成为20世纪中国人普遍的思想方法和价值观念。农村又是20世纪中国作家最重要的培养“基地”，大量来自农村的作家对乡土具有天然的亲近感，他们的想象力、乡土情怀往往会变成对乡村的审美情感，从而以文学作品的形式表现出来。不妨来听一听乡土作家们的“心声”。20世纪20年代贵州籍的乡土小说家蹇先艾说：“我是乡下人，所以对于乡村人物也格外喜爱。”①以描写河南乡村生活而著称的20世纪30年代的小说家芦焚（师陀）说：“我是从乡下来的人，说来可怜，除却一点泥土气息，带到身边的真亦可谓空空如也。”②诗人兼散文家李广田则在题名为《地之子》的诗中高声吟唱道：“我是生自土中，来自乡间的，这大地，我的母亲，我对她有着作为人子的深情。”他在《画廊集》里又说：“我爱乡间，并爱住在乡间的人们，就是现在，虽然在这座大城里住过几年了，我几乎还是像一个乡下人一样生活着，思想着，假如我所写的东西里尚未能脱除那点乡下气，那也许就是当然的事体吧！”一直对城市的世态人情持批判态度的沈从文说：“我实在是个乡下人……乡下人照例有根深蒂固的永远是乡巴佬的性情，爱憎和哀乐自有它独特的式样，与城中人截然不同！”③第二，从文学传统来看，中国古代的抒情文学当中，有大量的对于乡村风土人情的描写，这些已有的文学资源，直接启发着作家们的创作灵感，深刻影响着我国现代以来的乡土文学的创作。我国最早的文学经典《诗经》就有非常多的篇章，对乡土生存做了真实而贴切的描绘。在《诗经·豳风·七月》这篇作品中，祖先们唱道：“七月流火，九月授衣。一之日觱发，二

① 蹇先艾：《〈乡间的悲剧〉序》，转引自赵园著作《地之子·自序》，北京大学出版社2007年版，第5页。

② 芦焚：《〈黄花苔〉序》，转引自赵园著作《地之子·自序》，北京大学出版社2007年版，第5页。

③ 沈从文：《习作选集代序》，见《沈从文选集》（第五卷），四川人民出版社1983年版，第229页。

之日栗烈，无衣无褐，何以卒岁。三之日于耜，四之日举趾，同我妇子，馌彼南亩，田畯至喜。”对气候的变化，对艰辛的劳动生活以及彼时心情的状绘，深切而感人。在成就辉煌的唐宋诗词当中，文人雅士们对乡土风情的吟咏更加动人。山水田园派诗人孟浩然在《过故人庄》中吟唱：“故人具鸡黍，邀我至田家。绿树村边合，青山郭外斜。开轩面场圃，把酒话桑麻。待到重阳日，还来就菊花。”其在乡村故人之家受到款待时的欣喜愉快之情溢于言表。而有心杀敌、无力报国的辛弃疾，虽壮志难酬，但长期居于乡村，对乡村的风物景象还是了然于心、喜悦于心的。他在一首乡村夜景诗中描写道：“明月别枝惊鹊，清风半夜鸣蝉。稻花香里说丰年，听取蛙声一片。七八个星天外，两三点雨山前。旧时茅店社林边，路转溪桥忽见。”（《西江月·夜行黄沙道中》）乡村夜晚的优美、清新之态，跃然纸上。自然，中国古代文学对于乡村生活的描写也不完全都是诗意的、柔曼的。乡村生活的残酷性也会时时闯入作家的眼帘，撞击他们的心扉。唐代诗人李绅就在《悯农二首》中唱道：“春种一粒粟，秋收万颗籽，四海无闲田，农夫犹饿死！”宋代大诗人范成大也在《四时田园杂兴》诗中对官府的大肆盘剥百姓进行过愤怒的声讨。① 这样说来，当20世纪的中国作家在描写乡土风物和乡土人生的时候，实际上他们是受到两种中国古代文学传统影响的：一种是从乡土生活当中汲取动人的诗意，并优美地展示出来；另一种则是以悲悯的目光，在乡土人生当中发现苦难与不公，客观而冷峻地表现出来。

宁夏回族自治区是地处我国西北部的一个远离海洋的内陆省区，属于典型的西部农牧业省份。从地形地貌和自然条件来看，全区6.64万平方公里的土地上可以划分为三个区域：北部是以宁夏平原为主的黄河水自流灌

---

① 最典型的一首诗是这样四句：“采菱辛苦废犁锄，血指流丹鬼质枯。无力买田聊种水，近来湖面亦收租！”

溉区域，秦汉以来，便是农耕地区，自古便有“塞上江南”之美誉[1]；中部为干旱区、半干旱区，以农耕生活为主，有些许牧业；南部为黄土高原上的丘陵地带，近几十年来，雨水稀少，风大沙多，耕种不易，是靠天吃饭的地方，人称“苦甲天下”。宁夏回族自治区成立于1958年，在自治区成立之前，宁夏是没有所谓现代工业可言的。20世纪40年代，西北军阀马鸿逵主政宁夏的时候，马公馆所用的照明电，是靠一台晚清慈禧太后宫中淘汰下来的发电机发出来的。1958年之后，宁夏虽逐渐地迈入现代工业化社会，但是，地域的偏远和现代经济、文化、教育基础的异常薄弱，加上国家总体经济运行的不成熟性，都使得宁夏社会的总体面貌更多农业社会的色彩而少现代工业化社会的特点。一句话，直到改革开放风起云涌的20世纪80年代，宁夏的大部分地区还处于生产力水平低下、现代思想和意识非常稀薄的传统农业社会当中。应该说，宁夏的文学就是在这样的经济和文化环境当中逐渐生长起来的，宁夏的作家也是在这样的历史传统和现实情境的深刻影响和制约下形成自己的创作视野和胸怀的。

生活于中国最不发达的地区，自小与无边黄土、漫漫风沙、牛马羊驼为伴，日日目睹“狗吠深巷中，鸡鸣桑树颠”的乡村景观，这样的人生经历，深刻地塑造和决定了宁夏青年作家们的精神价值取向和审美心理。因此，当我们看到“土地”与“乡村”是迄今为止宁夏青年作家最乐于描写的生活对象和生活内容时，我们丝毫也不应该感到奇怪。换句话说，当我们遍翻宁夏青年作家的小说、诗歌、散文作品之时，会发现：“乡土性”是他们的创作最为显著和鲜明的标识。像现代以来所有的来自中国乡村的作家一样，宁夏青年作家们对“生我养我”的故乡从来都是深情款款的。来自阿拉善草原的漠月说：“在我生命的最初记忆里，出生地留给我的印象是美好的，有着田园诗般的宁静和安详。每逢夏秋时节，艾莱山下青草

① 唐代韦蟾《送卢潘尚书之灵武》诗曰：“贺兰山下果园成，塞北江南旧有名。水木万家朱户暗，弓刀千户铁衣鸣。心源落落堪为将，胆气堂堂合用兵。却使六蕃诸子弟，马前不信是书生。”

茫茫，像一面巨大的绿色的地毯；南边则是一眼望不到头的沙漠，沙漠里长满了高大的梭梭和葳蕤的白茨，有的地方连骆驼和羊都穿不过去。我跟着在家的哥和姐，去挖苁蓉挖锁阳捡柴火，或者放牧驼群……我想说的是，出生地和儿时的经历，尤其对于作家和诗人很重要，决定着写作的情感因素和精神向度。”① 从小生活于宁夏同心县清水河畔的李进祥在接受一位评论家的访谈时说：“我是土生土长的宁夏南部人，这里有着永远望不尽的连绵起伏的黄土丘陵和无尽的风沙。多少年来，我的祖先就生活在这里，如今，我也生活在这里。只是，我现在寄寓的县城离老家有二十多公里的路程。然而，我始终觉得有根精神的脐带连着我和老家。故乡一直不远不近地默守在那里，所以我没有四海漂泊疲惫不堪的游子那种强烈的思乡情绪。我就在故乡的附近守候着，有些胆战心惊地看着它，看一条清水河因为一个小造纸厂的建设而变黑变臭，看窑洞变成了房子，土房子变砖房子，砖房子变瓷片房子，房子越来越高，却越来越空。看一群我小时候就是老人的老人，现在还是老人，看一群和我同龄的人，现在大多不知道了去向；看一茬茬小孩子又在长大，我能凭相貌看出他们是谁家的孩子，但我不知道他们的名字，也不知道他们在想些什么。我的故乡在我眼皮底下变得渐渐陌生。我始终在想当然地描写着我的故乡，我以为那是我真的故乡。”② 出生于20世纪80年代的马金莲在谈及自己的小说创作时也说：“都是关于村庄的。写作灵感的源头，就是我最初生活的那个村庄。今后的写作，还是围绕村庄。只要村庄屹立在大地上，生活没有枯竭，写作的灵感就不会枯竭。”③

乡土生活和童年记忆是如此强大地在一种并非自觉的状态下植入了青年作家们的心灵深处，这使他们最初的写作几乎都走上了一条个人精

① 漠月：《锁阳·后记》，宁夏人民出版社2004年版，第274页。

② 郎伟 李进祥：《用一颗悲悯的心去感受和描写世界》，《回族文学》2006年第4期。

③ 马金莲：《前方的幸福》，见马金莲《父亲的雪》，宁夏人民出版社2010年版，第343页。

神和情感的“返乡”之路——这几乎是所有来自乡村的创作家的“规定路径”。不妨来听听小说家莫言和散文家周同宾所说的两段话。莫言说：“作家的创作，其实也是一个凭借着对故乡气味的回忆，寻找故乡的过程。”[①] 散文家周同宾说：“写作就是回老家，就是亲近故土亲人。”[②] 无论是石舒清的处女作《故里》，还是陈继明的成名作《村子》，抑或是张学东的处女作《蚂蚁搬家》[③]，宁夏青年作家们无一例外地将文学写作的“初吻”献给了乡村。而且，初入文坛时的吟唱乡村之曲受到好评和鼓励，又在某种程度上激发了年轻的创作家们更大的描写乡村的热情。以石舒清为例，1988年至今，近30年间，在他所发表的数百篇小说中，百分之九十的作品是属于乡土题材的，其他题材的作品，包括所谓城市题材作品，只占其创作的百分之十左右。宁夏青年作家所提供的乡土题材的小说、散文、诗歌，不仅数量多，而且质量高。在已经颁发的中国作协主办的六届鲁迅文学奖短篇小说评奖当中，宁夏青年作家石舒清、郭文斌榜上有名，其获奖作品《清水里的刀子》《吉祥如意》皆是书写乡土人生的。从1994年到2016年二十二年间，宁夏共有六位青年作家的小说集和散文集入选“21世纪文学之星”丛书，除马宇桢的小说集《季节深处》当中所收篇目是以城市青年的生活与情感为描写内容，其他五位作家石舒清（《苦土》）、陈继明（《寂静与芬芳》）、张学东（《跪乳时期的羊》）、了一容（《挂在月光中的铜汤瓶》）、刘汉斌（《草木和恩典》）的小说集和散文集中，其主要篇幅都是描写西北乡村的田野风物和乡土人的命运变幻、心灵波澜的。应该说，这十多年来，宁夏青年作家们确实以他们别具特色的创作，不仅为20世纪90年代以来的宁夏文学，也为新世纪以来的中国文学提供了新鲜而动人的文学话语，其价值和意义不容低估。

---

① 莫言：《小说的气味》，《天涯》2002年第2期。

② 周同宾：《古典的原野·自序》，人民文学出版社2002年版。

③ 《故里》，发表于《回族文学》1988年第3期；《村子》发表于《朔方》1991年第3期；《蚂蚁搬家》发表于《朔方》1999年第9期。

但是，在探讨宁夏青年作家出色的乡土书写时，我们也不能不注意到这样一个悖论性现象：一方面，深厚的乡土生活经历为宁夏青年作家群提供了最大的写作素材和创作源泉。举凡乡土社会的历史变迁，农民的生活苦难，西北乡村社会特殊的宗教氛围、底层人民的婚丧嫁娶等宏观或微观的生存场景，几乎都可以在宁夏青年作家所创作的乡土文学当中寻找得到；另一方面，乡土社会生活以及构筑于这种生活之上的价值观念所具有的某种封闭性、保守性、滞后性又极大地限制了作家们的思想视野，影响了他们看待世界评价生活的眼光，妨碍了他们对中国社会做更深入的透视和发现。在一些宁夏青年作家的创作中，站在乡村立场上来激烈地批评和指斥城市社会，成为颇有影响力的思想倾向。在石舒清的小说中，尤其是在他近几年所发表的一些以父辈那一代人的乡土人生作为描写对象的作品中，比如发表于2008年的那组题名为《父亲讲的故事》中，石舒清借父亲的"说古今"，实际上表达的是对当今社会现实的困惑之情。在李进祥的小说创作中，站在乡村的立场上来质疑当前城市生活的正当性这样的思想倾向性更加强烈。《屠户》描写农民马万山带着儿子由农村来到县城，准备通过辛苦和努力，在县城谋得一席生存之地。结果，由于城市的诡诈和一头牛的发疯（牛在乡村里是温驯的动物，却在城市里发了疯），马万山只在城市里为儿子找到了一块坟地。《换水》里的一对农村青年男女马清和杨洁，怀着一腔梦想来到城市，最终却带着城市所给予的身体的伤和心灵的痛，黯然回归家乡。河湾村一向生活安静，人心颇古，但自从来自县城的"南方猴"树起"买卖大旗"，大肆收购蝎子之后，河湾村不仅原有的生活秩序和节奏被搞得彻底乱了套，而且河湾村一村人的人心一夜之间竟变得异常险恶。(《遍地毒蝎》)在如此的乡村故事的描述中，乡村人本来生活得贫穷而安宁，虽日子实在过得艰难，但也古风犹存，父慈子孝。可是，城里人的到来，或者农民们耐不住乡土的贫穷和寂寞进了城，只要上述两件事情发生，生活当中必定会有灾祸如影随形般来到。不能否认，李进祥那些描写当前农民生活的作品是充满着深厚的人道主义情怀的，是力图通过文学的手段，为底层人民的不幸命运“鼓与呼”的。然而，只是在文学作品当中简单地把“城与乡”人为地对立起来，甚至很牵强地认为城市是一切罪恶发生的策源地，这样的思想判断和文学描述，可能就显得异常片面和狭窄了。当着中国的城与乡都在发生着历史性巨变的时刻，当这个年代异常复杂的生活景象和深层律动对作家的思想能力形成强大的冲击和考验的时候，如何以一种清明的理性认识和把握现实，尤其是如何认识城与乡的复杂关系，而不是简单地把城乡对立起来，这样的文学思想力问题，不仅是摆在李进祥面前，也是摆在不少宁夏青年作家面前的亟待解决的重要思想艺术课题。

文化视野的狭窄性

宁夏青年作家群是一个生长于西北边鄙之地，自小与乡土社会以及西北黄土地上的贫瘠与苦难相伴相随的创作群体。黄土地上的乡村社会为他们提供了个人成长过程中的一切生活资源、情感资源和思想资源，既哺育了他们的身体成长也培养了他们的精神世界。因此，当我们论及宁夏青年作家群的创作特征时，我们将不能不注意到他们精神世界当中的“乡土性”因素。这种精神世界的“乡土性”因素自然为他们的文学创作带来了诸多的审美益处，比如对乡土生活的熟稔带来了作品叙事的异常真实性（包括大量的生活细节的真实性）；对乡土社会的痴情眷恋带来了作品特别的情感深度，增强了文学作品的感染力；与朴素的乡土社会相对应，艺术描写手段的传统与古典又使得作品容易营造单纯明朗的“诗的气氛”等等。然而，中国西北乡村物质生活长时期的极度匮乏和精神生活的极端稀少，作家长时期处于社会底层的坎坷与奋斗经历，包括“乡土性”当中天然带有的一些思想和观念的弱点，上述几个方面，实际上对宁夏青年作家群的创作都构成了相当严重的制约性力量。我们应该承认，与由现代社会的大工业化背景和环境下的人类生活与精神实践所培育的“现代性”相比，由传统的农业社会所孕育的“乡土性”，在观念构成和思想方法上确实存在着一些相当明显的缺陷。第一，乡土性社会经验在许多时候培育的是一种实用主义价值观和非全局性观念。因为在自然经济条件下，个体性生活和劳动是最基本的生存方式和生活经验，交通和通信又处于非常落后简陋的自然状态，所以生活于乡土性社会当中的人们只愿意相信眼前的看得见、摸得着的实在事物和“局部的经验”，而不太愿意去建构生活的大局观和宽阔的人生视野。在乡土社会，一个稍微有点知识和学问的人，如果不去解决生活的眼前实际问题而只是遥想与乡村不沾边的事，这样的人会被乡亲们视作十足的“废物”。第二，乡土性社会常常培养固执和片面的思想方法。因为个人在局部范围内的一些成功（比如在一块地里种出了好庄稼），就固执地认为狭窄天地里的经验适用于所有领域，从而忽视汲取新的思想营养和他人的成功经验。对许多宁夏青年作家来说，因为他们精神世界当中“乡土性”因素带有非自觉性（他们是被乡土社会的大海“泡”大的）和持久性，当这种因素转化为艺术思维时，对其创作的严重制约就会非常明显地表现出来，从而构成了他们创作当中的一些显著的缺陷。

其一，宁夏青年作家的创作题材呈现出单调和狭窄的特征。从感知生活和描写生活的广度而言，相当多的宁夏青年作家的创作显现着单调性、狭窄性特征。他们对“过去的乡村”注目甚多而对城市和其他生活领域关注甚少。

在许多宁夏青年作家创作的作品中，乡土生活似乎成了“永远的”创作母题。他们总是喜欢在小说中不厌其详地讲述乡村故事，多角度、多侧面地叙述童年时代所经历的人生世相，而且通常是20世纪六七十年代的乡村人事。有的由乡村走进城市的创作家甚至抱怨说：长时间住在城市里，渐渐地会什么也写不出。只有回到乡下，感受了熟悉的“地气”与“人气”，才能使创作灵感“苏醒”。当然，我们应该尊重作家们创作中的题材选择。对于创作者来说，写乡土还是写城市或者描写别的人间生活是他们的自由。文学史上的创作实践早已经证明：题材并不一定成为创作出好小说的唯一决定因素。我的疑问是：当许多年轻的作家，生命尚未进入老境就已经靠不停地“回忆”来支撑自己的创作，那么，将来的岁月呢？是否担心有“回忆”枯竭创作难以为继的那一天呢？问题的严重性还在于，一些青年创作家由于已经进入城市生活和工作多年，对目前的乡村生活缺乏深入的人生体验，对新世纪以来正在发生着深刻变化的西北农村和农民的命运无法感同身受。因此，除了陈继明、李进祥等作家对“农民工”进城的遭遇有过文学描写（《途中的爱情》《粉刷工吉祥》《换水》）之外，大多数作家对城市化进程当中农民的悲欢离合多数时候是隔膜的。由于隔膜，便不敢描写；由于某些话题（比如农村基层干部形象的复杂性）具有尖锐性，便一味回避。因此，宁夏作家的乡土故事许多时候就丢掉了新鲜感和现场感，常常让人生出“熟悉的地方没有风景”的感叹。应该承认，正在变得越来越复杂的城市人的生活和命运，在宁夏青年作家的笔下也时有反映。遗憾的是，这些比较罕见的“城市小说”普遍创作得粗疏、张皇。与描写乡村生活的得心应手相比，宁夏青年作家们对城市生活无法达到深度进入的状态。感情上不能够贴心贴肺，书写起来自然是雾里看花，甚至不得其门而入。这样的创作缺陷直接妨碍着宁夏文学的未来走向，所以不能不引起高度重视。

其二，由于乡土社会思想中的保守性和排他性因素的渗透，造成了许多作家思想视野和观念形态的狭窄性和封闭性。当这种狭窄性和封闭性成为一种创作思想时，社会生活的全面性和有机联系性就被作家们有意无意地忽略了，写作当中的大视野和前瞻性也就付之阙如。这直接导致许多作品的思想厚度不够，穿透力钝化。

许多宁夏青年作家喜欢描写古老乡村的诗情和画意，这没有错。但是，古老的诗情如果已经被汹涌而来的世俗的激情淹没，是继续诗意的玄想，还是勇敢地面对芜杂而诗意顿失的生活？这既是对作家创作勇气的磨砺，也是对作家思想素质的考验。因为，面对复杂的生活，优秀的作家们必须拥有识破和穿透的能力。你的视野不开阔，对中国的历史与现状思考不深入，对社会生活的全面性和有机联系性视若无睹，以为描写乡村只要熟悉乡土就够了，那么，你的乡土小说的思想成色便大可怀疑。我的意思是，一个卓越的创作家对生活必须有全面的甚至是精确的感知与了解，你写乡土生活，但思想素质必须是现代的、超前的，与时俱进的。鲁迅创作的乡土小说的不朽来源于他的先进的知识分子的思想底色。尤其是处于全球化信息化的年代，作家和所有普通人一样，实际上每天都在感受着生活的致命诱惑和难言的重压。这个时代，城市与乡村的联系比之过去应该说更加紧密了。今日都市里繁华闹市的霓虹灯影、火树银花，不正是与无数乡村寂静的夜晚和微弱的灯火，互为因果，密切相关吗？客观地说，中国的乡村与城市从来都是唇齿相依、祸福与共的。近代以来，中国乡村的动荡与波澜，哪一次没有深刻地触及城市的生活神经？因此，20世纪那些最优秀的中国作家皆是既懂得农民心灵，又深知城市性格的。鲁迅自不必说，单说茅盾的“农村三部曲”以及新时期早期高晓声等人的“乡土小说”，哪一篇不是站在时代所提供的可能高度，视野宽广地描写农民问题的？所以说，无论是描摹乡土还是书写城市，如果只熟悉一种生活领域而不清楚其他生活秘密，都会对你的“乡土文学（或者城市文学）”构成严重的伤害。因为你的小说的思想天地是封闭型的，你所描写的生活是孤立无援的，它与更广阔丰富的世界缺乏应有的沟通和联系。你所提供的艺术世界只是一个物体的真实的投影，可是造成投影的光源何在，亮色与暗影究竟构成了怎样的对比关系？地域的小河如何与时代的汪洋大海水流相通、声气相求？我们都不知道！ 20世纪90年代以来，内地文坛的乡土小说创作陷入困境，很大程度上是因为作家们视野不开阔，思想封闭和狭窄所导致。作为新世纪以来中国内地乡土小说的一支主要创作力量，宁夏青年作家的这一写作缺陷已经成为某种文学标本，并足以引发文学界更多的思索。

宁夏青年作家在写作中缺乏人生大视野和思想力钝化问题，从他们的长篇小说的创作中亦可明显看出。众所周知，长篇小说是一种与生活的复杂性和丰富性相对应的文体，是一种被期待着不仅可以视野宽广地记录人类真实无比的生存经验，而且能够永远深入地传达人类的激情、向往、恐惧、痛楚、忧伤等等不可视的内心生活的绝佳文体。意大利作家卡尔维诺认为：长篇小说应该是“一种百科全书，一种求知方法，尤其是世界上各种事件、人物和事务之间的一种关系网。是一种繁复的文本”。(《未来千年文学备忘录》) 简单说，长篇小说作为一种文学创作的尖端文体，不仅需要提供人类生活的全部丰富性和复杂性，而且更应该具有足够的穿透人类生存的大气磅礴的思想勇气和智慧力量。以这样的长篇小说的“高端性”来衡量宁夏青年作家的长篇小说创作，有时会生出一些沮丧之情。仔细盘点一下新世纪前后宁夏青年作家群所创作和出版的长篇小说，坦白地讲，数量应属可观①。然而，如果我们深入地追究一下这些作品的思想尖锐度和智慧容量，往往会感觉到某种失望。石舒清的《底片》，是由一系列的村庄的日常小故事连缀成篇的，文体上更近似于中、短篇小说的集合，感情是一以贯之的，思想和智慧却看不出有新的突进与超越。陈继明的《一人一个天堂》和张学东的《妙音鸟》是涉笔“文革”的作品，可以感觉到作者有“大”想法，想通过中国社会具体的历史事件来透视人类生存的荒谬感和人性的复杂难言，但是由于具体的人生故事与“大”想法不能水乳交融，就使得作品力图追求的思想和艺术目标难以实现。长篇小说的缺乏大视野和思想力钝化问题，一直是长期困扰中国创作界的一个思想和艺术课题。宁夏的某些青年作家似乎意识到了创作界的这一难题，也试图解决它，然而，由于人生阅历和修养的未臻化境，也由于文化视野的狭

---

① 新世纪以来，宁夏青年作家已经创作和出版长篇小说十余部，比较知名的作品有：石舒清：《底片》，原载《十月·长篇小说》2006年第4卷；陈继明：《途中的爱情》，漓江出版社2003年版，《一人一个天堂》，花城出版社2006年版，《百鸟朝凤》，原载《十月·长篇小说》2008年第3卷；张学东：《西北往事》，河南文艺出版社2007年版，《妙音鸟》，作家出版社2008年版，《超低空滑翔》，上海文艺出版社2009年版；季栋梁：《奔命》，原载《十月·长篇小说》2007年第1卷，《上庄记》，北京十月文艺出版社2014年版；李进祥：《孤独成双》，宁夏人民出版社2003年版；马金莲：《马兰花开》，宁夏教育出版社2014年版。

窄性，“翻越大山”的愿望一时还难以实现。

其三，文化视野的狭窄性，还表现为在“怎样写”的问题上固执成法，不敢开创新路，从而使相当多的作品艺术面貌非常单调，无灵动之态。遍翻宁夏青年作家群的小说和散文创作，不仅题材显得异常集中（百分之九十是描写乡土或为乡土唱恋歌的），而且艺术面貌也时常相同。许多作家是从乡村走出来的，刚刚进入文坛时，他们的作品是以写实的面貌出现的。而且，写实的作品当时还帮助他们赢得了良好的声誉。多少年后，当我们再读他们的作品时，感觉艺术风格和面貌几乎没有什么大的变化。许多宁夏青年作家总是把对多种艺术描写方式的追求和试验视为艺术的畏途。因此，对变形的、夸张的、象征的、寓言的艺术方式并不敢放胆使用，加上乡土题材的集中性，以至于不少外地的评论家论及宁夏青年作家的创作时，常常会非常惊人地评论道：宁夏作家写得太相似了。显然，从启动艺术的灵动思维，打开看待生活、观赏世界的新窗户这一角度而言，宁夏青年作家群还有相当漫长的一段艺术之路需要跋涉。在全球化的背景之下，如何在坚守写实主义传统与虚心学习20世纪西方现代文学经验之间，找到一条可以走得通的道路，是摆在宁夏青年作家面前必须解决的艺术难题。创作家的角色就是这样，他就是东方古老传说中的那只不死之鸟，生命的华美和芬芳完全取决于一次又一次投入大火的勇气。投入了，便浴火重生，成为翱翔于天宇的凤凰；不投入，便低飞于草莽，变成一只居于人间屋檐之下的凡鸟。

2010年6月 — 2017年5月

2020年宁夏小说创作发展报告[①]

一、总体印象：波澜不惊

2020年的宁夏小说创作态势，可用“波澜不惊”四个字来形容。从小说创作队伍的地理空间分布而言，基本上沿袭着此前若干年已经形成了的既有版图。银川地区的作家、石嘴山地区的作家加上西海固地区的作家，基本上构成了宁夏小说创作团队的主要骨架。从年龄层次看，活跃在2020年宁夏文坛的小说家，包括已经成名的石舒清、漠月、马金莲、张学东、韩银梅、阿舍、吟泠等，大多数写作者都是“60后”和“70后”作家，“80后”写作者很少（石嘴山的祁亚江是其一），“90后”作者在宁夏文坛几乎身影难觅。从作家的性别构成而言，女性小说家的比例并没有明显低于男性作家。就小说创作的总体数量而言，长篇小说因为文体特别，生活沉淀、思想掘进和艺术探索的难度很大，数量历来不高，本年度也是如此。中篇小说，生活的繁复度和艺术品质同样要求高，今年数量也是屈指可数。要知道，诺贝尔文学奖获得者莫言，20世纪80年代中期，在他创作精力最为旺盛的时期，一年当中也不过发表四部中篇小说。短篇小说创作，一向是宁夏作家的强项。今年的创作数量，不算少，但也不能

① 本文收入宁夏社会科学院编《宁夏文化发展报告（2021）》一书，宁夏人民出版社2020年版。

言多。从小说所展示的生活领域来看，乡土社会的复杂人生与命运悲欢依然构成宁夏小说家最为关注和最为集中的书写范围。稍微给人一点惊喜感觉的是，女作家计虹等人的出现，使宁夏的城市文学有了一些新的取材视野和描写眼光。除了乡土和城市，宁夏作家对其他可以涉足的文学审美空间（比如说科幻题材）似乎兴趣不大，或者说意识上和行动上还有着某种迟疑和徘徊。就2020年宁夏作家所发表的小说作品的质量而言，可称“差强人意”。石舒清的长篇小说《地动》和张学东的长篇小说《家犬往事》是引起比较大的文学关注的作品，马金莲的中、短篇小说发表后，也还具有相当的全国影响力。宁夏其他作家的小说作品，大多数时候，主要刊载于本地三家传统刊物《朔方》《黄河文学》和《六盘山》。相对而言，我们所听到的读者的阅读反响，可能多局限于本地文学圈。基于上述所言及的各项文学事实，我们对2020年度宁夏小说创作发展趋势的基本判断是：波澜不惊。

二、值得特别推荐的作家和作品

石舒清前几年因为身体原因和创作的自然间歇，一直处于调整期。近三年来，石舒清“重出江湖”，发表了一系列被众多文坛人士称道的作品。今年，是海原大地震100周年。石舒清回望故乡百年之前的空前劫难，以一支纤细悲哀之笔，创作了长篇小说《地动》。小说从地震前后当地百姓的日常生活入手，真切地记述了灾难发生前后生存于西北一座小县城的百姓们的悲欢离合和生死瞬间。虽然早就远离了这段惨痛历史的真实现场，虽然一般人此生也很难经历山崩地裂、一切湮没的末日骇人景象，但我们读《地动》，依然感觉到了灾难的恐怖和人类的无助；同时，作品所提供的人与命运抗争的真实故事，也清楚地表明：人类毕竟不同于地球上普通而寻常的动物们，“不屈不挠”的精神不仅是人与诸般动物鲜明区别的标志，更是人类能够战胜千难万险直至永生的奥秘所在。从艺术上说，《地动》兼具非虚构文学作品和个人史文献的写实品相，既是当前“灾难文学”书写的一次大胆尝试和创新，也是石舒清创作沉淀数年之后有意的风格转型。石舒清过去的小说创作，因着年龄和时代的原因，总是流淌着一种“青春期”的诗情和诗意，无论是《清水里的刀子》，还是《果院》，无论是《浮世》，还是《小米媳妇》，石舒清的小说在叙事当中，都会情不自禁地注入一种抒情性话语或者氛围。然而，自写作小说《九案》之后，石舒清有意探索着实施一些艺术新变化：他的短篇小说比之以前写的篇幅更短了，笔墨更节制了，创作主体的情感也更收敛了；他更愿意向以《世说新语》《聊斋志异》等为代表的中国古典文言短篇小说学习，试图以平淡的笔墨写出最深刻的喜悦和悲哀。上述的艺术变化，毫无疑问都在《地动》这部结构特别的长篇小说当中呈现出来了。张学东是宁夏“70后”一代作家中创作精力最为旺盛的作家。他本年度出版的长篇小说《家犬往事》饱含着一个父亲对女儿深沉的爱。这部长篇小说借助动物的独特身份和视角，用两条家犬串联起几个家庭的命运浮沉，以一种孩子们更容易接受的方式，将一段特殊历史带给人们的普遍影响转化为历史对各个家庭以及孩子们成长的影响。从孩童的能力、成长需要出发，向作为被描写对象和读者的儿童靠近，向心灵中那个童年的自我顺应。在尊重历史尺度的同时，进行着不忘历史、珍惜今天的心灵教育。由于小说里注入了一个父亲的仁慈和爱，使得作品的语言读上去清新温婉而又老练有力。既有童话的亲切诱人，又有历史的厚重感。

我们已经反复言说过，宁夏地处祖国西北内陆，历史上是中原农耕文化和北方游牧文化交流和碰撞的地方。因了地理位置和历史的原因，宁夏的前现代社会特征十分显著，现代性社会一直处于比较缓慢的构建当中。也因此，宁夏的作家大多来自乡土社会，他们对乡土社会的熟稔、痴情和眷恋情感，远远超出一般人的想象。黄河水深，黄土地厚，不仅是大多数宁夏作家的思想情感认知，也是他们的审美焦点所在。翻阅2020年的宁夏小说，不出所料，乡土题材的小说数量最多。从马金莲的众多作品到解怀福的《两块月饼》，从李继林的“乡村系列”（《叫魂》《乡村少年》《可疑者》）到郭乔的《磨刀子的人》，乡土社会当中所发生的一切俗人俗事，皆成为小说家的取材对象。在诸多描写乡土人生的小说之中，谢怀福的《两块月饼》以月饼为契机将根植于前现代土壤上的伦理规范和道德价值落实到生活当中，故事简洁，情感却很丰厚。李继林的《叫魂》是一篇颇富感染力的作品。小说以城里人安玲因一桩凶杀案而陷入失眠病症为叙事触发点，步步为营地叙述了安玲如何由坚决抗拒到最终融入乡村古老的“叫魂”活动的过程。起初，安玲无法将自己融入素来就排斥的陌生的乡村环境，时时抗拒着与公婆和村里人的接触。但是在“叫魂”的准备过程中，安玲渐渐被朴实热心的村民和慈爱的公婆所感化，迷茫的灵魂也在静穆的乡村烟火气中安定下来，不再失眠，也不再害怕。阅读小说我们发现：与其说是乡村的古老仪式“叫魂”起到了作用，倒不如说是乡村的祥和与邻里间的亲切温暖治愈了一颗在城市中漂泊不安的心灵。在婆婆与村民灵性的呼唤声中，不仅氤氲着作者浓得化不开的乡思，也饱含着作者对温暖人情回归的呼唤。其他的乡村题材的小说，如火仲舫的《夯歌》、杨军民的《照天镜》、苏子的《柳镇往事》、陈勇的《母亲走新疆》、董永红的《桂珍》等，所描写的乡村生活领域虽然各不相同，人物形象或清晰或朦胧，表达的情感却是一致的，那就是：古老的乡村人事正在逐渐地退向历史深处，然而，那些曾经支撑过人类顽强地生存下来的古老而圣洁的道义精神却宛若天边的那弯新月，永远熠熠生辉、光耀人间。

2020年的宁夏小说创作实践中，一向比较萧索的城市文学创作，因为一些作家作品的加入，而平添几分令人振奋的气象。首先，我们要谈到银川女作家计虹的创作。本年度，计虹出版了中短篇小说集《刚需房》。这部小说集共收入计虹近年创作的中短篇小说13篇（2018年计虹才发表了小说处女作），内容基本上是“大城故事”和“小城人生”。无论是北漂南下者的生活与命运，还是小城人的家长里短，计虹皆能从容道来，行文摇曳生姿。我们认为，计虹的小说创作，将宁夏城市文学的题材领域用力扩大了一些，使长期停滞的宁夏城市叙事文学有了新的进展。她的小说温暖、贴心、提气，她似乎不太忍心让生活的阴暗、冰冷和残酷过于凶悍地冲撞读者，她所构造的故事里的人性大多是善良、质朴的，人的命运可能会有波折、有动荡，但最终总会峰回路转、柳暗花明。计虹小说也显示了相当良好的叙事能力，节奏的把握比较老到，语言表述温和而不失幽默，人物刻画也还到位，写实的基本功力比较强大。当然，计虹的小说也还存在着一些必须克服的创作弱点：在小说气氛的营造上，在象征性意象的经营上，在小说细节的精心设计上，在人物心理更为强劲的深度刻画上，她还需要深入思索、细细打磨。

论及本年度宁夏的城市小说，朱敏的作品《三重奏》和《老聂》值得重点关注。中篇小说《三重奏》围绕春玲父亲的出走和罹病回归展开叙述，在纷扰不宁的生活本相的原生态呈现中，既还原了消费主义时代市民阶层人性的真实面貌，也赞颂了普通人根植于内心良知的善美情怀。而老聂这一浑身透着迂腐却心地善良的人物的出现，则为本年度宁夏城市小说提供了一个值得玩味的文学形象。同样，木沙的小说《异人》也是今年宁夏城市小说创作中不能不引人格外注目的作品。“异人”单（shàn）元上识天文、下知地理，开口便言阴阳五行、河图洛书、八卦术数、五运六气，实是城市社会的一奇人异士。只是，他能惊人地预测陌生人的命运，自己却命蹇运乖，几番跌入人生谷底。然而，单元在一系列意想不到的挫折和逆境中，总是能够及时调整心态，随遇而安。我们的解读是，《异人》不仅是本年度宁夏城市小说当中独出机杼的作品，也是一篇洋溢着浓厚的中国传统文化精神的小说。本年度值得一读的城市小说精品还有：马金莲的《听众》、吟泠的《阿长》、白云天的《背景音乐》、水禾的《坐过站》、韩银梅的《你去了哪里？》、竹青的《有一种幸福叫寂寞》、宋希元的《无花果》、杨子的《下午场的舞》和冯平的《杳无踪影》等。这九篇小说，或讲述都市婚恋故事，或状绘都市老年人孤独无助生活，或描摹发生于城市社会各阶层的生活图景，所有作品，皆是飞速旋转的城市生活的写真，亦是宁夏城市文学版图的有力拓展。

随着老一代作家的淡出文坛，最近几年，宁夏的小说创作领域，尤其是中短篇小说创作园地，历史题材的作品相当稀少。王佩飞生于20世纪50年代，其成长年代恰是《红旗谱》《红岩》《林海雪原》《苦菜花》《野火春风斗古城》等“革命英雄传奇”小说大行其道之时。耳濡目染之际，他也培养了文学的基本审美趣味。本年度他发表的小说《子牙村》和《守望》，以20世纪30年代至40年代发生于故乡洪泽湖畔的革命斗争历史为素材，既揭示了当年革命者奋斗的不易，也真切展现了共产党人为民请命、不怕牺牲的崇高信念和无私品德。这样的创作主旨和趣味寻找，在文学过度关注“小我”的今日，显然有着不凡的价值所在。

本节的最后，我们要提及一位长期工作于铁路公安系统的业余作者任建国。这位作家创作有年，已经出版小说及散文作品数部。本年度一个偶然的机会，我们读到任建国的作品。他出版于2020年的刑侦长篇小说《三英行》和中短篇小说集《龙族》，其取材对象与本年度宁夏其他小说家迥然有异，笔涉公安系统的生活和警界之风云。就题材的新鲜度而言，值得诸位文学界朋友倾情关注。

三、宁夏小说创作面临的问题

第一，阅读本年度宁夏小说中的乡土题材作品，常常会发现：宁夏作家在描写乡土生活时，往往扮演着一种乡土歌颂者的角色。作家们将传统乡村社会道德化，立足于前现代的土壤对现代性呈现出一种排斥和怀疑的态度，通过两种文化氛围的对比和反差，以一种二元对立的叙述模式来阐述两种迥然不同的文化心理。这样的叙述方式自然有其合理性：观照现代文明侵蚀下的精神隐忧及传统文化的失落当然是作家的责任感使然。但这种叙述模式同时也遮蔽了社会问题的多样性，模糊了复杂的价值判断。再者，在作家的笔下，青年人多以一种对传统道德观念背离的形象出现，现代文明也往往带有恶的特质，这种一概而论的写法是否能覆盖现代文明影响下新一代人的全貌，这样形式单一的作品如何提供给读者宽阔的、新鲜的视野，这是许多宁夏作家需要详加考虑的问题。

第二，除了个别作家之外，大部分创作者对小说的文体意识缺乏足够清晰的认知。以短篇小说为例，胡适先生在《论短篇小说》一文中对短篇小说有一个明确的界定：“用最经济的文学手段，描写事实中最精彩的一段或一方面，而使之能充分满意的文章。”然而，纵观本年度的宁夏短篇小说，大有越写越长的趋势，力求精简的佳构所见无多，且结构、节奏、语言等方面，都有些许问题，包括作为小说核心艺术的人物形象，即使用了大幅笔墨来铺陈，面目也依旧显得比较模糊，而鲁迅先生在《狂人日记》中仅一句“赵家的狗何以多看我两眼呢?”就将人物立起来了。再者，虽说宁夏作家对于生活的热切关注与细腻的观察是毋庸置疑的，但是在进行创作时，大部分作家选择用一种新闻记者的角度来书写社会问题和身边的人事，将处理个人生活经验等同于小说创作对生活场景的再现，然而小说不同于新闻稿，除却对现实的描摹之外，小说还需要有一种深广的精神向度，在展示生活的同时可以提供给读者丰沃的思想滋养，显示人性的广泛内容。如何在有节制的篇幅内表现丰赡厚实的内蕴，显然也是宁夏作家亟待解决的思想艺术问题。

第三，处于创作转折期的作家们必须认真研究中外经典作家和优秀作家们的创作经验，在前人的肩膀上仰望星空，在同行者的刺激和启发下奔向远方。

这显然是一个老而又老的文学话题，但是仍然需要不断谈说。我们想强调的是，对一个正处于艺术转折期（向上飞升还是向下沉沦）的小说家，对于经典作家和优秀作家作品的阅读，不应该只停留在清浅的阅读欣赏层面，而应该进入深度研究的层面。何谓深度研究？一是知晓所喜爱的作家一切生平事迹，二是几乎读过这位作家的所有重要作品，三是能够在万千的小说家当中准确地识别该作家作品的独特风格和情调，并能够形之于文字。我们这样说，是因为在当代作家中，那些能够深度解读经典作家和优秀作家的写作者，其自身的创作水准一般都居于国内作家前列。比如：莫言对于福克纳和加西亚·马尔克斯的深度解读，余华对于鲁迅的解读，苏童对于意大利作家卡尔维诺的解读等等。

对于生活写作于相同地域的同行们优秀作品的阅读，也应该成为宁夏小说家们认真阅读的题中之义。我们的见解是：宁夏的小说家们在进入宁夏生活的写作之前，必须将新时期以来宁夏最好的中、短篇小说一一读过。道理很简单，所有的后来者的写作都要立足于一个庞大的源远流长的写作谱系当中，崭新的创造和新锐的思索之苗总是从老的传统之树中长出。我们从来也不相信，一个无所依傍的写作者可以创作出思想清新、艺术精湛并且传之久远的杰出小说。

2020 年 11 月

新旧风景交织中的宁夏小说

——2021年宁夏小说创作述评

一、小说创作的基本状况

从小说创作的总体发展状况看，2021年宁夏小说呈现出相对稳定的态势，但也逐渐放大了原有的一些创作不足。“60后”作家，尤其是“70后”作家依然是小说创作领域的中流砥柱，其创作份额占比超过八成；“80后”作家的人数逐渐增多；两个“90后”作家的不寻常表现——比如银川市的“90后”作家孔繁卿，同心县的“90后”作家马一平，是2021年宁夏小说创作的“亮点”之一。就作家分布的文学地理空间而言，过去宁夏文学地理的基本空间是由银川地区、西海固地区加石嘴山地区三家来构建的。2021年，由于瑶草、郭乔、马一平等作家的出色“演出”，宁夏文学地理的“吴忠板块”已经悄然成型。与近年来我国长篇小说创作所呈现的“井喷”状态相比，宁夏的长篇小说创作一直处于发展不旺盛的状态，2021年出版的长篇小说屈指可数。马金莲的《孤独树》，张学东的《西西弗的石头》，王佐红、樊建民的《上口外》，高丽君的《沉默的黑板》是4部能够经得起谈说的本地长篇小说。在中、短篇小说的创作数量和精品贡献率两个方面，2021年宁夏作家的表现不算突出。中篇小说数量不丰，全年的发表量未能超过10部，具有全国影响力和冲击力的作品几乎阙如。短篇小说的创作，以往一向是宁夏小说家的本色当行，但是2021

年度短篇小说的创作数量，以作家们发表于本地三家文学刊物（《朔方》《黄河文学》《六盘山》）和外地的一些文学刊物（《人民文学》《民族文学》《芳草》《大家》《雨花》《广州文艺》等）上的具体篇目做统计，数量较之以往有下降——即使将小小说也统计在内，也未能超过70篇，且短篇小说的精品也不多。从小说创作关注生活的视野来看，2021年度作家们试图向更为广阔的生活领域进发，创作题材较以往多了一些宽度和色彩。其一，城市小说的书写者渐渐增多。动荡的心灵与微妙的情感，成为众多写作者进入“城市迷宫”的最佳通道。其二，历史题材的小说成为2021年宁夏小说创作的新景观。就不多的几篇历史题材小说来观察，宁夏作家的此类创作水准非比寻常。其三，“乡恋”书写和对乡土社会复杂问题的进入，一直是宁夏作家发现生活和描写生活的熟悉路径。2021年的宁夏乡土小说依然呈现着新旧生活观念碰撞之下的西北乡村的诸多风景。只是，由于创作者的年轻化，小说内蕴的时代情绪表现得更为浓烈了。

二、值得特别言说的作家和作品

论及2021年宁夏的小说创作发展，马金莲是首先要被言说的小说家。2021年，马金莲出版长篇小说1部（《孤独树》），中、短篇小说集两部（《白衣秀士》《午后来访的女孩》），在《人民文学》《民族文学》《大家》等国内文学刊物上发表中、短篇小说13篇。这样的创作数量，在宁夏作家群中，可以说是无出其右者。当然，马金莲的小说创作不仅仅是数量超群，更引人注目的是，她的小说创作质量不同凡响。比如发表于《长江文艺》第8期的短篇小说《落花胡同》，借小城清洁工马小花在同学微信群中的吹牛故事，富于深度地剖析了生活于社会底层普通百姓的生命自尊和信念支撑问题。这种着眼于人的深层精神世界，探讨爱慕“虚荣”这一古老人性在新的时代情境中的特殊呈现方式的作品，既是全球化电子化时代寻常人性开出的“新花朵”，也是作者对于生活的“新发现”。石舒清

2021年发表的小说数量不多，但是题材的独特和作品所拥有的艺术魅力却不能不让人格外流连。发表于《大家》第3期的《小说三题》依据历史材料，对三个历史人物的生平行迹进行了文学叙述。《圣教序》写大唐贞观年间，在玄奘法师几番恳求下，唐太宗为法师所译佛经作序之事。小说以历史记载为本，基本不做虚构，只对唐太宗和玄奘彼时的内心世界稍作揣摩和描摹，却也使两个人所共知的历史人物活灵活现起来。《乌台诗案》叙述宋神宗元丰年间苏东坡突遭一些官员围攻几乎死于非命的历史故事。在这个石氏版本的历史讲述中，苏东坡被捕时的手足无措、御史中丞李定的阴险凶恶、科学家沈括（被很多历史书誉为“中国整部科学史上最卓越的人物”）的“小人”嘴脸、苏东坡好友张安道的冲动莽撞、狱卒梁成的古道热肠，均栩栩如生、扑面而来。《李叔同出家》一篇以弘一法师出家前后的事迹为经，生动叙述了李叔同由一介书生成为弘一法师的心路旅程。读之，心生黯然。仿佛又让我们听到了李叔同作词的那首令人伤感的歌曲《送别》。石舒清2021年还在《芙蓉》杂志上（第2期）发表短篇小说《珍妃》，写的是清光绪帝后妃珍妃于光绪二十六年（1900年）八月被慈禧太后下令投井处死的故事。小说笔墨平淡，叙事细致周详，但气氛渲染和内在的情感波动却含蕴着一种掩抑不住的悲伤。石舒清以精心描绘西海固社会人生风景画而名世。近年来，他在继续讲述西海固现实人生故事的同时，也把创作的视野投向了历史深处——既从西北地区百年风云变幻和多重灾难中重新发现生存本相和人的本来面目（《地动》《九案》等），也从流淌不尽的中华民族的漫长历史之河中打捞传奇、寻找珍珠。2021年的《小说三题》和《珍妃》便是这种创作追求的清晰体现。

计虹几年前进入“城市文学”创作领域，迄今一直保持着比较良好的创作心态和创作质量。2021年她一共发表中、短篇小说6篇，除了《小嫂子》一篇是讲述乡土故事的，其余5篇（《我们的岸》《变脸》《煎炒烹炸》《经过春天的时候》《苏菲的小酒馆》）皆为城市生存状貌的传神写照。计虹的小说笔涉城市机关生活和城市青年男女的情感波澜。办公室里的隐性博弈与城市心灵的千疮百孔是其颇感兴趣的透视焦点。她穿行于城市的大小街巷，徘徊流连于办公楼头，饶有兴致地看笔下的男男女女们尽情表演着人世的生死聚散和悲欢离合。瑶草和郭乔是两位生活和工作在吴忠地区的“70后”女作家，创作生涯已经有些年头。2021年，这两位女作家的创作表现，给很多读者眼前一亮的感觉。瑶草的短篇小说《梅子》《曲中人》，中篇小说《破茧》，均是用心写作的小说。正踏向青春期门槛的少女梅子的懵懂与心灵动荡，不期然被卷入感情旋涡的夏冰，曾经遭逢灵魂创伤却又再度面临情爱风暴的丁香。瑶草坚定地书写女性的生活命运和内心搏斗，试图以小说既寻找梦境也勘探人生。与很多女作家不一样的是，瑶草的这三篇小说写得智性、诗意闪烁而又隐藏多多、欲说还休。评论家白草称赞瑶草的小说写得丰富而非单一，色彩重叠而非乏味（白草《瑶草的两篇小说》），是精当的评语。郭乔一直认真经营着“小镇故事”，2021年她的小说《完满的生活》和《嫁女》是两篇令人印象深刻的作品。她笔下的人物多是在世俗烟火中打拼的市井小民。这些市井小民既无权无势，又生活得捉襟见肘，还时不时会遭受意料之外的打击和骚扰。他们自身也存在着这样那样的人性缺陷以及带有思想浅薄的弱点。然而，生活无罪，岁月长青。当我们从《完满的生活》中认识那个没心没肺屡遭命运拨弄却从来不失真淳的李满时，涌动于内心的便只有深深的同情和感动。

我们前面已经提到过两位“90后”作家孔繁卿和马一平。这两位作家属于2021年宁夏文坛升起的“新星”。孔繁卿创作有年，但一直未能“写出来”。2021年他发表的短篇小说《玫瑰女人》是一篇创作旨趣和情调完全异于其他“70后”和“80后”宁夏作家的作品。小说中塑造的那个合租屋里的女孩，其为人处世属于“古怪精灵”一路——貌似简单而又城府深藏。这个小女子形象显然是之前的宁夏小说中未曾出现过的文学形象。《玫瑰女人》在叙事上也显得流畅而精致。人物形象的新颖性和小说语言表述上的雅致脱俗，共同构成了小说的迷人魅力。马一平是我们不熟悉的“90后”作者，阅读她发表于2021年的短篇小说《洁癖》，让我们心头不禁陡然一喜。这篇小说叙述一个年轻心理医生的感情生活，于城市物质生存空间和精神氛围的娴熟描写中，展开了城市生活当中隐秘的暗角。小说的故事设计精巧，叙述节奏的把握张弛有度，显示了作者值得期待的创作潜力。

2021年还有其他作家创作的一些长篇小说和中、短篇小说值得提及和言说。张学东的长篇小说《西西弗的石头》以顾氏一家三兄妹的人生轨迹为叙事线索，通过顾氏兄妹的命运交织，真实再现了城市化浪潮中普通百姓的生存境况和人性善恶。小说既是社会转型时期中国百姓人生困境的逼真描摹，也是作家以人性善良之灯照亮琐碎灰暗人生、超越生命困厄的文学证明。《上口外》是王佐红、樊建民两位作家历经八年的资料搜集创作完成的长篇小说。故事发生的背景是西海固农民迁徙新疆这一复杂的社会现象。小说以西海固月儿湾三代人的人生故事，从侧面反映了“上口外”的历史渊源，更在某种程度上，联结了由空间迁移造成的由“故乡”到“他乡”的文化碰撞与融合。不停的迁徙使得小说中的主人公们始终生活于前途未卜的命运忧患当中，然而，正是在艰辛异常的奔波求索之中，人们克服种种困难，突破重重险阻，终于拨开云雾得见光明。这部作品不仅仅是“上口外”人的故事，更是“自强不息、开拓进取”的民族文化品格的写照。阿舍的短篇小说《就在不知不觉中》讲述父女两代人之间的思想冲突和心灵困扰，于人间亲情的失而复得中，感悟人生的短暂和世事的无常变换，是一篇寄托生命哲思的小说。阿舍一向喜欢书写命运的沧桑和人生的玄妙，此篇亦不脱离其写作初衷，艺术呈现上倒是云淡风轻。许艺是一位“80后”女作家，前些年的小说创作一直在乡村和城市两个领域腾挪，也颇有成绩。2021年她创作的短篇小说《痒》，叙述一对男女校友的情感故事。小说写得一波三折，婉转多致。男娶非所爱，女失梦中人。两个人的寒冷，终究未能靠在一起变成微温。作品留给读者的是长长的叹息。其他的中、短篇小说，袁鸣谷的《奔跑的烟囱》、白云天的《鱼》、朱敏的《朋友》、骆少卿的《洪漫地》、王佩飞的《穆墩岛》等，或回忆“文革”往事，或关注当前世道人心之变化，或讲述20世纪40年代风云激荡时期的革命历史故事，虽然所展开的历史和现实画卷各不相同，艺术质量和审美内涵也有差异，但不失为2021年引人注目的小说佳作。

三、宁夏小说创作面临的发展困局及解决之道

笔者已经不止一次地谈说过宁夏小说创作发展所面临的困局问题了。从2021年的小说创作实践来观察，困局显然没有得到根本解除。我们认为：当今宁夏小说创作的困局包括以下三个方面。

第一，宁夏的小说家队伍已经表现出青黄不接的局面，新的作家群体亟待培养和建设。从各个年龄段的小说家的写作表现来看，“60后”已经逐渐地淡出一线写作前沿，除石舒清之外，季栋梁、漠月、郭文斌、火会亮、古原等资深作家2021年皆处于小说创作的沉寂状态，不再奉献高质量的长篇和中、短篇小说。今后宁夏“60后”的创作表现如何，一时还难以有非常确定的答案。宁夏的“70后”和“80后”作家，现在具有全国影响力的只有张学东和马金莲两人。纵然张学东和马金莲今后还可以在国内小说创作的疆场上再立新功、再创佳绩，毕竟说起来还是势单力薄。宁夏“70后”“80后”和“90后”的集团优势和发展前景，现在看来虽然有一线曙色，但更为阔大的光亮和云霞，我们一时还无法观察到。

第二，如今活跃于宁夏文坛的各个年龄段的小说创作家，除极少数的一部分人之外，大多数人的写作起点和思想艺术沉淀与当年宁夏“六棵树”出道时的艺术起点和思想积累相比，有着不小的距离。尽管就外部的物质生活环境和精神气候而言，如今宁夏作家所感受到的物质和精神空间更为宽松和自由了，但是，作家们内在的精神积淀、创作胸襟和艺术上的专注、沉潜气质却短缺了许多。思想艺术上的积累不够深厚博大、创作胸襟远非开阔、写的时间总是远远大于读书和沉思的时间，上述种种共同构成了宁夏作家创作上的致命羁绊。

第三，由张贤亮等人开创，经新世纪前后的“宁夏青年作家群”发扬光大的宁夏文坛的优异写作精神，正处于后继乏人的状态。“啃”读经典的勤苦钻研精神，沉潜虚静的写作状态，自我砥砺、你追我赶的创作风气，互相切磋、共谋发展的艺术探讨风气，上述种种写作精神，在宁夏小说创作领域正在由当年的浩荡奔流之水蜕变为眼前的一脉细流。如果当前执着于不停写作的宁夏小说家们，连身边的榜样都不能认真地学习和效仿，未来宁夏小说创作的百花园中又怎么可能产生繁花似锦、红紫斗芳菲的动人景观呢?

宁夏的小说创作危机显现，症状多多，那么，未来的创作之路当如何举步，怎样前行？我们也有三点浅见愿意谈说。

第一，在新文化时代（全球化已成现实、自媒体开始风行）必须下大功夫培养更为年轻的宁夏本土作家，这是一个艰巨的任务，也是宁夏小说重新崛起的保证。

众所周知，我们正生存于全球化时代。全球化时代的文化特征是：东西方时空的转换频率突然加速，各国文化的差异性正在不断弥合，中国传统文化的传播和继承面临严峻的挑战，造就和培养作家的社会文化土壤正变得日益复杂和充满不确定性。而另外一个对培养和造就作家产生影响的不利因素是，影像文化和网络文化已经普及和深入到社会的最小细胞——每一个家庭当中。电视、网络和智能手机的普及以及自媒体时代的到来，使前现代社会的“古典的宁静”和“写作的诗意”被轻薄的电视文化和网络漫游、手机阅读冲击得七零八落，家庭文化和社会文化氛围越来越呈现娱乐化、碎片化和浅薄化的态势。这样的情形之下，如何才能培养出一个具有发展潜力的青年作家？毋庸置疑，挑战就在眼前，而宁夏文学的未来需求又如此急迫和峻切。我想，哪怕就最微小的概率而言，在广大的校园之内和众多的基层写作人群当中，总还有一些做着文学梦，热爱经典文学、愿意从事“心灵之事业”的文学好“苗子”，如何认真细致地发现这些“苗子”，帮助其沐浴阳光雨露，经风雨，见世面，直至成材，这是一个摆在各基层作协和宁夏作协面前的不能不完成的任务。这个任务完成好了，宁夏文学才可能拥有比较光明的未来。否则，未来宁夏文学的前景将会十分黯淡。

第二，宁夏的小说家们必须认识到：智慧小说的写作时代已经到来，要想成为一个优秀的写作家，不仅要在写什么上下功夫，也要在怎么写上下功夫。

多年以来，宁夏的小说创作一直缺乏比较强大的智慧性因素。我们许多作家写小说，素材多多，积累厚实，写入作品中的一切，几乎等同于生活本身。不停的生活讲述和细节罗列，往往像一堵密不透风的墙，压迫得读者喘不过气来。外地评论家和编辑家阅读宁夏的小说，常常惊异于宁夏作家把小说写得“像锅盔一样厚实”，却也疲倦于宁夏小说的“质地坚硬”，缺乏灵动。在经历了“50后”“60后”“70后”小说家们勤奋的创作实践和不倦的探索之后，我们以为，宁夏的小说创作是到了与传统的艺术面貌告别，从而转入新路的时候了。这种转入新路的必要前提和准备是，认识并理解各类小说文体的根本特质。比如，短篇小说的文体特征和长篇小说的文体特质。事实上，我们许多作家对这两类小说的文体特征的认识和理解是颇为模糊的。

我们以为，短篇小说的文体特点就是“短”和“精”两个字。“短”指的是篇幅上有限制，最好在一万字以内。“精”，一是指“精致”——小说结构、写作技巧要巧妙、圆融；二是指“精深”—— 小说意旨要精密深奥。如果说得稍微啰唆一点，短篇小说的文体特点无非这样几句话：篇幅有限，线索单纯（故事和人物简单），意旨深微，撼人心魄。短篇小说从来都是一种非常具有难度的写作，一些文学史上的大作家，比如巴尔扎克就写不好短篇小说。当代作家麦家在《短篇小说应开创生活》(《中国作家网》2014年12月8日）一文中说：“生活往往不是这样，但短篇小说就是这样，不是写生活，而是开创生活，是创世纪；不是拾级而上，顺流而上，而是暗度陈仓；不是大部队压上去，而是剑走偏锋，出奇制胜。

找个蹩脚的比方，生活犹如一堆草药，带着山涧的露水，附着泥土气，短篇小说是一粒药片，匪夷所思的疗效，好像是上帝赐的，其实是那堆草药炼制的。”麦家所言，值得我们每一个愿意在短篇小说的写作上认真下功夫的作家记取。

宁夏的长篇小说创作一直处于徘徊不进状态，原因之一是相当多的长篇小说创作者对这一小说种类的文体特质认识不清、理解不深。我们心目中杰出的长篇小说起码应该具有以下几个特征。

其一，它是具有一定时间长度的生活描述和岁月讲述。这个时间长度到底应该是多少？古典的杰出的长篇小说是百年或者是数十年，到了现代，这个时间长度被缩减了，这可能带来了长篇小说天然本质的一些损伤。因为无论是西方还是中国，长篇小说都是来源于史诗讲述和历史讲述，是一种跨越漫长时间的具有沧桑感的讲述。20世纪以后，长篇小说的岁月沧桑感遭到了破坏，什么样质地的生活都可以进入长篇小说的取材领域，这是导致长篇小说杰作缺乏的重要原因之一。

其二，杰出的长篇小说是对非常具有密度的复杂生活的描述。被选择进入长篇小说艺术空间的生活应该具有足够的丰富性和复杂性，经得起作家创造力的强力拉扯和锻造。

其三，杰出的长篇小说应该提供深邃宽广、敏锐尖端的社会人生思索和人性思索。它是一个优秀作家对复杂人间和多变人性的长时期智慧性思索的结晶，是对包围着人类的生活世界和人性世界的锐利的穿透。

其四，杰出的长篇小说应该是一种能够永远深入地传达人类的激情、向往、恐惧、痛楚、忧伤等等不可视的内心生活的绝佳文体。杰出的长篇小说可以全方位地呈现个人心灵的全部内容，但是不能够把个人的精神生活与喧嚣和沸腾的整个人类生活世界隔绝开来。

其五，杰出的长篇小说，在文体结构上应该有足够的熔铸百家的能力和创新突破的能力。

其六，作为用汉语写作的长篇小说，应该充分体现古典汉语雅洁蕴藉富有韵律之美和现代汉语流畅清通之美。语言不讲究的长篇小说不能称之为好的长篇小说。

我们以为，当前宁夏长篇小说的创作存在着三个亟待解决的艺术问题。首先要解决的第一个艺术难题是从事长篇小说创作者思想和艺术准备不足的问题。长篇小说不是想写作就能够写作的，一个缺乏基本的文学写作训练的人是无法进入这一写作领域的；一个从事了多年的文学创作的人，由于思想未能高屋建瓴，艺术锤炼又未到火候，也不适合于马上进入长篇小说的写作。宁夏长篇小说创作亟待解决的第二个艺术难题是大量作品明显存在着选材不严、开掘不深的问题。写作长篇小说，如果认为有了生活积累，就可以写出好作品，这样的认识不仅轻浅，而且有害，会无端浪费许多得之不易的素材。宁夏长篇小说创作存在的第三个弱点是许多作家对长篇小说的诗学特点认识不清。长篇小说由于生活容量大，生活面宽广，人物命运互相牵扯，它的起源又与各民族的神话和创世史诗有关，所以从它诞生的那一天起，它的内部就蕴藏着丰富、复杂、纷扰、奇诡等等因素，这是小说的本质（小说总是在言说谜一样的人生和人性）使然，也是几百年来长篇小说的经典文本所共同拥有的艺术密码。

第三，宁夏各界要加大推介本土作家的力度。曾经被实践证明的“走出去”“请进来”的文艺战略要重新恢复，并发扬光大。

新世纪前后的那些年，宁夏文学界繁花似锦、蜂飞蝶舞，其异常热闹的创作现象为国内文坛一时之风景。当是时，宁夏文联和作协不断派遣作家出外学习、取经；宁夏各文学杂志的编辑们亦东奔西走，一为约国内文学名家之稿，二为推荐宁夏本地作家优秀作品，三是请国内名家来宁夏为本地作家“传经送宝”或者“诊断”创作症状。这样做的效果是，居于中心城市的文学界著名人士，不仅知道宁夏在张贤亮之后已经聚集了一支令人羡慕的小说家队伍，而且其卓越的创作一点儿也不输于国内任何文学大省。于是，短短几年间，宁夏小说再现创作高潮，“三棵树”“新三棵树”横空出世，名震一时。近十余年来，受诸种内外因素的影响，宁夏文学界“走出去”和“请进来”的举措有所抑制，创作主体之间的艺术交流亦出现不流畅现象，那种你追我赶、奋勇争先的愉快创作氛围渐行渐远。简而言之，新世纪前后宁夏文坛出现的由于众人拾柴而超常燃烧的那“一团火”正在变得气息微弱，欲暗未明。如何将“那一团火”重新唤醒并使之再度熊熊燃烧？我们没有新的答案。所有的答案都在历史之中，在宁夏文学并不算久远的早年岁月当中。

2021 年 12 月

宁夏故事里的一曲华美乐章
——读《石嘴山故事丛书》[1]

在宁夏回族自治区建设和发展史上，石嘴山这座城市所做出的贡献以及生活和战斗在那里的人们所付出的炽热激情与辛勤汗水，是无论如何都要浓墨重彩地写上一笔的。六十年前，石嘴山建市，不仅拉开了石嘴山建设和发展史新的大幕，同时，它也燃起了宁夏工业文明的又一把冲天大火。六十年弹指一挥间，当我们回首宁夏当代史，谈说1958年以来宁夏的建设发展成就和发生在这片神奇土地上诸多感动人心的“宁夏故事”时，我们会发现：“石嘴山故事”以它动人的旋律和丰富饱满的声音，已经构成了宁夏当代史当中一段令人难忘的乐章。我们读“石嘴山故事”，既深深迷恋于石嘴山这座西北小城的山高水阔、历史久远、文化独特，更被曾经在这片土地上改天换地、挥洒豪情，巧手绘新图的各种英雄事迹和杰出人物深深打动。

读《石嘴山故事丛书》，第一个感受是：这是一部视野开阔、具有历史纵深感的大书。作为一部全面展示石嘴山市的过往历史和建市六十年所取得的辉煌业绩的系列丛书，全书设计为主题相对集中的六卷本，内容涵盖工业、农业、科技、文化、旅游、历史、军事等多个领域，收录文章

① 石嘴山市委宣传部主编：《石嘴山故事丛书》，包括《工业卷·激情燃烧的群山》《农水卷·黄河岸边是我家》《人物卷·儿女正当好年华》《文旅卷·好山好水好地方》《地名卷·我们的家园》《军旅卷·贺兰山军魂》6卷本，宁夏人民出版社2020年版。

三百多篇，总字数近二百万字。这样的六卷本的设计，避免了通常的纪念文集中所带有的内容庞杂而主线不清的弊病，形成了各卷独立成章而又与总主题遥相呼应的现有格局。读者们阅读此书，既可以各凭兴趣，单卷细读，又可以上下求索，通读六卷。单卷读来，某个领域和行业的历史，可以清晰感知；全书读来，石嘴山的历史风云、社会演进、时代风貌、人物命运皆鲜活生动，颇震撼人心。从这个角度而言，“石嘴山故事”在结构的组织和内容的总体设计上是相当用心的，其阅读效果也是值得期待的。

读《石嘴山故事丛书》，第二个感受是：这是一部通过讲述故事，提炼和升华奋斗者人生，弘扬艰苦创业、无私奉献精神的大书。我们都知道，宁夏作为地处祖国西北的一个小省区，虽然经过六十多年的建设发展，已经成为当今闻名遐迩的“塞上明珠”，但是，六十年前，石嘴山建市的时候，作为宁夏的北部地区，它的生活条件之艰苦和自然地理环境之荒寒，确实是超出一般人的想象的。然而，正是在“风吹石头跑”的一片不毛之地上，来自祖国四面八方的干部、工人、军人和知识青年们响应党和国家的号召，怀着一腔热血，凭着建设祖国大西北、建设国家十大煤炭基地之一的信念，来到石嘴山，开始了他们筚路蓝缕、改天换地的创业历史。以本丛书当中的“人物卷”《儿女正当好年华》为例。这本书共收录了现代和当代石嘴山历史上的64位革命先辈、知名人士、英雄模范人物和两个群体的事迹。仔细读来，无论是雷启霖的灿烂人生，好矿工郝珍的舍己救人，铁面书记杨正喜的心中只有百姓，高节局长的“花国家的每一分钱都心疼”，还是朴凤歌的母爱师情、徐华棣的视患者为亲人、周淑琴的甘当爱心天使、白琴的带着爷爷奶奶出嫁，一直到2020年上半年不怕牺牲、千里驰援新冠感染重灾区湖北的石嘴山医疗队，书中所记述的每一个人的人生轨迹和命运可能各不相同，但是在这些英雄模范人物身上，却都葆有着人类精神的高贵性和神圣性。那种不惧艰难困苦、敢于不懈奋斗的精神，那种舍生取义、无私奉献的善美情怀，不仅是我们民族穿越无数苦难走到今天的精神密码，也构成了“石嘴山精神”的核心内涵。

读《石嘴山故事丛书》，第三个感受是：这是一部带着大地和生活的气息，贴近普通读者的心灵，又显现着足够的精神深度的雅俗共赏之书。石嘴山立市已经六十年，如果算上本书所讲述的现代以来的某些故事和人物，这本书所涉及的历史长度差不多已经有一百年。如何讲述一百年以来发生在石嘴山这片土地上波澜壮阔的社会风云史、时代变迁史和人物命运史，这对本书的策划者和编写者而言，是一道不小的难题。好在，丛书的策划者和编写者从一开始就定下了写作的总体基调：平民化、接地气、可读性强。在这样的写作基调的引领下，这套丛书以普通读者乐于接受的“讲故事”的方式，将社会历史风云和人物悲欢离合的命运结合起来，在时代变化和人物命运起伏之间，叙述了石嘴山这座城市的发展变化以及生活在这片土地上的人们的共同的生命旅程。读者们如果花些时间，认真读完六卷本当中所讲述的三百多个各色各样的故事，我有理由相信：作为宁夏建设和发展史上曾经燃起的那一把冲天大火，石嘴山市所取得的辉煌业绩，已经幻化弥漫为我们眼中的无边灯海。

2020年9月

张贤亮属于西部，更属于中国[①]

张贤亮先生辞世十周年了。今天，文学和影视界的朋友们聚集在这里，缅怀他命运坎坷奋斗不止的一生，纪念他对西部文学和当代影视事业所做出的杰出贡献，我们内心的感慨是强烈的，也是深长的。张贤亮先生一生生活和写作在宁夏，宁夏这片历史悠久、水深土厚的黄土地曾经是他的落难之地，也是他奋发进取写作生命飞扬的福地。从1955年来到银川平原，到2014年辞世，张贤亮在宁夏生活奋斗了六十年，他将整个生命融入了这片土地，他以倔强的意志扼住命运的咽喉，他以幽深强劲的文学书写描绘了当代知识分子丰富多色的灵魂和始终滚动于心的强大的爱国情怀，他将波澜起伏的西部人的命运与粗犷豪迈的西部性格浓墨重彩地写出，从而在中国当代文学史上构筑了具有独特标记的“张贤亮空间”。因此，他是生活和成长于西部的杰出作家，更是当代中国文学版图上具有时代性标志意义不可或缺的文学重镇。

在我看来，张贤亮之于西部文学和中国当代文学的价值和意义体现在以下四个方面。

他是时代造就的杰出作家，是文学与时代风雨同舟、同悲同喜的代表

① 本文是作者在宁夏文联、宁夏大学、中国高等院校影视学会等单位主办的“西部文学和影视发展学术研讨会·张贤亮文学作品与西部文学发展”论坛上的发言，该研讨会于2024年9月7日在银川宁夏华夏西部影视城召开。

性人物。

张贤亮的个人命运是与国家和民族的命运紧紧联系在一起的。国家民族受难，他个人也受难；国家民族从暴风骤雨中走出，他个人命运的天空便晴空万里、彩霞满天。张贤亮身在偏远的西部，心灵却一点都不迟钝。他沐浴着党的十一届三中全会的灿烂阳光，很早便以自己的优秀作品加入“拨乱反正”的历史潮流当中。他以卓越的文学创作描写了个人命运的沉浮跌宕，也以知识分子和农民两个群体的曲折人生旅程映现了祖国与民族命运由动荡不安走向光明美好的历史过程。是历史和时代的风雨造就了张贤亮，是地域辽远阔大、文化深厚绵长的西北大地为张贤亮提供了创作的灵感与挥洒天赋异禀的绝佳舞台。

在当代西部一流小说家中，张贤亮是具有特殊的文学气质和极高辨识度的大作家。

与从小完全生活和成长于西北地域的其他作家相异的是，自小主要生活在中国南方的张贤亮十九岁才来到西北。虽然此后六十年间他一直生活在西北，宁夏已经成为他事实上的第二故乡，但童年和少年时期所接受的南方富裕家庭的生命与生活教育、南方文化的灵气与柔情给予他心灵的影响是深刻的，覆盖了他的一生。在他成为作家之后，这种南方文化的灵秀与精致成了他小说创作的重要底色之一。他的知识分子跌落民间的命运遭际，他以异乡人身份而在西北荒村经受生活磨难的流寓经历，使他那些带有“自传”色彩的小说（《邢老汉和狗的故事》《灵与肉》《绿化树》《男人的一半是女人》《烦恼就是智慧》等），涂上了浓重的知识分子式的飘零感、孤独感和忧郁感，具有强烈的内省意识和心理分析色彩，也使他创作的西部小说与陈忠实、贾平凹、路遥等名家创作的西部小说有了明显的气质差异。

张贤亮的文学世界是宽广的，也是锐利的。

他讲述西北地区多民族同胞相濡以沫的生活与情感故事，精心描绘西部地域风情，显示相当宽广的创作视野和穿透生活表层的尖锐笔墨。他既叙述知识分子落难者的悲欢离合，也书写西北农民的坎坷命运。他以卓越的写实笔墨提供了非常年代里当代中国知识分子受难者最真实的生活图景和最真实、隐秘的心理感受，他所描写的“饥饿心理学”（《绿化树》）和“性心理学”（《男人的一半是女人》）在同时代作家的创作中不仅独特而且深刻。他如实描绘了苦难岁月里知识者和劳动者两组人物形象，在严酷的生存环境的考验中，在知识者与劳动者的彼此对比中，他描画出了特殊年代知识者原始本真的人格状态和来自西北大地与民间的洋溢于劳动者内心深处的质朴动人的人道情怀。他以西部人的目光呈现了黄土地上的特殊人文景观，他对银川平原独特的自然风光和社会风情的艺术描写，不仅具有风俗画意义，更具有高品位的审美价值。

张贤亮的文学创作始终表现出艺术视野上的开阔胸襟和精益求精的工匠精神。

张贤亮是一位在创作上始终追求完美和精致风格的作家。阅读他创作的那些文学精品，从《灵与肉》《河的子孙》《绿化树》《初吻》《男人的一半是女人》《习惯死亡》《普贤寺》到《一亿六》，可以发现：他总是在每一次写作出发之前，在百转千回的思虑之后，力图以崭新的审美眼光、方式和语言手段，再度潜入社会历史与人性之河的河床，经历一番艰苦细致的寻觅、挖掘，将被新鲜化和“陌生化”的社会人生与人物形象重新奉献于我们目前，让读者在惊讶炫目之后陷入对社会存在和人的命运的深长思索当中。“读者们的心中能够留存许灵均、章永璘、马缨花、李秀芝、海喜喜等文学人物形象，恰恰是因为那是张贤亮在内心沉淀多年、思索多年、孕育多年的来自广阔的黄土地上的人物形象。这些人物曾经与他的生命相交集，与他的命运同生死，甚至是与他在西北荒村的一盘土炕上共同打过滚。”① 所以，这些文学形象是从张贤亮心灵柔软处流淌出来的文学形象，是他苦心孤诣、精雕细刻之后而生发别样光芒的文学形象。

2024年9月

① 郎伟：《忧郁的灵魂怎样抵达迷蒙的远方》，《朔方》2014年第11期。

刘和芳先生其人其文

一

刘和芳先生辞世三年八个月了。每当想起这位宁夏文学界和出版界的前辈，忆及他慈爱沉静的面容与温暖柔和的话语，内心总是会不停涌动怀念的潮水。

我与刘和芳先生一家人，可谓渊源甚深。四十多年前，当我还是一名满脸稚气的高中生时，刘先生的夫人王广慧女士便做过我的语文老师。王老师那语速稍快、带有南方口音的普通话，每每思及，宛在耳旁。刘先生的二公子刘屹与我是前后届的校友，皆毕业于百年名校银川一中，并且都很荣幸地当过宁夏高考的文科“状元”（1980年和1981年）。以后，我在北大读中文系，刘屹读法律系，共同聆听过未名湖畔春的歌谣，感受过博雅塔旁浓酽的秋色。研究生毕业以后，我回到宁夏，服务于第二故乡；刘屹则出国留学，学业既成，又归国效力。因了这样的原因，我把刘和芳先生是当作父辈来看待的。然而，我与刘和芳先生的亲密接触却发生在我进入高校任教二十年以后的某一段人生岁月中。为什么会这么久才去与一位早已在宁夏文坛享有文学声誉并且不算陌生人的前辈做深度交流？现在想来，自己也颇感困惑。也许，是与我疏懒的个性有关，也与我内心始终持守的“君子之交淡如水”的传统观念有关。与刘和芳先生的深入接触应该是缘起于一个电话。大概是2004年春天某日上午，我在家中接听了一个陌生的电话。电话那头是一位声音平和彬彬有礼的男士，第一句话是客气的探问："是郎伟同志吗？"听到这样的问话，我知道打电话的人十之八九是一位经历过共和国早期生活的老先生。刘先生自报了家门，然后通知我一件事：我的一篇评论宁夏作家作品集的书评在本地报纸上发表了，他看到后觉得不错。因为是为宁夏人民出版社出版的书籍（"宁版书"）写的评论，出版社办的内部刊物《出版动态》想再刊发一次，并且薄有稿酬，问我是否愿意。刘先生是我的前辈，在电话里以这样谦逊的口吻与我商量一篇小文章之事，令我感动莫名。一周后，我和刘先生在出版社一间嘈杂的大办公室里见了面。再以后，我的许多已经发表的评论"宁版书"的文章无一例外地在《出版动态》中再刊载一次。我便时不时地前往刘先生的办公室与他话当年文坛旧事，说人生岁月如白驹过隙。于是，在无拘束的倾心的交谈中，我对刘先生的身世经历有了深入的了解，也建立起彼此珍爱的忘年的情谊。

刘和芳先生是安徽安庆人，出生于1927年。他出生的时候，祖父已经带领着他的伯父和父亲由乡下来到安庆城里经商，所开店铺的生意经营得还不错，家境颇显殷实。刘和芳的童年时光还称得上美好。1937年对刘和芳而言，是灾难降临之岁月。先是父亲去世，母亲一直处于悲伤和忧郁之中；接着，卢沟桥事变爆发，日寇发动的全面侵华战争给中国社会和中国人民带来了前所未有的动乱和苦难。1938年，日寇攻入安庆，刘家店铺所在的商业区被烧杀抢掠的日本兵付之一炬，七十高龄的祖父和其他五位亲人皆死于非命。失去家园的人们所做的唯一选择就是逃难。寡母带着幼小的刘和芳此后五年一直奔走于流亡的路途当中，途经皖、鄂、川、黔、桂、湘、赣、浙八省，行程万里，历经身心痛苦和磨难，母子俩曾在敌机轰炸、机枪扫射之下死里逃生。1942年，刘和芳和母亲坐乌篷船由新安江来到皖南屯溪，一直到1946年离开此地。在屯溪，刘和芳就读于陶行知先生创办的、战时由南京迁来的安徽中学，受学校抗日救亡思想和读书气氛的影响，刘和芳成为学生当中颇为活跃的文学少年，他的文学处女作新诗《歌女》就是在这一时期发表的。1944年春天，刘和芳与同学胡同伦发起创办了文艺半月刊《星之海》。这份以中学生为主要成员的洋溢着青春激情和抗战豪情的文艺刊物，在当时的山城屯溪引起了相当大的反响。除了办刊物，屯溪四年也是刘和芳（笔名河帆）创作业绩丰硕的时期，数以百计的作品发表于《皖报》《中国民报》《复兴日报》以及《星之海》半月刊上。他的创作涉及小说、散文和诗歌各门类，诗歌创作是其最为钟情的领地。他曾经说过："我只在年轻时读过一本艾青的《诗论》，但没有把它当作教科书，或写诗入门之类。我认为，如果照着理论去写诗，那是一首也写不出来的，至少写不出好诗。我曾读过一些古今中外名家的好诗，使我眼界大开，受益匪浅。因此十五岁便误入诗途，不能自拔，爱读、爱写，如此而已。"（黎舟《文学生涯六十年——记作家、编辑家刘和芳》）

1947年，刘和芳进入上海。秋天，他考入大夏大学经济系读书。课余时间，他旁听中文系和外文系的课程，以提高自己的文学素养。同时，在进步学生的影响下，他积极参加了上海地下党领导的学生运动。1949年5月，上海解放，还在读大学的刘和芳提前毕业，参加了革命工作。他先后在夏衍领导下的华东军政委员会文化教育委员会和上海市人民政府文艺办公室做文艺行政工作，得到过夏衍、周而复两位文坛大家的勉励和指导。这期间，他被保送到复旦大学中文系攻读文学。20世纪50年代中后期，夏衍和周而复奉调入京，刘和芳转入上海新文艺出版社、古典文学出版社担任编辑工作。

1958年秋天，宁夏回族自治区成立。作为支援边疆文化教育出版事业的排头兵，上海的新闻出版工作者团队率先来到宁夏，刘和芳是其中一员。这年9月下旬，宁夏人民出版社在宁夏日报社的大院里成立，刘和芳成为创建者之一，从此走上了漫长的"为他人作嫁衣裳"的编辑工作者之路。在宁夏人民出版社，刘和芳先后担任过文艺组的编辑、少儿读物编辑组组长。特别值得一提的是，他在担任《女作家》(文学季刊)副主编时，付出了他人难以想象的辛苦和劳作。1983年，在出版业改革的呼声中，宁夏人民出版社决定创办《女作家》文学杂志。为了办好杂志，刘和芳与杂志社的同事们几乎遍访当时文坛著名女作家，单是冰心老人坐落于中央民族大学家属院内的宅第，刘和芳就踏访过三次。其他活跃于20世纪80年代中国文坛的女作家，茹志鹃、李子云、黄宗英、程乃珊、王安忆、王小鹰等，刘和芳也都造访过。与刘和芳有过通信之谊的女作家有丁玲、宗璞、张洁、霍达、铁凝、张抗抗等。刘和芳在编辑出版工作上的不辞劳苦、不分昼夜，带来了眼睛的严重损伤。由于看稿太多、过度劳累，他的左眼视网膜脱落且严重积水。1985年年底，他的左眼失明，右眼视力严重下降。我看到过女作家铁凝1986年10月4日给刘和芳先生的一封回信。信中，铁凝女士还问候道："不知眼睛手术后效果如何？盼多保重。"实际上，刘和芳是个闲不住的编辑家，他的身上像是装了一台永动机，不停驱动着他奔走于约稿的路上和伏案于夜晚的灯下。我与刘和芳先生非常熟络的时候，已经是他退休十多年之后。那些年，我时常应邀前往宁夏人民出版社所在的出版大厦参加出版和学术方面的小型会议，会议的间隙总要到刘先生的办公室去坐一坐。敲门进到刘先生的办公室，也总是看到刘先生正埋首于办公桌上的书堆当中。他的视力不好，脸几乎贴在打开的书页上。此景此情，我每一次见到，都禁不住要泪水盈眶。

二

刘和芳先生生前出版过他的诗文合集《回眸》，将他自认为还算满意的作品收入此书。《回眸》正式面世是2006年1月，那时刘和芳已经进入耄耋之年。我是这本诗文合集的最早的阅读者之一，认真细致地读过文集中的所有作品。下面的文字是我阅读刘先生诗文时的一些真切感受和认识。

已经去世的老作家孙犁有一个说法，他认为，散文是最适合老年人操作的一种文体，而且比较容易创作出精品来。原因在于，对于许多进入人生晚境的创作者而言，几十年人生的沧桑忧患常常构成了不可多得的生活、感情的丰厚积累以及审美的积淀，一旦发之为文，往往自成佳构。以孙犁的说法来解读刘和芳先生的散文，信然。仔细阅读会发现，收在这本诗文集里的绝大多数作品，都是刘和芳先生进入20世纪80年代以后创作的。刘先生是1927年出生，以此推算，他创作的高潮期是在接近六十岁的时候出现的。不排除动荡的时代和长期的编辑生涯（他是怎样的一个甘愿为他人做嫁衣裳的好编辑啊！）对他的创作冲动的阻遏，但是，我更愿意相信，刘先生早就超越了“为文造情”的创作年代，他的散文创作是一个经历过历史沧桑和生活磨炼的老人的心声的自然流露，是阅尽人间春意和秋色之后的回头一望。于是，回忆性的叙事文便成为这部作品集中内容最多，也最耐咀嚼的篇章。我们看到，浩渺的江上奔走的各种船只是怎样地给一个少年人带来欢乐和遐想（《江边》），安庆长江边的河滩地又怎样地成为祖母的乐土和孩子的天堂（《祖母的乐土》）。少年人眼中姑姑的小花包是神秘而充满诱惑的，然而，一道浅浅的海峡却使亲人间的再次聚首晚了几乎半个世纪（《相见时难别亦难》）。一张旧八仙桌，一家四代人用过。那上面，记载着母亲青年丧偶的悲痛，也刻写着三代人灯下苦读的身影（《方桌情结》）。对许多人而言，回忆是我们重回往昔的一次充满深情的旅行。在回忆中，我们不仅重现了那些鲜嫩欲滴的往事，同时，因了心灵的变幻，曾经的岁月也会在回忆中变得前所未有的明净与安详。仿佛一坛年深月久的老酒，岁月已经过滤掉了曾经的喧哗与浮沫，余下的，是沁人心脾的甘美与醇厚。读刘和芳先生的那些情深意长的回忆性文章，我想，得到的常常是这样的审美感受。

在刘和芳先生涉及过去生活的作品当中，有两组文章值得读者格外关注。第一组文章可称之为“皖南忆旧”系列，包括《峥嵘岁月话当年》《梦回少年忆同窗》《承天寺前忆故人》《人间自有真情在》《以文会友话当年》

《情凝笔端任挥洒》《一支史笔写春秋》《我和〈星之海〉的始终》等。这组文章主要回忆作者少年时代在皖南名城屯溪所度过的一段难忘时光，尤其是创建和编辑出版文学刊物《星之海》的始末，不少文章应该说带有史料的价值。然而，这些文章不仅仅具有“史”的价值。在我看来，这些文章所灌注的深情，所书写的抗战岁月热血青年的情怀，所散发的理想主义与乐观主义的气息，都足以使今天的我们由衷地发生感动。《回眸》当中另一组值得关注的回忆文章是“文坛忆旧”系列，包括《夏衍同志二三事》《我所认识的夏衍同志》《忆夏衍》《三访冰心》《我和周而复先生的交往》《由一篇文章引起的——忆戈宝权先生》《谈茹志鹃及其作品》《重读遗稿悼幼京——〈春花秋叶〉读后随想》等。这组文章，或回忆作者与文坛大家的亲密接触，或描写当年作者筹办大型文学刊物《女作家》时与冰心等女作家相当深入的交往，或为文坛白发人送黑发人扼腕而叹。作者写这组文章时，感觉并不怎么用力，只是娓娓道来，仿佛朋友间的围炉夜话。可是，我愿意说，上述作品是最能打动我的篇章。因为，它们以相当真实而生动的笔墨写活了冰心、夏衍、周而复等文坛重镇。于是，冰心的真诚与慈爱，夏衍的兴趣广泛、多才多艺，周而复的儒雅风采便不期然地进入我们的眼帘，深入到读者的内心。古人论文有“深衷浅貌，短语长情”之说，“文坛忆旧”系列，当得起这样的评价。

刘和芳先生一生所从事的职业是编辑工作。据我的观察，宁夏人民出版社里“埋伏”着一批优秀的老编辑，刘先生可以毫无愧色地名列其中。我以为，一位出色的编辑工作者不仅应该拥有杰出的创意和对选题的敏感，他还应该具有相当深厚的学养和充分的写作能力。证之以刘和芳先生，我发现，这部文集中有关鲁迅先生的一组文章（包括《喜读〈鲁迅诗稿〉》《鲁迅与集邮》《许广平与〈鲁迅研究年刊〉》《许广平与〈鲁迅回忆录〉》《鲁迅与插图艺术》《鲁迅与儿童读物》《鲁迅与黎烈文》《鲁迅与〈中流〉》《鲁迅和茅盾的战斗友谊》等），就显示了刘先生深湛的学问积累。1949年之后，“鲁迅研究”一直是“显学”。有关鲁迅先生生平事迹、思想发展和文学创作的研究文章，可谓汗牛充栋。作为一位专注于中国现当代文学的研究者，应该说对有关鲁迅研究的学术论文，我已经有了一定的阅读积累。然而，收在《回眸》中的刘先生的这一组小文章，依然让我产生喜爱之情。不为别的，只因为它们的“小”，小得可爱。多年以来，学术研究领域有一种风尚，大家都喜欢做“大”文章。尤其是研究鲁迅这样的文学“大人物”，似乎更要在“大”字上做足功夫。谁愿意去充当那个不起眼的“小”呢？刘和芳先生则不然。作为一位鲁迅先生和他的文学事业的崇拜者与研究者，他的研究心态是放松的，他的研究思路是独出机杼的。他谈鲁迅先生爱好集邮，对插图艺术有深入研究，对儿童读物的创作与出版倾注大量心血；他谈鲁迅先生与《申报》和文学杂志《中流》的关系，谈鲁迅先生与20世纪30年代著名编辑家黎烈文的友情……刘先生的这些研究文章是短小的，在许多喜爱“宏大”的人看来，也许是难入其“法眼”的。然而，它们却相当出色地勾画了鲁迅先生丰富而可爱的性格，显示了他兴趣的广泛和浓浓的人情味。我以为，研究鲁迅应该是多角度多侧面的。刘先生从“小”处和“细”处下功夫，不失为一种有特色的研究路径。在宁夏学术界，应当说刘先生的鲁迅研究是别开生面的。

现在我要来说说刘和芳先生的诗歌创作。刘先生的诗歌创作始于他的少年时代（这可以被看作是他的文学创作生涯的正式开始），刘先生夫子自道：“十五岁便误入诗途，不能自拔。”（《门外乱弹——答友人》）收在这本文集中的《歌女》就是他十五六岁时的作品。进入青年时代，因为时移世变，也由于职业之故（他先是在上海市人民政府文艺办公室担任行政工作，以后又“支边”来到宁夏担任出版社的编辑），刘和芳先生的诗歌创作处于停顿状态，直到进入社会主义新时期，刘和芳先生才又恢复了诗歌创作。值得注意的是，收在这本诗文集里的绝大多数诗作，都写于20世纪80年代以后，这和刘先生的散文创作的高潮期是同步的。与他的忆旧和怀念类主题占据主要篇幅的散文创作不同的是，刘先生近二十年来的诗歌创作内容更多的是对现实的热切关注和对人生的深长思索。于是，在北戴河的海滩上，我们读到一个渡尽劫波之后的知识者面对无边大海时的跃动的情思（《北戴河抒情》《北戴河抒情（续篇）》）；在朔方的黄河岸边、古塔之下，我们听到了传达着新时代心声的黄河涛声和悦耳的风铃之声（《朔方风情画》）；在小桥流水人家的姑苏城，我们看到了一幅幅浓淡相宜的水墨山水画（《姑苏行》）；在《无题》《我愿意做一棵小草》《人生咏叹调》《瞬间的沉思》等诗作中，我们读懂了作者对生活的新鲜总结和发现，领悟了人生的许多真谛。刘和芳先生是热爱生活的。他的心里满溢着老一辈知识分子对祖国、人民，对新时代的感激和赞美之情。在他的诗里，看不到乌云密布的天空，听不到阴风凄厉的怒号。有的，只是发自肺腑的浓浓的爱意，是一片温暖如春的明丽与灿烂。不错，刘先生这一代人已经经历了过多的苦难和忧患。也许，相对于我们这一代人而言，他们更愿意面对太阳下的风景和春天生机勃勃的原野。不必责备他们对于苦难的超脱和某种程度的有意“忘却”，或许，这里面真的蕴藏着人生的大境界和难以言说的智慧。

三

我和刘和芳先生通常是在他的办公室里见面的。最初几年，他在一间嘈杂的大屋子里占有一个小的角落。后来，单位的办公条件改善了，他终于拥有了相对安静的一间办公室。每次到出版社去拜访他，寒暄之后，刘先生总是静静地坐在那里，很自然平和地说着话。我经常自问，在一间嘈杂的大办公室里，在电话铃声和进出人们的频繁干扰之下，我能心无挂碍地埋头工作吗？答案是：不能。而刘先生曾经在那样的环境中，心无旁骛地审阅着一篇又一篇他人的文稿。于是，我明白了何以刘和芳先生的诗文当中总是弥漫着一种温和之气。是的，与我这一代人相比，刘先生这一代人经历了太多的人生沧桑与忧患。然而，当将自己的人生经验和心底波澜转化为文学创作时，刘先生这一代人的笔下却往往流淌着动人的温情。他们总是以敦厚之心去谛视生活，用一种感恩的情愫去叙述描写生活。在刘和芳先生的诗文中，没有我们这一代人独擅胜场的顾影自怜、灰色颓败，有的只是一颗善良的心所感受到的生活之美、人性之美。人生的生死劳苦在他的审美世界里缩小了，变淡了。所有的磨难、困苦、不幸、悲伤，都只是晴空里的一丝流云，阳光之下一株小树的阴影。于是，人生的沧桑忧患便不再是心灵世界的困扰，而是报告黑暗过去曙光初现的晓声。

2023年6月

惟情深者可动人

——读杨继国散文集《灵性高原》①

我与杨继国先生已经相识二十多年了。印象当中的杨继国先生，不太像是做过很多年厅局级领导的人。他气质儒雅、待人谦和，说话办事经常真情流露，不做假饰——论及痴情其中的文学和摄影，则眉飞色舞；听闻世间诸多不公不平之事，则义愤填膺。在我的心目中，更多时候，他是一位仁厚的兄长，也是一位至情至性、诚恳坦率的文艺创作家。现在，他的最新散文选集《灵性高原》就摆放在我的案头。我读其文，思其为人，遂有下面的一些阅读心得和感受。

读杨继国先生的散文作品，首先感动我的是作者内蕴于文章当中的那样一种深情，一种对亲人故友、对西北故土家园和山水自然的浓情爱意。也许，有人会提出疑问：写散文没有感情的投入怎么行？而我要说的是，创作散文当然无情而难以成篇，更不要说去感动读者。然而，情的抒发和书写却是有讲究的，深深浅浅的刻度也是有差异的。有的人，经历了一些生活事件，走了些地方，看了些岁月的浮华表象，稍微有些情感的冲动，未等到思想沉淀和心灵发酵，便迫不及待地一挥而就发之为文。结果，文章是见诸文字了，内蕴的情感却多少有些苍白和枯瘦，像是一锅过早跑了气而没有蒸熟的馒头。实际上，文章当中的情感并不是想深厚就能

① 杨继国：《灵性高原》，散文集，作家出版社2020年版。

深厚的。作者的心情和思索，往往是要经过岁月的磨炼和时间的淘洗才能够变得异常醇厚的。当代散文大家吴伯箫有言："亲身经历的事，也要经过一番回味，洗练，把浮光掠影变得清晰明朗，片面感受汇成完整印象，才能构成一篇作品的雏形。真的写出来，最恰当的时机又不知等多久。"（《无花果 —— 我和散文》）一句话，散文佳构，其为文写作时间可能会不足三五个时辰，然而，其思想和情感的沉淀却可能要费去三年五载，甚至更长的时间。这就仿佛一坛酒，年深月久的藏品大多数时候会是绝妙的佳酿。我说杨继国先生的散文情感深厚，恰恰是因为他的许多叙事、抒情之作，绝不是匆忙当中的应景之作。相反，它们带着他的多年的思想和艺术沉淀，带着他发自内心的思恋怀念之情、热爱故园的赤子之情以及感悟社会人生的率真之情。《灵性高原》这本散文集中有两篇怀念父母之作，分别题名《无花果》和《马莲花》。这两篇文章篇幅都不很长，但读后却令人久久难忘。父亲因为次子患病，半年间竟白了满头乌发；母亲因为童年时的儿子误食了钢珠而寝食难安、费尽周章，直到在孩子的粪便中发现了钢珠才一展笑颜。这样的力透纸背的书写，实在不是应景写作可以得来的。它们的背后显然有着深广的情感之海在支撑。贺兰山和六盘山是坐落在宁夏境内的两座名山，歌咏书写者代不乏人。可是，我们看到的散文集中的两篇文章《踏访贺兰山》和《六盘山路行》却都不是泛泛的抒情写景之作。何以见得？我们来看杨继国笔下的贺兰山是怎样的面容："三关口的北边，是小滚钟口，俗称'小口子'，系当年西夏国王消夏避暑的地方。走进小口子，山凹处和山底平坦处流水潺潺，浓荫蔽日，诚如清人润光所写的'一路芳香都是药，千林老树尽生苔。浮云似水流将去，怪石如人立起来'。但纵目望去，四周的山峰和我们见惯了的南方的山大不一样，不但草木极少，而且每一块石头都是零碎而尖锐的，就像剑簇和刀丛一般，在灼热的高原阳光的照射下，呈现出狰狞的铁灰色，尽显其强悍和雄性之美。与南方阴柔的山形成了强烈的反差，给人以独特的感受。"这是夏日里的贺兰山，它的"流水潺潺"和"浓荫蔽日"确乎有江南山水之妙，然而，谁又见过有着“像剑簇和刀丛一般石头”的江南的山！如果没有对西部山水的浓情厚谊，没有对家乡的深沉的情感做积淀，没有对北方的山的细致观察，又怎么能懂得尽显强悍和雄性之美的贺兰山！六盘山骤得大名与一代伟人毛泽东所作的词《清平乐·六盘山》有关。这使得许多人想当然地认为六盘山只是一座“英雄山”。杨继国的散文《六盘山路行》避开通常的颂歌写作路数，只记述了自己走过六盘山路的若干次经历。无论是目睹六盘山春天的风姿还是夏天的浓艳，是在六盘山下不知名的小店享受佳肴“羊肉小炒”还是于深秋季节拍摄一群回族姑娘。作者如实记录当时内心的欢喜与跃动，情感的真与纯于貌似平淡的描写和叙述中丝丝缕缕地呈现出来。读来，不能不使人回味良久。

杨继国先生毕业于国内名校复旦大学，曾经受过学院气氛的熏陶，走上工作岗位后，他又长时期从事文学评论工作和文艺领导工作，这使他的身上更多一些所谓的“文人气质”。读他的散文，会发现他是一位极其喜欢与大自然对话、与山水亲近的作家。也就是说，在他的精神深处，中国古代文人的那一份与山水相依相恋的情愫是始终存在着并时时准备迸发而出的。湘西名城张家界拥有中国最独特的山和最优美的景，杨继国先生雨中游览名山胜景，感觉此山此景仿佛处于青春年代的少女，似羞还怯（《雨中张家界》）；黄山为五岳之尊，在杨继国眼里，山景又像是一首首流淌着的诗，一幅幅飘动着的画（《再游黄山》）。其他如夜访留坝张良庙，于寒溪找寻萧何月下追韩信处，探秘三江源、走马额济纳、贺兰山下种牡丹等等，莫不是文人情愫的真实体现与张扬。我愿意把这种文人情愫视为一种文人的真性情，视作一种格物致知探究世界真相的求索精神和永远浓烈不易改变的知识分子的深沉情感。知识者因为这文人情愫而超越俗世日益沉沦的灵魂困境，杨继国先生因为这难以抹掉的文人气质而显得格外可爱。

古人论文有“修辞立其诚”的说法。诚者，心也，是说写文章者要有一颗真实、淳朴的心。优秀的写作者的灵魂从来都是清澈见底的，他们会在写作中自觉地排斥一切虚伪做作和不真实。台湾散文大家余光中在谈到散文创作时也说："在一切文体之中，散文是最亲切、最平实、最透明的言谈，不像诗可以破空而来，绝尘而去，也不像小说可以戴上人物的假面具、事件的隐身衣。散文家理当维持与读者对话的形态，所以人品尽在文中，伪装不得。"（《散文的知性与感性》）读杨继国先生的散文作品，不仅会为其深情灌注所打动，更打动我们的，是他文章当中所流露出来的那样一种"明澈的诗心"——没有丝毫伪饰的真情的自然表达。这显然是散文创作特有的松弛和本真状态。熟悉杨继国先生的人都知道，这位搞文学评论出身的文艺界领导，还是一名有品位的摄影家。痴迷摄影的人成百上千，许多人能够道出这个行当的分外艰辛，可是有谁能够说得出摄影"发烧友"的巨大喜悦？杨继国在一次成功地拍摄了"长河落日圆"之后这样写道："虽然是极度的劳累，但心里是极端的痛快。回来的路上，月亮已高挂在天上，无垠的沙漠如同镀了一层白银。月色如霜，好风如水，清景无限。我们都歪歪斜斜地行走在沙漠中，大声谈笑，大声歌唱。这一瞬间，我们都快乐得如同回到童真时代的一群小孩。"（《美丽瞬间》）在这里我们已经看不见哪怕是一星半点的隐饰，我们看到的只是作者一颗简单明澈的心。收在《灵性高原》这本散文集中的《从玛多到玉树》《晶莹剔透的巴颜喀拉山》《多彩神奇的高原》《拉卜楞的盛会》《狮龙宫殿与年宝玉则》五篇文章是杨继国数次探秘三江源时陆续写作的游记。我们读上述游记，眼前当然会浮现雪域高原的特殊景色——无边的旷野和扑面而来的白色云朵。然而，透过表层的文字，我更愿意感受作者笔下的那份"纯真"——一种抛却了人间功名利禄之心的"赤子"情怀。对杨继国而言，自然是心灵的镜子，是人类精神的家园，是供我们研读的一本大书。面对雪域高原的大美风光，他的内心世界突然升腾起童年般的情感——这种童年时代朴素率真的情感已经被现实的尘土遮蔽了许多年。他脱去了成年人的矜持和伪装，又一次回归孩子般的天真、好奇、激动、狂喜，迫不及待地打开全部的感觉器官，倾心感受和抚摸身外的一切。此时，高原清冷的空气中有草的甜味飘来，山边的流岚正显现万种风情，一望无际的晴空蓝得仿佛可以滴下蓝来，心房就在这辽阔静寂的时空中温柔地有韵律地跳动。应该说，杨继国的文字里有至纯的人类童年期的气息。在无情岁月的腐蚀之下，不知有多少人早已经丧失了这种宝贵的童年气息。现在，当一个年近古稀的艺术家将一篇篇饱含着赤子之心的作品奉献于我们眼前时，我们除了深深的感动，还能说些什么呢？还是被誉为“美国文学之源头”的爱默生说得好：“实际上，很少有成年人能够真正看到自然，多数人不会仔细地观察太阳。他们至多只是一掠而过。太阳只会照亮成年人的眼睛，但阳光却会通过眼睛照进孩子的心灵。一个真正热爱自然的人，是那种内外感觉都协调一致的人，是那种直至成年依然童心未泯的人。”

《灵性高原》这本散文集中还收有《寻石记》《淘玉记》《赏陶记》《贺兰山下种牡丹》《牡丹的精神》等表现作者人生情趣的文章，亦颇可一读。我国的散文，事实上从来也不排斥“记闲”和“记趣”。我以为，“闲”和“趣”，貌似凡俗，实际上却是人生“味道”的真实再现。不错，在风沙扑面、豺狼当道的年代，文学是抗争的，战斗的。然而，在和平年代，文学理所当然地要担当一份休闲的义务。休闲不是玩物丧志，不是避世出世，而是为了更好地工作和战斗。杨继国先生的“三记”和《贺兰山下种牡丹》等篇叙述作者赏玉、搜陶、玩石、种花之经历，如数家珍，情趣盎然。最难得的，乃是其中由对玉、石、陶、花的赏玩中所生发的一些动人心魄的哲思。而这些经由岁月风雨之吹打、人生阅历之锤炼、心灵世界之发酵和酿造的智慧之思，我以为，是上上品质的佳酿，饮上一杯当然会是余香满口，甘之若饴的。

众所周知，杨继国先生是一位出色的文体家。20世纪80年代至90年代，他是宁夏文学理论和批评界的风云人物。他对回族文学的深入研究和对宁夏文学的宏观把握与精确描述，其思想的敏锐和文字的纯熟与老到，常常会让人情不自禁地击节称赏。十余年间，杨继国先生于散文写作一途用力甚勤。独特的人生经历和深长的人生思索，“修辞立其诚”的艺术寻求，使其于为数众多的散文作家当中独树一帜。作为探究其散文写作的基本路径，现在有必要对其创作语言的独特风格分析一二。首先，他的文字里蕴含着滚烫灼人的情感。无论叙事、写景，还是议论、抒情，他的感情从始至终处于丰沛、饱满状态而绝无干瘪枯瘦之情形。读他的文字，会发现，“率真、坦诚、无伪饰”是伴随其写作始终的旋律。我有时候禁不住要猜测：这样的一个深情灌注之人，也许常常会在心底里自语“无情莫如离去”。他是那种常常要扑在世界上面并且与之相拥相抱的创作家，或仰天大笑，或失声痛哭。所以，你在他的文字里看不到厌世者的悲观、哀叹、怨愤、詈骂，相反，它们显现着一个进取者的豪情与勇气，一个痴爱人间的艺术家的万般柔情。再者，杨继国的文字里饱含着古典的诗情与画意。我们都知道，杨氏是一个自小就喜阅读的人。对中国古典文学作品的长时间浸染和钻研，使其对汉语的美质（简约、明快，讲求韵律和对仗）逐渐有了深刻的体察和认识，并能够在创作中自觉运用。我们读他的散文，经常会感觉到他的文字中的唐诗宋词的神韵。仅举一例：《晶莹剔透的巴颜喀拉山》中，有这样一段文字：“当时，我们从青海西宁出发，一路上过青海湖，穿花石峡，在玛多看弯弯曲曲小溪似的缓缓流淌的黄河，在星宿海看星星点点如珍珠般撒落的万千湖泊。”这是一段叙事性文字，然而，“在玛多看……在星宿海看……”这一组排比句却是韵味十足的带着古典情韵的描绘。“弯弯曲曲”和“星星点点”两组叠词的运用，会让人很轻易地联想到李清照的名句“寻寻觅觅、冷冷清清、凄凄惨惨戚戚。”（《声声慢》）事实上，杨氏文章中经常会出现大量的非常工整的对偶句，以四字对偶句居多，间或会采用更长一点的对偶句。这当然显示了其良好的古典文学根底，也清楚地表明他在文章境界和语言上融汇古今的不懈寻求。其三，杨继国的文字细致、妥帖，他是那种能够以漂亮的文字建构逼真传神的事物景象与人生画面的作家。诚如大批评家本雅明所言：优秀的作家仿佛一个匍匐于花蕊之上的蜜蜂，因为真的已经贴近了要描写的事物，嗅到了事物本身的气味，所以常常能够以文字提供生动得了不得的世界具象。于是，在“探秘三江源”这组作品的文字呈现中，读者们可以清晰地看到作者三上巴颜喀拉山时所看到的不同风景，天上的雨意云情，坡上的草色深浅；可以看到高原秋阳照射之下的“金色牧场”；可以看到“世界屋脊”上独有的如此阔大深远、纤尘不染的无穷碧空。是的，杨继国的文字优美、洗练、苦心经营却又仿佛率性、随意。我读他的文字，确乎有读陶渊明诗的感觉 —— 平淡处亦是丰腴处。他的那些灵活而多妙趣的句子，是春风里尽情舞动的花草，是清流里鳞光闪动的鱼儿。比如，“往湖中望去 …… 湖水碧绿清澈，一眼见底，水中自由自在游着不知名的鱼儿。这些精灵个头不大，晶莹透明，见人不惧，反而迎向前来，摇首摆尾，煞是可爱”（《狮龙宫殿与年宝玉则》）；又比如，“这就是花王，宁争一时之灿烂，绝不平庸度一生。它在春末开放，不争春，不掩饰，不矫情，不惜力，炽情似火，赤诚待人，季节一到，倾其所有，喷薄怒放”（《牡丹的精神》）。这样貌似平淡，其实奇崛的句子，其思想之源和艺术情调就不仅连接着深厚博大的中国文学传统，也折射着作者非比寻常的人生经历和阅尽人世的沧桑感和超脱感。清朝文评家赵翼说：“赋到沧桑句便工”。观之杨氏之文，信然。

2021 年 3 月

在历史烟尘中勘探人性

——读长篇小说《七步镇》兼论陈继明小说创作的独特价值和意义[①]

陈继明费时数年写就的长篇小说《七步镇》，是一部意蕴复杂的小说。这部小说以作家东声的患病（东声分别患有回忆症、抑郁症等诸种病症）经历和治疗过程为显明的叙事线索，以东声执着寻找自己的“前世”为核心情节，其中穿插了大量的个人心灵史、男女情爱、时政思索、历史考证和田野调查等内容。如果一定要归类，《七步镇》属于“复调小说”一类。然而，由于作品意绪丰饶、虚实相生，且文体暧昧繁复，故又构成了小说本身的“迷雾”特质，带来了读解的难度。笔者与陈继明相识差不多有三十年，对他的小说创作一向格外关注。初读《七步镇》，曾经有许多迷惑和不解。待读到第二遍时，内心的迷雾才渐渐散开。不能说，我们已经完全读懂了这部杰作。但是，我们可能已经触摸到作品解读的门闩了，并使之有所松动。下面的见解，是门闩松动之后透出的一点光亮。

---

① 陈继明：《七步镇》，长篇小说，原载《十月·长篇小说》2018年第1期，单行本人民文学出版社2019年版。

一

《七步镇》明显地存在着两个叙事声部：现实的和历史的。小说所呈现的现实图景是：有个叫东声的作家病了。他得了一种精神性疾病：回忆症。回忆症是一种心理强迫症，它的具体表现是：一旦开始回忆就没完没了，难以中止。任何一个偶然的因素都有可能触发某一段特殊记忆。东声十岁左右经历过一次死亡事件。那次事件的中心人物是童年伙伴小姑娘小迎，小迎死于铁道上的游戏，而铁道游戏的最初建议者却是东声。为此东声一直认为是自己的过错导致了小迎的死亡，他的内心充满了悔恨和难言的伤痛。十年前，东声的母亲猝然辞世。前一天东声还在与母亲通电话，次日晚上却接到母亲急病住院的通知，第三天凌晨母亲就走了。东声从感情上接受不了母亲突然离世的事实。母亲去世后，他一直模仿母亲当年的厨艺“喂养”自己，体重陡然增加。东声有过三次失败的婚姻经历，在婚姻生活中，东声总是处于弱势地位，“不像个男人”（这是其中一位前妻对东声的评价）。眼下，东声又一次坠入爱河，与一位女博士居亦爱得死去活来。居亦曾经是个被遗弃的婴儿，在重庆福利院长大，现在澳门与养父母住在一起。现实中的东声不是一个只知道独守书斋的知识分子，他关心混乱的伊拉克局势，对1937年的“南京大屠杀”与当年中国人的笨拙耿耿于怀。一个偶然的机会，东声接受了毕业于牛津大学的一位心理学博士的催眠，在睡梦中，东声发现自己回到了甘肃老家，居然成为土堡当中的一个土匪头子。于是，催眠醒来之后的东声开始了漫长而执着的寻找。他既想知道自己的“前世”是不是那个年轻的土匪头子“鹞子李”，又想拼命洗白梦境中自己手上可能沾染着的无辜者的鲜血和曾经的罪孽。从这里开始，小说进入了两个声部的交替演奏。一个声部是东声重返甘肃故乡的仔细勘察和费力寻找；另外一个声部是故乡甘谷久远的历史生活由过去的深潜于地底而一变成为鲜活的人性和人的命运的生死荣枯。两个声部回还往复，共同构成了《七步镇》的雄浑和悲怆，也共同构成了这部长篇小说撼动人心的艺术力量。需要特别指出的是，在这部小说当中，现实的喧闹和历史的纷扰是如此紧密地拥抱贴近在一起，仿佛一对难解难分的恋人，读者又怎么能够把它们分得开？譬如东声意外得到的那只人皮鼓，当它鸣响的时刻，到底发出的是千年之前（唐朝）的幽鸣之声，还是现实空间里的异常声响，愚钝如我们者，又怎能分辨得清楚？是的，历史的浩瀚星河不仅在旷远的天边若明若暗地不停闪烁，也常常在我们头顶的现实苍穹中喧哗旋转。东声的“今生”不是与他的“前世”有着永远切不断的血缘关系吗？

二

从小说叙事的总体面貌和艺术气象而言，我们倾向于将《七步镇》这部长篇小说视为中国社会近百年历史的一个寓言。如果我们的解读无误，《七步镇》涉及的最早历史时间是清同治年间（1862—1875年）。同治年间，爆发了陕甘回民起义，小说中马家堡子的最初主人马如仓等于战乱之中仓促离开甘谷，其具体时间背景即是清同治年间。小说当中另有一处别致的历史记载：光绪十年（1884年），一名人称巴尚志的澳洲传教士从广州出发，一路西行，一边行医一边传教，于此年夏天进入甘肃甘谷的安家嘴。巴尚志此后再没有回过澳洲，他与当地一个女子结婚，最终老死在安家嘴。这一历史事实表明，西北虽然地处偏远，但鸦片战争之后，西方文化借传教士的宗教之行开始逐渐进入到西北的穷乡僻壤。1929年，甘谷（原名伏羌，唐武德三年设置）更名为今天的名字，但境内依然兵连祸结、匪患频仍。1931年，地方军阀马廷贤占据天水，七步镇盐商金三爷的大儿子李则广（“鹞子李”）应征入伍，后因战斗失利遂带手下人脱离马廷贤部队，占据了马家堡子，杀土堡中原有居民二十六人，将马家堡子变成土匪窝。1935年，在甘谷、通渭一带做土匪的李则广投靠国民党胡宗南部队，接受整编，任副团长、团长。1941年5月，中条山战役爆发，李则广团参战，他的一团兵士大部分阵亡，他和几个卫兵侥幸生还。1942年，李则广脱离军籍，一人还家。从此再不问国事，只以饲养牲口为生。1966年冬天，在一次批斗会上，由于李则广自己坦承1933年曾带手下人袭击了马家堡子，杀死丁、罗两姓二十六人，遂使在场的丁家后人一时暴怒，用杀猪刀杀死李则广。李则广有一个同胞兄弟李则贤，原是20世纪30年代七步镇地下党的领导人。1937年冬天的一个早晨，国民党天水警备司令高增吉率人抓捕七步镇的共产党秘密党员，李则贤闻讯逃脱，后赴延安。新中国成立后，李则贤在湖南溆浦担任县委书记。李则广死后，李则贤始还家，兄弟二人在新中国成立后一直没有见面。

我们费力廓清小说的叙事“迷雾”，努力还原小说的历史背景，是想说明：小说所讲述的故事——甘谷大地上曾经发生过的一切人的命运的生死歌哭、起伏动荡，恰是百年以来中国人命运的写照和高度概括。举凡大地烽火连绵、国破家亡，人民流离失所、状若猪狗；比如外敌入侵，内乱不止，同室操戈、亲痛仇快，甘谷大地上所修筑的一千三百多座古堡，岁月深处的万般悲惨情状，不正是一百多年以来中国人辗转挣扎于生死线上的如实描画和文学写真吗？我们从来不相信陈继明是一个只愿意咀嚼个人悲欢而对天下苍生不闻不问的创作家。从他的小说代表作《骨头》《月光下的几十个白瓶子》《粉刷工吉祥》，到《一人一个天堂》《陈万水名单》《北京和尚》，再到眼前的《七步镇》，陈继明的灵魂深处一直充盈着悲天悯人的炽热情感。他来自西北大地，幼年又经历过贫困生活，深知稼穑不易、父老艰难；他熟读中外经典，深深懂得读书写作不为金钱玉帛，而为百姓命运呐喊，为社会正义呐喊。所以，我们把《七步镇》视为一部寓言，是一部以个人和西北小镇人的命运透视整个中华民族历史命运的小说。从这个角度而言，《七步镇》有着与《白鹿原》等当代杰作相同的精神血缘和共同的精神底色。

三

现在，我们需要进入作家陈继明的内心深处来探讨一下他写作《七步镇》时的精神立场和情感态度了。我们认为，如果说《七步镇》这部杰作有什么一以贯之的精神立场的话，那就是相当强烈的“罪感意识”和“救赎意识”。这两种意识在小说中相互交织、缠绕，共同构成了小说非常强劲的思想冲击力。众所周知，“罪感意识”和“救赎意识”来源于基督教。在基督教看来，人类的始祖亚当和夏娃当年在伊甸园中，由于经不起诱惑，违背与上帝的约定偷吃了分辨善恶树的禁果，不仅当时就被逐出乐园，而且从此有了“原罪”。所以，《圣经》上才说：“我是在罪孽里生的，在我母亲怀胎的时候就有了罪。”（《旧约・诗篇51：5》）除“原罪”之外，人类自身还“装满了各样不义、邪恶、贪婪、恶毒，满心是嫉妒、凶杀、争竞、诡诈、毒恨，又是谗毁的、背后说人的、怨恨神的、侮慢人的、狂傲的、自夸的、捏造恶事的、违背父母的、无知的、背约的、无亲情的、不怜悯人的”（《新约・罗马书1：29—31》）等等的罪恶。因为人自出生起便背负着人类始祖犯下的原始罪过，所以人这一生都是“有罪的”，必须通过不断的忏悔和灵魂的净化，才可以完成心灵的“救赎”。“罪感意识”和“救赎意识”作为一种舶来品，近代以后开始在中国思想文化界被接受，一些现当代文学作品当中也出现了它们的身影。鲁迅的《狂人日记》就是一篇有着强烈的“罪感意识”的小说。鲁迅在这篇作品当中不仅意识到中国四千余年的漫长历史是一部“吃人史”，更是深刻地意识到“我”也是这“吃人者”之一。鲁迅之外，许地山、庐隐、老舍、巴金、曹禺等作家，都在写作中笔涉“人的罪恶”，希望“罪人”们通过忏悔和有意识的“受苦”等途径，获得灵魂的拯救。新时期以来，在“伤痕文学”和“反思文学”作品当中，我们可以强烈地感受到作家们对历史、现实、人性所进行的深度审视，在宗璞的《我是谁》、张贤亮的《土牢情话》、戴厚英的《人啊，人!》、张炜的《古船》等小说中，“罪感意识”和“忏悔心态”成为非常鲜明的精神价值立场。尤其是隋抱朴（《古船》）这一“忏悔者”形象的塑造，他身上所具有的强烈的“罪感意识”，他在磨坊里似乎永无止境的灵魂自我折磨，构成了20世纪80年代最为动人的文学风景之一。

从文学创作思想传承的角度而言，陈继明的《七步镇》与“五四”先贤的思想和新时期早期作家们的创作是有渊源关系的。我们这样说，一点也没有看轻陈继明创作的创新性之意。罗兰·巴特在《零度的写作》一文中说：“某一作家可能运用的写作只有在历史和传统的压力下，才能确立。”[①] 米兰·昆德拉也曾说过：“依我看来，伟大的作品只能诞生于他们所属艺术的历史中，同时参与这个历史。只有在历史中，人们才能抓住什么是新的，什么是重复的，什么是发明，什么是模仿。换言之，只有在历史中，一部作品才能作为人们得以甄别并珍重的价值而存在。对于艺术来说，我认为没有什么比坠落在它的历史之外更可怕的了，因为它必定是坠落在再也发现不了美学价值的混沌之中。”[②] 所谓“历史和传统的压力”和“诞生于他们所属艺术的历史中”云云，实际上都在说明一个事实，那就是：所有后起作家的创作都处于一个强大而历史悠久的谱系当中，文学传统构成了后来的创作者赖以建构意义的精神资源。我们发现，在陈继明的《七步镇》当中，“罪感意识”成为一个反复回响的主旋律。而“罪感意识”的承担者，即是叙事者 —— 作家东声。前面已经说过，东声患有回忆症和抑郁症等疾病，这使得他总是反复回忆起前尘往事。童年伙伴小迎之死是东声的心结之一，也是促使他内心不断生成“罪恶感”的核心事件之一。悲剧过去了几十年之后，当重返故乡，东声依然在谴责自己：“我没有直接杀人，起码间接杀了人。”小说当中更意味深长的叙事设计是，在一场催眠治疗的“梦境”之中，东声的“前世”忽然成为混乱

---

① 【法】罗兰·巴特：《符号学美学》，董学文、王葵译，辽宁人民出版社1987年版，第152页。

② 【捷克】米兰·昆德拉：《被背叛的遗嘱》，余中先译，上海译文出版社2003年版，第18页。

动荡的民国年代地方上的一个土匪头子，这个土匪头子生性残忍、杀人如麻。于是，从梦中回归现实之后，东声开始了颇受煎熬的田野调查和历史求证。与其说，东声想千方百计地寻找自己的真实“前世”，不如说东声想以一个知识分子的柔弱身躯，承担故乡土地上曾经发生过的一切残忍杀戮和血腥争斗之罪孽。也就是说，只要是曾经发生过的罪恶，迟早要有人站出来平静领受、真诚忏悔甚至接受审判。这个时候，我们就不能简单地把陈继明的叙事设计理解为单纯的艺术技巧了。如果我们用心揣摩小说文本，会惊讶地发现，生活于当下的东声，实际上每天都在承受着灵魂的拷问。这个敏感、多思，“罪感意识”始终萦绕于心的知识者，不仅要承受早年生活的心理创伤所带来的内心折磨，更要不停地被知识分子的“良知”和正义感反复逼问。无论是巴勒斯坦人的诉求，还是长达十个小时的纪录片《浩劫》中那些纳粹集中营的幸存者脸上的“苦难者表情”；无论是18世纪流行于欧洲的“人皮书装订术”，还是1937年冬天七步镇三个共产党人被枪杀和一个孤单女人的自杀，人类所有做下的罪孽和犯下的罪行，都需要被知晓、被认领，并经由忏悔、反思等精神通道而达到彻底的清算和救赎。应该说，尽管东声始终疼痛和挣扎于人类曾经的苦难和罪恶之中，但他对人类还是抱有基本的信心的。在欧洲，他和居亦在调查了人皮书的历史和观看了大量的欧洲影片之后，他们产生了这样的感受：“我们有很多感受，其中一个共同感受是：当我们对整个人类抱有信心的时候，对自己的信心对个人的信心，对男人的信心和女人的信心，也有明显的提升。尤其是，我们都认为人类是一个有缺陷的存在，我们应该对人类缺陷抱有警惕，但不要试图拿起手术刀，把人身上的所有缺陷剔除，只剩下好的、讲理的、文明的部分。有缺陷的人类，仍然值得尊敬和热爱。甚至可以说，更多的奥秘藏在人类的缺陷和绝望里。”① 正是遵循着这样的认识和理解，小说给出了人类的救赎之道：爱和温暖。因为“一个没有爱

---

① 陈继明：《七步镇》，《十月·长篇小说》2018年第1期，第69页。

过的人，或者目前没有生活在爱中的人，会更凶狠更毒辣。”[①]既然美国心理学家哈里·哈洛的实验结果证明，动物和人一样需要爱——实验表明：小猴子如果生下来之后缺乏母猴子的爱抚和保护，长大后会更有攻击性，更孤僻，性成熟后甚至不能交配[②]，那么，高贵的人类为什么不能以深情之爱和长久的温暖去消弭残忍、杀戮、仇恨、恶毒、邪恶和一切人间不义呢？

四

陈继明1988年开始发表小说，迄今为止他创作小说已经整整三十三年了。三十多年来，他始终将创作的焦点对准西北的黄土地，从故乡甘肃（包括他曾经生活和工作过的第二故乡宁夏）的历史烟尘和现实生活的跃动当中寻找生存的故事，细致勘探人的命运和人性本身。他来自乡土社会，乡土人生既是他个人生活的原初之地，也是他创作取材最为深切之处。他以长篇小说《一人一个天堂》、中短篇小说《北京和尚》《灰汉》《陈万水名单》《节日》《骨头》《粉刷工吉祥》等构筑了一个文学叙事当中的“西北系列”。在这个文学系列当中，他如实状绘西北社会岁月深处的苦难和挣扎，深切同情和深入思索刚刚跨入城市地界的农民的多舛命运。与流行的写法不太合拍的是，陈继明的书写笔致有时会逸出一些固定的写作范式，显现简洁劲健的叙述生活和穿透生活的艺术能力。在短篇小说《骨头》中，他叙述几十年前乡村两个家族之间的仇杀事件，如何给本家族唯一的幸存者父亲留下巨大的心理阴影并成为他此生最为浩大的话语资源。结局却是颇为出人意料的：在父亲的反复告诫之下，家族的后人们以一种温和而韧性的奋斗，完成了对于一度受到损伤的家族荣誉的修复。我们读陈继明的这篇小说，仿佛在读一个近现代中国寓言。“渡尽劫波兄弟

① 陈继明：《七步镇》，《十月·长篇小说》2018年第1期，第83页。

② 陈继明：《七步镇》，《十月·长篇小说》2018年第1期，第14页。

在，相逢一笑泯恩仇。”在由野蛮、仇恨和暴力构成的凶险的世界当中，化干戈为玉帛的勇气和以柔克刚的生存智慧，正是东方哲学的最伟大最动人的真谛。对于受城市化浪潮推动而进入城市的农民命运的关注，一直是陈继明小说创作的敏感点。发表于2004年的短篇小说《粉刷工吉祥》① 是一篇当时就引起文坛格外关注的作品。这篇小说讲述农民工（粉刷工）吉祥因为在邮局汇款时与营业员的一个小小的争执，而在一天内受尽凌辱几乎丧命的故事。作者冷静的、压抑性的叙述以及对于吉祥“死而复生”后不愿提及往事的叙事设计，都在以一种不动声色的文学方式向现实凌厉发问：城里人真的把受尽辛苦的农民工当作一个有尊严的人看待了吗？如果没有，城市的明天将会怎样？评论家金理这样评价《粉刷工吉祥》的意义和价值：“我们经常会看到，批评家们对今天的文学丧失介入、参与等积极品质的严厉批评。然而面对陈继明这个短篇，我们很难再轻易地判定文学沟通现实能力的匮乏，也很难判定，当代文学是否真的丧失了介入、沟通现实生活的可能性。”②

20世纪90年代以来，“城市文学”成为当代创作最为重要的潮流之一。异常喧嚣而又复杂多变的城市生活，既给许多创作家带来创作取材的便利，也带来思想和艺术趋于同质化的困扰。作为一个以描写乡土人生见长的小说家，陈继明的城市小说从一开始便呈现与众不同的写作风貌。发表于1996年的《月光下的几十个白瓶子》③ 是获得文坛高度称赞的一个短篇小说。在这篇小说中，作者以相当深刻的洞察力精确敏锐地捕捉到了市场经济体制初建之时，我国社会生活中一种带有弥漫性的消极心理（小说之中称之为“集体无意识”）——“烦着呢”，并揭示出这种消极心理背后所潜藏的巨大危险性和可能带来的社会灾难。小说一经刊载，便以逼视现实的巨大勇气和思索生活的特殊深度而备受好评。著名评论家雷达先生

① 陈继明：《粉刷工吉祥》，原载《上海文学》2004年第4期。

② 金理：《纯文学果真丧失了社会担当的可能么？》，见《文汇报》2004年6月23日。

③ 陈继明：《月光下的几十个白瓶子》，原载《朔方》1996年第2期。

当时就将这篇小说称之为近期创作中“罕见的好短篇”。[①]2011年，陈继明在《人民文学》发表中篇小说《北京和尚》[②]。这是一篇涉及坚守信仰还是拥抱红尘两难困境话题的小说。可乘和尚的诸多不舍和红芳们的百般缠绕，既是欲望至上、利益至上年代世俗生活的写真，也是内心动荡时期芸芸众生暧昧难辨的精神世界的尖锐刻画。事隔十年后再读《北京和尚》，我们依然能够感受到可乘剁掉食指那一瞬间深入骨髓的剧痛和创作者止不住的泪水长流。

陈继明的创作曾经被大声地喝彩过，无论是作为“宁夏三棵树”当中的一员，还是后来生活和工作于华南之地，他皆以不合于时流的执着而获得关注和肯定。然而，更多的时候，他是一位被忽视的作家。现在，陈继明将色彩斑斓的《七步镇》奉献于我们面前。我们无法说，《七步镇》已经达到了中国当代文学的崭新高度，但我们可以断定，《七步镇》不仅标志着陈继明小说创作进入高远的新境界，同时，它的出现也标志着当代小说具有了耐人寻味的新品质。在日常生活审美已经被泛化，世俗化、狂欢化写作呈现强势的当下，《七步镇》深沉的思索和充满魔力的叙事，不仅充分证明“纯文学”的固有魅力，也给“纯文学”的未来发展点亮了一盏启示之灯。

2020年12月

---

① 雷达：《不回避姿态与文化体验——近期小说述评》，《中华文学选刊》1996年第4期。

② 陈继明：《北京和尚》，原载《人民文学》2011年第9期。

解读《中国之美》的几个关键词[①]

郭文斌的《中国之美》是一部凝聚着强烈而深厚的乡恋乡愁情感与清明的现代哲思的散文随笔集。解读这部作品集，笔者以为可从下面三个关键词入手，以把握作者的创作深心和作品的创作主旨。

美在乡村

毫无疑问，《中国之美》是一部以极大的热情赞美传统中国乡村道德之美和人情风俗之美的书籍。

郭文斌来自中国西北乡村，是大地之子和农民之子。他自小与黄土、沟壑、草木菽粟、牛羊马骆为伴，日日目睹西北农民于漫长而艰难的生活当中所持守的“敬天法地、晴耕雨读”之道德规范和生存哲学，在父老乡亲的辛勤汗水和中华优秀文化传统的哺育中长大成人。乡村生活中“乐天知命”的朴素情怀、山川景色寻常生活中生长的诗意以及传存不绝的道德人伦法则深刻地塑造和决定了他的精神价值取向和审美情怀，也构建了他深厚的“家园意识”和乡恋情感。因此，他对中国农村和乡土的热爱是发自灵魂深处的，是“骨子里”的爱。当他有机会书写中国乡村的令人陶醉之处，传统乡村的道德之美、风俗人情之美，便成为他小说和散文作品直

① 郭文斌：《中国之美》，散文集，百花文艺出版社、宁夏人民出版社2024年版。

接描写的对象、讴歌的对象。在《中国之美》这部散文集中，他用大量篇幅描画和赞美中国乡村和传统节日的格外美丽动人之处：无论是中国乡村百姓对于“年”的诗意理解和年前年后的“幸福的忙乱”，还是遍布中国大地的传统村落中历久弥新的乡风乡情，皆是“美在乡村”的有力证明。需要特别指出的是，郭文斌对于传统乡村生活和道德优秀之处的赞颂和讴歌，并不仅仅是一个文化守成主义者通常的“向后看”的精神心理姿态。客观而言，它是身处全球化资讯化时代，一个亲身经历了中国社会经济的高速发展和观念情感变迁的优秀作家对于未来发展之路的认真思索，是时代背景下遥远然而亲切的历史记忆与急速行进的现实存在相互碰撞和激荡的结果。我们可以把它看作一个“怀乡者”的天然情感的流露，更应该把它看作一个思想敏锐的当代中国人在经历了复杂纷扰的现代性生活之后的清醒认知。

现实忧思

在《中国之美》这部散文随笔集中，一方面，作者几乎倾尽心力高声赞美了传统乡村的人伦道德之美；另一方面，我们也应该看到，在许多涉及当代乡村生活的篇章当中，作者实际上寄寓着深沉的忧患之情。因此，《中国之美》又是一部面对传统文化精神在当前的失落状况，对现实生发忧思之书。

我们看到，几十年间高速发展的中国经济，给整个中国社会和人民生活带来了相当大的物质满足：生存的空间和时间得到了巨大的改善和延伸，生活的质量得以大幅度提升，其丰富程度前所未有。在中国的城市和乡村，包括处于西北腹地的偏远之地，人民的温饱问题得到彻底解决，“绝对贫困”已经成为过去年代里的词汇。中国农村现在要解决的现实课题是如何在新的时代背景下，建设现代而文明的“美丽乡村”的问题。郭文斌感受着时代生活的历史性变化，为父老乡亲们的生活变迁感动、欣喜，同时面对新的发展年代中国社会的精神文化建设状况，他又有一些现实的忧思。在《中华文化的成功归位》《中华民族的精神吸引力》等文章中，他对许多地方没有很好地利用和弘扬中华古老的文化精神、未能深入挖掘传统文化基因，只注重技术管理层面的管理模式是有忧思的。实际上，早在几年前，他在《中国之中》一文中，就相当清醒地意识到传统文化精神的失落给当今社会治理所带来的不利局面："一个村落，几百年来没有刑事犯罪，肯定有它的秘密。一个村落，能够做到路不拾遗，夜不闭户，肯定有它的秘密。在阅读这些台本（按：指大型电视纪录片《记住乡愁》的文字台本）的时候，我在想，一个受过重伤的人，最重要的是恢复他的元气。当下社会，各种危机困扰着人们，说一千道一万，正是因为我们没有把这些隐藏在人民之中，深埋在岁月深处的原始生命力恢复。管理层辛苦得一塌糊涂，手忙脚乱，却是按下葫芦起了瓢，结果不但于事无补，往往情况更加麻烦……这种高治理成本，正是因为我们迷失在头痛医头脚痛医脚的'技'之层面，而忽略了'技'上面还有'术'，'术'上面还有'学'，'学'上面还有'道'。"我们知道，自1840年鸦片战争爆发之后，在相当漫长的一个历史阶段，中国社会陷入了国家蒙辱、人民蒙难、文明蒙尘的悲惨境地，在民族命运屈辱动荡的历史背景下，古老优秀的中华文化也陷入艰难的生存之境——温柔敦厚的生存哲学一直遭受"物竞天择"强者哲学的挑战和冲击，个性主义的张扬也一直腐蚀着家国情怀和集体主义的精神空间。是的，经过一个多世纪的浴血奋斗，中国人民终于"站起来"和"富起来"了，然而，在一百多年的奋斗史上，特别是近几十年来经济高速发展史上，我们又是何等忧心如焚地发现：中国人赖以生存几千年的"根和魂"——那些古老优秀的传统文化精神正在现实生活之中流失，奉强者哲学和个人主义为圭臬的西方文化法则正在进入年轻人的心灵。郭文斌于日常社会生活的观察之中，尤其是借担任大型纪录片《记住乡愁》的文字统筹一职，他随摄制组遍走中国南北乡村，在对乡村文化和民间道义精神的细心梳理中，真切地感受到了中华优秀传统文化的其来有自、源远流长以及它的强大向心力、凝聚力和教化力。于是，他在不止一篇文章中发出呼吁，希望每一个中国人都能够成为“讲仁爱、重民本、守诚信、崇正义、尚和合、求大同”等传统文化精神的坚定的信奉者和传承者。以继承传统弘扬传统为基础，他期待着在未来的社会发展中，中国式现代化的推进之路既是生命大义与利益追寻和谐相处的历程，又是家国情怀与个人诉求得以妥善平衡的发展之路。

文化自信

细读《中国之美》这部散文随笔集，我们发现：这又是一部充满文化自信，以丰富的田野调查和积极深沉的思索为基础，试图构建未来乡村美丽画卷的愿望之书。

2023年6月2日，习近平总书记在文化传承发展座谈会上指出：“中国式现代化是赓续古老文明的现代化，而不是消灭古老文明的现代化；是从中华大地长出来的现代化，不是照搬照抄其他国家的现代化；是文明更新的结果，不是文明断裂的产物。中国式现代化是中华民族的旧邦新命，必将推动中华文明重焕荣光。”

我们阅读《中国之美》，会发现这是一部自始至终贯穿着中华文化自信的散文随笔集。郭文斌20世纪八九十年代进入写作初始，就是本土文化的一个坚定的信奉者和捍卫者。在他早期创作的作品当中，无论是《一片荞地》《永远的堡子》，还是《点灯时分》《吉祥如意》，对传统乡村道德人伦法则的肯定和对中华“安详美学”的褒扬是一以贯之的创作情感。近些年来，由于加入中央电视台优秀纪录片《记住乡愁》创作团队，并担任该片的策划、撰稿和文字统筹等工作，郭文斌有了实地考察中国广大乡村村落文化和南北地域乡风乡情的难得机会。通过大量的田野调查和重新研读中华古代文化经典，他对博大精深的中华优秀传统文化内涵与当代价值有了更为深刻的理解和把握，也有了更为坚定的文化自信和做一个中华优秀传统文化维护者和传承者的底气与豪气。他对二十四节气的解读和礼赞，他对古老而常新的中华节日文化诗情画意的状绘，他对历史绵长的中国村落文化当代价值的创新性发现，他对传统中国乡村乡约古训与传统中国家庭家风家教的由衷喜爱和反复阐扬，皆体现着一种文化自信的丰沛激情。这种丰沛激情既来源于寻找与肯定传统的创作情感，也来源于时代潮流激荡之后的深沉思索。

2024年4月

命运纵使布满悲情也应该不屈不挠

——序杨友桐长篇小说《七月》[①]

我与杨友桐先生相识差不多有十五六年的时间了。这些年，我们不常见面，然而彼此却总是心有所牵。友桐先生的女儿是我门下的研究生，虽然已经毕业多年，但我们师徒平时联系多多，友桐先生的“动静”我还是颇为知道的。前不久，友桐先生给我打来电话，说是他新近创作的长篇小说《七月》即将付梓，希望我这个老朋友能够为作品写一序言。因为防疫的缘故，我一直困守于学校办公室之中。白天，我埋头于单位的工作，到了夜晚，多少有一些完整的时间，便在远离嘈杂纷扰的灯下细读友桐兄的新作。坦率说，友桐兄创作的这部长篇小说，是一部深深地打动了我并且出版之后也可能会给读者们的心灵带来强有力冲击的作品。我比友桐兄小五六岁，同为20世纪80年代的大学生。尽管我知道，许多80年代进入大学就读的农村籍同学家境寒苦，一路走来的学习之路曾经异常坎坷，但是，读了作家自我投射色彩相当浓重的《七月》，我仍然感觉到震惊和难过。小说所讲述的主人公苏宇的人生经历是我此前未曾体验和想象过的生活：贫寒窘迫的家境、以命相搏的求学岁月、世情难测的乡村人伦、沮丧挫败的内心煎熬，共同构成一种叙事话语的洪流，不断地冲击着我的阅读视野和感情世界。夜晚的灯下，时常地，我会被小说中的那些悲情故事压

① 杨友桐:《七月》，长篇小说，宁夏人民出版社2022年版。

迫得喘不过气来，不得不中途放下书卷以平复心绪；又常常地，我会陷入某种遐想和沉思，内心暗自庆幸：主人公苏宇的梦魇已经结束，伴随着国家经济的强大和人民命运的巨大转变，不堪回首的岁月终究退到了历史深处，化为遥远的烟尘。

我读《七月》，首先感觉到这是一部书写人之命运的小说。通读作品，苏宇无疑是作者用笔最多用情最深的人物。小说叙事的物理时间长度不到两年，而叙事的主线索却几乎都是围绕苏宇两年间的命运遭际而徐徐展开的。举凡第一次高考铩羽而归、幽兰峡开山凿石修路、重归校园搏命复读、再次高考金榜题名等等，皆是苏宇非常岁月里命运起伏的传神写照。然而，时间的短暂，却并不意味着人生质地的稀松平常。令我们心灵震撼的是，在这急促的岁月里，在一个二十出头的年轻人身上，竟上演了那么多让人揪心、落泪又令人感叹不已的人间活剧！一般人很难想象，为了实现通过读书改变个人命运这一微薄的愿望，农村娃苏宇竟然付出了那么多身体和心灵的代价。为了筹措高考复读补习班的那五十元学费，他去向堂叔借钱，却在为其打了五天院墙后一文钱都未能借到。被无情现实顶到命运墙角的他只能于深秋寒夜翻山越岭去打柴，在与透骨冰冷的天气的对抗中、在与马莲村恶犬的殊死搏斗中，终于杀出了一条血路。作为一个贫苦的农民孩子，到学校读书，哪怕是再简陋的学校食堂，苏宇也从来不敢想象能够自如地出入。他每周从家中用塑料编织袋背来品质粗粝的洋芋饼和酸菜，为了维护一点可怜的自尊心，每天同学们放学散去后，他才敢在教室的铁炉子上煨热了进食。可是就是这么一点令人心酸的个人“吃饭的自由”，也要遭遇到校园恶少吴亮的霸凌和侮辱！我读小说中的这些叙述，经常会不得不中断正在进行着的正常阅读而陷入一种长久的情感悲愤当中。是的，为读书，苏宇仿佛遭受了来自人间的一切可能的击打，物质生存条件的极端匮乏、哥嫂的无情、爱情的远遁、小人的欺侮和旁人的笑骂。然而在小说中，这一切并没有演变为苏宇发奋图强的致命阻碍。正是在大自然风雪和社会风雨交相逼迫的生存环境中，苏宇以一己之力抵住并踩实了即将坠落的人生悬岩，并最终以不屈不挠的无畏气概，攀爬出阴暗潮湿的地洞，抵达人生的第一座高峰。从这个意义上说，我以为《七月》是一首有关人的命运的凄婉之歌，也是一曲人类处于困境却永不低头的奋进之歌。

阅读《七月》，能够鲜明感觉到这是一部渗透着写作者非常强烈的主观情绪的小说。这种情感的深度投入，一方面使得整部小说故事的讲述，充满了炽热的、如岩浆般喷涌流淌的激情；另一方面，也使得小说在人物的设置上、在独特氛围和意象的营造上、在特殊的宁夏南部六盘山地域风物和风景的描写上，带有十足的浪漫化和传奇化风格。我们知道，书中所叙述的主人公苏宇的人生故事与作者杨友桐的某一段人生经历有着相似性和重叠性，而恰恰是这一点，就决定了作品在叙写苏宇所经历的困苦人生时，情感真切、炽热，宛如写作者的“自我写真”和自我抒情。我们发现，作者情感浓烈地爱着他笔下苏宇这个人物，他愿意把苏宇描写成一个正直善良，具有宽厚、体谅、隐忍之心，也不缺乏侠肝义胆的明朗阳光的青年。所以作为读者，我们阅读小说，首先是被苏宇这个明朗向上焕发光彩的人物吸引住了。我们同情和怜悯他的不幸遭遇——常常会为他的食不果腹伤心落泪，痛恨与他为难的世间小人，希望他能够早日实现自己的并不宏大的梦想。客观而言，我在阅读诸多国内作家创作的小说时，已经许久没有碰到过让我牵肠挂肚、令我情迷其中的人物形象了。《七月》中的苏宇是近些年以来，我在宁夏小说当中碰到的最动人心魄的人物形象之一。另外，小说当中对羊倌大叔这一形象的刻画也分明渗透着作者深厚的个人情感。这个同样贫苦淳朴而又命乖运蹇的底层农民，在作品当中是一个具有性格光彩的人物。他的布满伤痕的人生，儿子大蛋子被骗婚之后父子俩似乎永不言退的山村夜寻，以及他那响遏行云、直抵心灵的“花儿”演唱，都令我们或伤心或迷恋。是的，作为叙事者，杨友桐从一开始就没有把自己当成一个纯粹的旁观者和冷漠的叙事者。由于所叙述的人生是他亲历的，笔下所牵连的许多人物是他的亲人或者是曾经与他在羊圈的土炕上一起打过滚的，所以，杨友桐的泪水——他的痛和爱，始终萦绕于故事的叙述和人物的刻画当中。他将积攒了四十年的情感灌注于作品的整个写作当中，于是，流淌于作品当中的情感不仅炽热而且极其丰沛。我们被小说深深打动，愿意为苏宇和羊倌大叔的命运担惊受怕，不正表明：写作者情感饱满洋溢并且已经喷涌而出了吗？

我在阅读《七月》的时候，同样注意到了写作者在描写宁夏南部六盘山地区的风物和风景时的超常耐心和细致入微的刻画手段。这是写作者长期静观默察的结果，也是对“生我养我”的乡土风物心灵审美化的结果。比如小说的第一部第一章当中，就有令人惊心动魄的对于冰雹降临之前，暂时聚集于阳坡上的数量奇多的蚂蚱团队、蚊蝇阵营和蜻蜓、蝴蝶方阵的细致描写；再比如，小说第一部第二章中对于孕育冰雹灾害的那朵始终盘旋于六盘山巅的巨大“毒”蘑菇云的状绘。小说这样写道：

那朵云彩不知道什么时候生成的，也不知从何而来。起初谁也没有太在意，更未明显地察觉到。直到它由小到大，由洁白耀眼的一朵大棉花团幻化成黑沉沉的云彩，以至突然成为一个巨大的毒蘑菇时，才逐渐引起人们的注意，发现了它的不同寻常。那蘑菇的根部非常厚重庞大，像个黑黑的大毡帽重重地扣在六盘山顶子上，如使了魔法似的在剧烈发酵。云彩越来越黑，越聚越大，如同锅底一般，底子黑黑的，有着无限的能量，火山喷发式地往上冒，往上冲，一路扶摇而上。到了蘑菇头上，又在不断地向周围翻腾滚动，凶猛地扩张。同时还带着血红的边沿和底色，时不时地，火焰一样哗哗地闪动着。

这样的细致而气势奔涌的艺术描写，实在是非寻常的作家所能道出、所能状绘。而且，诸如此类的风物和风景描写，书中还有许多处。第一部第十五章苏宇深秋进山砍柴时，对山中天气景物的描写；第一部第七章到第十二章对泾河穿越其中的幽兰峡之风、雨、雾的描写；第二部第八章中对苏宇返校途中突遇霜霰（小说中称之为“地油子”）及大雪的状绘等等，皆是入我眼帘、动我心扉的精美细致描摹。我在阅读上述风物和风景书写时，当然会惊叹于作家对于故乡泾源县自然风情和地方性物象的烂熟于心。更让我叹服的是，这样的地方性风物的书写，并非只是“闲笔”，它们是如此妥帖地与小说故事的推进与人物命运的起伏波动结合在一起，既构建了小说特定的地理空间和审美空间，也增添了这部长篇小说的阅读趣味。

文章的最后，也想简单谈谈这部小说艺术上的两个长处。从小说的结构来看，这部作品属于叙事线索相对集中和单纯的那一类长篇小说。这类作品，我国现当代文学史上最著名的例子是老舍先生的代表作《骆驼祥子》。对于长篇小说创作而言，线索单纯集中的作品是有一定的风险和隐患的，因为长篇小说从本质上说是一种“繁复的文体”。线索太单纯了，社会、历史和人生的容量就会减轻。不过也有例外，《骆驼祥子》叙事线索也单纯，然而并没有文学史家认为它的社会、人生和思想容量偏轻。祥子和虎妞所勾连的社会生活面实际上非常广阔。杨友桐先生的《七月》，走的是线索单纯之路，然而，主人公苏宇所联系的社会人生面也并非少而又少。加上主人公苏宇的命运可称曲折难测，所以小说读来并不觉得单调乏味，社会人生之含量还算丰厚。当然，社会人生含量的丰厚与小说所刻画的人物形象以及人物形象本身的质地和内涵也有关系。《七月》这部长篇小说所设计的人物角色不能称多，但出场的人物却差不多都属于性格鲜明之辈。主人公苏宇和羊倌大叔自不必说，母亲的形象也颇为动人：一个处于底层的既具有“地母”气质又会呈现人性粗粝一面的母亲也许更真实可信。小说中的一些次要人物，比如桦树村里的两个“活宝”式人物李疯子和刘撇子，比如那个面目可憎的恶少吴亮、异乡人“扁头”小丁、老谋深算的柳叶之父等等，作者写来从容不迫、游刃有余。显然，这与作者长时期的丰厚的乡土生活积累有关，也和隔了几十年的烟雨风尘来重新打量过往岁月的平和睿智心态与淡定的叙事态度有关。

宁夏的长篇小说创作一直处于不很热闹的局面，长篇小说作者队伍不庞大，作品的品种与风格也不能说是达到了繁花似锦、蜂飞蝶舞的美好境界。《七月》的出现，我以为，应该被视作宁夏长篇小说创作领域的一个令人欣喜的新收获。我们有理由期待并且相信，杨友桐先生能够在未来的写作生涯中，再次以如椽之笔创作出更为震撼人心的锦绣篇章。

2022年10月

卫宁平原的风云史和英雄壮歌

——读拓兆农长篇小说《黄河儿女》[①]

拿到拓兆农所著60万字的长篇小说《黄河儿女》，先是断断续续看了一些，总是被各种事情干扰，无法形成完整的阅读链条。作品研讨会的日期迫近，我发狠推开俗务，用了整整五天的时间，认真阅读全书。看完全书，心情相当激动，感觉宁夏长篇小说创作领域又增添了一部分量不轻的优秀作品。

仔细阅读小说之后，总体感觉：这是一部浓墨重彩地书写卫宁地区人民生活和命运的小说。一方面，小说描写了“宁安三才”追求光明、参加革命的人生之路。另一方面，小说也多角度展现了卫宁地区的历史变迁、文化风貌和人世沧桑。应当说这是一部思想深沉、艺术描写精湛，堪称优秀的长篇小说。

我觉得可以从下面几个方面来细致解读《黄河儿女》。

第一，从小说所呈现的生活广阔度来看，作者的创作视野是相当开阔的。

大家知道，长篇小说的文体特征规定了长篇小说不太适合于写一个非常短暂的时间长度之内的个人生活（包括个人的心理）。当然，我们会发现20世纪之后的西方现代小说、意识流小说，它们常常会以一个非常偶

① 拓兆农：《黄河儿女》，长篇小说，宁夏人民出版社2021年版。

然的生活小事件（小思绪）为触发点，洋洋洒洒地敷演成几十万字的长篇小说。我不太认可现代长篇小说这样的写法。我觉得从各民族史诗发展而来的长篇小说有一个核心的规定性，即它叙述人物命运的背景必须要有相当大的时间跨度。我以为，一个人（哪怕是"超人"）三五天的生活，不能写成长篇小说。进入中国当代文学最高奖之一的"茅盾文学奖"获奖行列的作品，绝大多数作品都有"史诗气质"的追求。《黄河儿女》这部小说，我不能说已经有了非常强大的"史诗气质"了，但是拓兆农在创作这部小说的时候，他在"史诗气质"上是有追求的。这部小说，从描写20世纪20年代冯玉祥的国民革命军进入卫宁地区，一直写到1949年我人民解放军即将解放宁夏，时间跨度是近30年。在这样的岁月长河激荡当中，才可能有壮阔的社会与人生之波澜，才可能映现时代风云之变幻、人生命运之变化，才可能在阅读上给予读者以宏大感和沧桑感。

从小说的思想立意而言，作者是想讴歌三个宁夏籍革命者的人生追求和奋斗之路。也就是说，这部小说是以20世纪20年代以后，早期中国共产党人在宁夏的活动痕迹为基本线索而创作的。应该说，三个革命者曲折的人生命运书写构成了小说主线，但小说也用大量篇幅叙述了卫宁地区普通人家的生活、命运以及特殊的地域风土和人情。所以，从这个意义上来说，这部小说既是众多共产党人革命生涯的生动传神的描绘，也是卫宁平原百姓命运和风俗人情的细致写真。

第二，小说的人物形象塑造和刻画是多姿多彩的，是见出作者的艺术功力的。这部小说对于社会生活的反映和提炼是多方面的，对人性本身也有着相当宽泛的理解，所以便形成了各有性格光彩的人物形象。

小说中为崇高理想而奋斗的共产党人的形象塑造得相当成功。小说描写敢于"铁肩担道义"的共产党人不是凭空产生出来的，他们是来自民族和人民的生活深处，来自民族优秀传统文化的哺育和民间优秀文化的滋养。"宁安三才"这三个人物写得都不错。李有才的果决、王绪才的睿智和孙守才的沉稳坚定都栩栩如生，宛在目前。相对而言，孙守才这个人物刻画得更为丰富一些。当然，这与小说给予这个人物更多的笔墨有关。在相对长久的一个时间段之内，人物的思想和性格会展开得更充分一些。

小说中一些次要人物也刻画得令人印象深刻。比如大先生张存仁和他的儿子张之简，尤其是张之简的形象刻画得更好。我在阅读小说的时候，就在想：在我们这个气象万千变化多端的人世间，有英雄，也有各式各样的普通人。在君子和小人之间，存在着大量的“中间状态”的升斗小民。张之简向往革命，但是他性格比较文弱。1927年“四·一二”政变之后，他觉得参加共产党的风险太大。他退缩了，他想老老实实地过一种安稳的日子。他后来成为地方保安队中的一名军官，但他内心始终同情共产党人，对革命处于低潮时期退出共产党有愧疚感。这个人物性格写得好，写出了当时许多疏离革命者的矛盾复杂心态。小说中还有一个人物写得好，这就是镇长李歪嘴。在我们的生活中常有李歪嘴这样的人。有时候很强悍，很霸道，很牛皮。但是经过生活的冲击磨砺或者他人的影响，他的人生态度和思想也会不断发生变化。你说他是个彻头彻尾的坏人，那也不是。他是我们生活当中常见的，为人尖酸刻薄却又多少有一些向善之心的复杂混沌人物。

从叙事体文学的基本特性来说，长篇小说对人物形象的塑造是作家无可回避的艺术职责。一部长篇小说如果人物立不起来，不能让人长久记住，我觉得就是失败的。《黄河儿女》在这方面做得不错。所以我说，这部小说在人物形象的塑造上是多姿多彩的。社会上的各个阶层，各种人物，小说中都有反映，包括一些可能只在一个章节当中出现过的，比如说潘小爷。这个人物带有传奇性。清末年间，他做过朝廷队伍里的军官，一言不合，便把上司打了一顿，放下点银子，拂袖而去。我觉得这是民间侠义英雄的形象。

第三，从小说的艺术面貌而言，遵循的还是现实主义的写作原则。这部作品整体的创作手法是现实主义的，是以现实主义作为主要艺术手段。以现实主义眼光来观察反映社会与人生，对社会人生和人性本身的认识和理解是非常有利的，有深刻性。现实主义的一个主要原则，就是按照生活的本来面目来描写生活。作者阅世阅人久矣多矣，又善于思索，故笔下所呈现的社会生活和人之命运，包括对人物性格的刻画，都显现了从容驾驭之功。

我觉得这部作品，在对卫宁地区人文历史、风土人情的描写上有追求，也有非常好的艺术表现，产生了风俗画效应。小说当中用了相当多的篇幅，描写了黄河穿行其中的卫宁平原独特的自然风光和人文风情，读来赏心悦目。语言是地域文化当中最重要的表征之一。卫宁地区的语言非常有特点，它的发音方式和表达的方式，在整个宁夏的语言系统中，甚至在西北的语言系统中都堪称独特。这部长篇小说引用了很多卫宁地区的歌谣，如“中卫的丫头会擀面”等，用中卫话说起来非常好听，带有音乐性。

一个文学创作者，光熟悉本地的风土人情还不行，还要有发自内心的真挚情感，才可能把地方风情化为令人难忘的文学画面，演绎为生动的文学故事。我感受到拓兆农先生对卫宁地区的历史文化，对这片土地是有深情的。他生长在这片土地上，对它有亲人般的情感。所以，呈现于小说中的特定地域的历史文化风貌和社会风情都生动传神。从宁夏文学的整体创作这一角度而言，这部小说丰富了宁夏文学的“风情描绘”宝库。目前，我们在宁夏文学当中看到的情况是，北部川区，由于有张贤亮等人的文学奉献，银川平原的自然风光和社会风情，通过《灵与肉》《绿化树》等作品，我们已经充分领略到了。南部山区，因为有“西海固”作家群，有石舒清、郭文斌、马金莲等优秀作家的付出，我们对“西海固”的风土人情也已经非常熟悉了。宁夏中部卫宁地区的风土人情，由于在很长一段时间里，本土作家们没有提供非常出色的文学画面，读者们对卫宁地区的历史和文化风情不太熟悉。《黄河儿女》的出现，弥补了宁夏文学这方面的缺憾。我只嫌拓兆农先生写卫宁地区的历史掌故和风土人情，写得还不够多，不够丰富。

第四，这部小说在语言上有追求，力图将中国古代优秀传统文化精神和古典诗词韵味融入小说艺术的有机整体。

我非常欣赏和佩服拓兆农先生在小说当中，对我国古代文化传统，尤其是古典文学和古典诗词的大量借鉴和引用。这充分体现了作者的“文化自信”。中华民族是一个具有5000年文明史的民族。数千年来，我们祖先创造了堪称一流的文化和文学。在文学创作当中，怎样才能很好地从传统文化和传统文学中去汲取深厚的养分，《黄河儿女》做了成功的示范。我看小说当中所穿插的包括赵县长、冷先生的一些题词和赋，都不错。虽然有些还是拓兆农先生的仿作，但是有功底的仿作，一般水平的作家是弄不来的。可以看出，作者对中华优秀传统文化，尤其古典小说的创作方式是认真研读过一番的。很明显，这部小说受中国古典长篇小说《三国演义》《水浒传》和中国古代英雄传奇小说的影响很深。我猜测，在宁夏大学读书的时候，兆农先生应该是下过功夫读了很多中国古典小说的。

第五，我简单说一下这部小说存在的不足。

作为做文学评论工作的，我不能一味地说这部小说好到了“不得了”的地步，这肯定不是客观科学的描述。我觉得作为一部长篇小说，在对长篇小说文体特征的精准把握上，作者还有所欠缺。作者自述说，创作和修改这部作品，只用了一年零四个多月的时间。一年多时间写一部60万字的小说，我觉得创作的时间显然短暂和匆忙了些。创作周期的不足和写作上的匆忙，带来小说成色上的一些明显不足。比如思想容量的有限性、艺术质地的某些薄弱之处。写作当代长篇小说，陈忠实先生的《白鹿原》是一面镜子，50万字的《白鹿原》，陈忠实一共写了五年。如果加上思想和艺术的沉淀期和构思上的准备，还不止五年。

还有一个不足是，小说在结构上没有特别讲究。整个小说的主线索就是按照顺时序的物理时间逐步推进。从20世纪20年代一直推进到1949年。这是相当古典的时间掌控和表述。作为现当代长篇小说，在结构上可以写得更为复杂一点。可以有一些插叙、倒叙，包括还可以设置其他一些线索，即所谓的“复线”。这是20世纪长篇小说创作必须拥有的。我不太清楚拓兆农先生此前有没有把诺贝尔文学奖获奖作品《百年孤独》很好地琢磨过。《百年孤独》是20世纪最优秀的、最伟大的小说，被认为是人类有史以来最好的12部长篇小说之一。如果拓兆农先生把《百年孤独》认真看过，再来写《黄河儿女》，我估计会在结构上、思想上、艺术手法上多一些启迪。当然，现在的表达方式也还不错，但是太单薄了。意大利作家卡尔维诺认为，长篇小说是“一种繁复的艺术”：长篇小说在结构上要有层次感，要有穿插，要设置更多线索——因为人类的生活本身就是多线索的。

小说的第三个不足是艺术手段方面的。这部小说在艺术手段上过于写实化了，全都是按现实主义的标准、现实主义的标配来创作的。能不能有点变形的、夸张的艺术手法，能不能有点超乎想象的、神秘主义的元素？《白鹿原》这部小说当中有一些很神秘的东西在里边，有个“白鹿精魂”象征意象，还有个朱先生，这个是个半人半仙的人物。这样的写法在艺术上便是所谓的“出新之处”。

艺术不完全等同于生活，在艺术创作上完全可以有些超越性的东西、想象的东西。我感觉这部小说故事讲述很平顺，读起来非常好读；但是小说对于人类幽深动荡的内心生活的进入和对人类生活本质的揭示，稍微显得薄弱了一点。如果艺术手段更丰富一点，这部小说的品质会更好。

2022年6月

岁月流波里闪烁着的是命运和灵魂

—— 序王海文长篇纪实散文《流年》[①]

我与王海文相识差不多有三十年的时光了。2019年春天，我从宁夏师范学院奉调回到宁夏大学。因为分管学校档案工作，便与王海文有了比较频繁的接触，自认为对其人其事的了解还是超出通常的泛泛之交的。然而，当我认真读完王海文新近创作的长篇纪实散文《流年》，我此前的"自信"却多多少少受到了挑战。《流年》所呈现的曾经发生在王海文少年和青年时代的许多人生故事，我显然是不熟悉的；王海文在时代大背景之下所讲述的家族当中许多个体生命的运行轨迹，在我读来，也属新鲜而独特。于是，对我而言，《流年》这本书的阅读，就不仅仅是两个相识者之间的寻常问询，而是一位试图寻找独特的命运景观者对一个家族丰富曲折人生的认真勘探。

作为出生于1964年的当代中国人，王海文的少年和青年岁月与当代中国社会的历史变迁和时代波澜有着同构的关系。我们知道，共和国成立之后，在比较长的一个历史阶段，因为诸多因素的影响和制约，中国人的物质生存有着相当的艰难性。地处黄土高原与内蒙古高原交接处的王海文的故乡 —— 小山村孙嵝岘的物质生活的匮乏和精神的困窘自然比之其他地方，有着更为令人心酸的呈现。母亲怀孕不久，趁严厉的奶奶出门，偷

① 王海文：《流年》，长篇纪实散文，阳光出版社2022年版。

偷从锅中捞出几个半熟的饺子，胡乱吞进肚子里，为此肠胃难受了好几天；勤苦善良的大嫂，为了使全家人都能沾上一点肉的荤腥，捞面时不停地往臊子汤里加面汤，等到她最后吃面时，臊子汤已经变成彻头彻尾的清汤寡水；除夕夜里和大年初一早晨放鞭炮，由于家贫，王家哥仨只能追撵到别人家，羡慕不已地看邻家孩子一个接一个地燃放鞭炮；二哥终于在过年时节穿上新裤子，但是除夕他却从梦中哭醒——他惊惶地梦到自己的新裤子丢了！我读作者讲述的这些旧年山村故事，内心漾动的更多是酸楚之情。然而，生存环境再恶劣、生活本身再艰难，也挡不住亲人之间血脉相连、相濡以沫的患难真情。在王海文的记叙中，王家虽然子女众多、一贫如洗，但王家人之间的似海亲情却从未改变。在王家，父母替子女遮挡人生的所有风雪严寒，哥哥、姐姐为弟弟妹妹牺牲个人前途是天经地义和义无反顾的。父母为了使孩子们能有学上，经年累月地忍受着村里村外讨债人的轻蔑和奚落；大哥为了筹办弟弟的婚事，冒雪前往邻村亲戚家借钱，归途中差点跌下悬崖；四妹因父亲实在交不出1200元学费，主动提出退学，背着铺盖卷黯然回乡。《流年》所叙述的是地处偏远的西北小山村王氏一家人的生活和命运，拨动的却是所有读者的心弦。我们这个民族，历史上不知道经历过多少命运风暴、遭受过多少生命苦难，然而，我们终究坚强地屹立在世界上，成为意志如钢如铁、精神永远不倒的伟大民族。我在阅读中梳理《流年》中王氏一家人的命运之旅，想到的是这一百多年来中华民族共同的苦难和奋斗经历。王氏父母、兄弟、姊妹所经历的人生和不向命运低头的意志，不正代表中华民族共同的命运和精神性格吗？不正代表着中华优秀传统文化在当代的延伸与发展吗？

像所有经历过生活命运巨大转机的写作者一样，王海文在《流年》当中固然叙述了生命曾经遭遇到的阻击和苦难，然而，作为一个同样钟情于历史和现实发展的写作者，《流年》又真实而生动地呈现了20世纪70年代到80年代近二十年间中国社会的历史风貌，富于色彩地描画了“浪漫的八十年代”的时代剪影。举凡粉碎“四人帮”之后的农村经济变革和普通农民命运的改变，乡镇集市上突然出现的热闹景象和邓丽君歌曲的不胫而走，大学里风行一时的“文学热”和农民子弟的灵魂波澜，众多大学生毕业时节的踌躇与盼望，凡此种种，皆是中国社会改革开放初期的写实性画卷。尤其让我感兴趣的是，作者比较真实而精细地书写了个人在宁夏大学中文系的求学经历——既回忆了自己在宁夏大学四年间读书生活之点点滴滴，更饱含深情地刻画了20世纪80年代至90年代活跃于宁夏大学校园中的一批个性鲜明的老师的形象，从老校长吴家麟，老书记夏森，中文系主任王十仪、刘世俊，到年轻教师张安生、刘国尧、朱贻渊，作者或叙述历史掌故，或描摹授业先生课堂讲授的传神情态，既是替恩师们画像，也是在摹写知识分子“身处斗室心忧天下”的高洁灵魂。至于说到个人情感的流露与追逐，“有心栽树树不活”的烦恼和“无心插柳柳成荫”的因缘，那当然是青年岁月里的题中应有之义。《流年》中有相当的篇幅，如实叙述了个人情感的浪漫想象与羞涩追求，青春期心灵的波翻浪涌和最终的“笑渐不闻声渐悄”。我读上述情感故事，既感叹于人类青春的纯洁与美好，也感动于作者灵魂的真诚与坦率。有什么人间事物能够像“青春”这样，经得起人类的反复谈说呢？在青春的回忆当中，我们不仅复活了鲜嫩欲滴的甜美时光，更为眼前的生活注入了崭新的力量和情韵。

王海文自小喜欢文学，考入大学之后学的是中文专业。虽然工作之后，在多个岗位历练过，但他内心深处的“文学梦”和对文学的痴情眷恋之火不仅没有湮灭，反倒如老房子着火扑也扑不灭——长篇纪实散文《流年》的完成和即将出版即是明证。作为他的老同事和老朋友，我衷心祝愿他在写作上能够有更大的发展和进步，也祝愿他能够以更加成熟和完美的思想追求和艺术奉献，为新时代的宁夏文学提供堪称独特的文学风景。

2022年6月

让烟火气升起在尘世的屋顶　让星光照亮诗意的灵魂

——在薛青峰作品讨论会上的致辞

初夏时节，阳光遍洒，草木葱茏，花开有情。在这样一个美好的时刻，我们聚集在银川文化城，做客评论家会客厅，共同研讨薛青峰先生的新出散文集《无穷的远方》[①]。无论是作者薛青峰，还是我们这些热情的读者，其心潮的起伏与波动，心灵的欢喜与甜美，皆非一句话可以道得清楚。

薛青峰先生出身革命军人家庭，自小随军人父亲迁徙辗转多地，最终落户宁夏石嘴山市，年轻时当过知青、工人、教师、个体书店老板，知天命之年进入高校任教至今，几十年风尘岁月，吃过别人不曾吃过的苦，看过别人不曾看过的“山”，蹚过别人未曾蹚过的“河”。在坎坷的不乏磨难的生活和命运当中，他一直喜欢文学、热爱文学，把阅读和写作当作照亮生存的一盏明灯，当作点亮心灵的一把火炬。他对文学的痴情和深度爱恋，是一个文学阅读者渴望理想人生寻梦心理的自然呈现，是一个文学写作者试图以个人灵魂之火的发散而使文明和高贵的火种播撒人间的有力证明。

① 薛青峰：《无穷的远方》，散文集，百花文艺出版社2023年版。

认真读过薛青峰的散文集，我觉得可以用三句话来概括我的阅读感受。

第一句话：一个诚实生活和诚实写作的人。

薛青峰先生性情平和，待人接物诚恳认真，人称“老实人”。虽然，在商业主义和消费主义时代，“老实人”被许多奸诈宵小之徒认为是无用之人，但在一个正常社会，老实人永远都应该是我们生活当中的珍珠与宝玉。道理很简单，无论人类社会怎样变化，诚实善良总比欺诈残忍来得高贵，付出汗水所得总比偷盗抢夺他人成果显得庄严神圣。老实人的秉性决定了薛青峰的生活和写作都是朴实而真诚的。他在生活中的表现是怎样的，他就在文章当中如实呈现他的欢欣喜悦、沮丧悲哀。我们读他的《沙尘暴日记》《思念土地》《苦苦菜道情》《身体里的黑客》等篇章，感受到了他对山水的热爱、对过去的单纯明朗生活的怀念，遭受生活打击时的沮丧和失落。读上述文章，仿佛是在与一个老朋友于冬天夜晚的炉火旁边谈天，你的感情会随着朋友讲述时情绪的起落而起落。古人论文有“修辞立其诚”的说法。诚者，心也，是说写文章者要有一颗真实、淳朴的心。优秀的写作者的灵魂从来都是清澈见底的，他们会在写作中自觉地排斥一切虚伪做作和不真实。台湾散文大家余光中在谈到散文创作时也说：“在一切文体之中，散文是最亲切、最平实、最透明的言谈，不像诗可以破空而来，绝尘而去，也不像小说可以戴上人物的假面具、事件的隐身衣。散文家理当维持与读者对话的形态，所以人品尽在文中，伪装不得。”（《散文的知性与感性》）我们读薛青峰的散文，也可以作如是观。

第二句话：一个内心丰盈的写作者。

薛青峰的散文是以充沛丰盈的人生情感作为支撑的。他的散文写作不为博名，也不为逐利，只为情不得不抒发，胸臆不得不舒展。陈继明在《无穷的远方》这本书中的序言中说，薛青峰的写作非常像一个乡村农民的日常耕作，他不指望自家的那几亩薄田能怎么样，他的写作都是有感而发、兴尽而返。在朴素安静的气氛中展开，在平淡寻常的生活中张望远方。这样的写作者，显然有着强大丰盈的内心作为支撑。当然，他的写作也需要旁人的由衷喝彩。我们今天聚集于此来研讨他的散文，就是想给走在寂寞写作途中的薛青峰敲击几声震耳的锣鼓、送去些许热烈的掌声。

第三句话：一个始终追寻遥远星空的写作者。

薛青峰的写作是与大地上的阳光雨露、风沙泥土相联系的写作，是与尘世烟火、人间气息相联系的写作，因此，它们是活生生的人生写真，是一个有着点读书人趣味的寻常百姓对生活的新鲜发现和内心波澜。但是，当我们阅读薛青峰的文章时，我们千万不要忘记，他毕竟是一个始终追寻着理想和人间美丽的写作者，从写作的开始，他就明白这样一个道理：阅读和写作不仅仅要弄明白生活的真相，更应该抬起头来，放眼无穷的远方、仰望遥远而灿烂的星空。正是在这样的创作心理支配下，薛青峰的笔下虽然有苦涩、忧伤和冷峻，但从来不缺乏人间的爱意和对生命与生活温暖诚挚的祝福。我愿意把他的作品看作是一个拥有梦想者的写作，一个不惧风雨始终前行者的内心独白。

最后想说的一句话，衷心祝愿本次研讨会取得圆满成功。

2024年5月

阅读马金莲

认识马金莲已经很多年了。在认识她本人之前，当然最先读到的是她创作的小说。马金莲刚刚登上文坛的时候，正是新世纪初期那几年。那几年，宁夏文坛热闹非凡：石舒清、郭文斌接连获得“鲁迅文学奖”，“三棵树”“新三棵树”正绿叶纷披，迎风摇曳，“宁夏青年作家群”作为一个创作整体异军突起，闻名遐迩。那时，在引人注目的“宁军”团队当中，马金莲还是一个十足的“小妹妹”。她是那支队伍当中罕见的“80后”，但却没有“80后”通常的率性张扬。她人显得腼腆、羞涩。开会的时候，不多言语。如果真被点名发言，实在是逃脱不开，也会说上几句，极短的话语，周围的人还没有琢磨过味来，她已经噤声。弹指之间，十几年过去了，马金莲现在的小说创作不仅数量丰盈，而且正呈现格外强劲的态势。如何理解其人其文，我想以几个关键词来描述一下我的阅读感受。

朴素容颜

用“朴素”这两个字来描述马金莲的为人为文风格，估计没有人会不同意。我认识马金莲十余年，每一次见到她，感觉她的为人处事皆为低调和内敛，始终呈现一种素朴的风格。刚刚出道时，她二十几岁，见到外人会因为羞涩而脸红。如今，她已经名动江湖，见到文学界的朋友们，除了必要的问候和招呼，话也不会多。这与她童年以后所经历的生活磨砺有着直接的对应关系。马金莲曾经在小说《坚硬的月光》中借分析人物心理这样夫子自道过：“我们这里的人，总不善于表达，尤其在情感方面。这与我们世代生活的环境有关，与粗粝的生活现状有关。我们的外貌和内心，一同被艰辛磨砺得粗糙无比，柔软的滴血的部分，被痂层严严包裹，所以轻易看不到一个人内心褶皱深处掩藏的伤痕和埋于其中的往事。不管活着有多么艰难，人总得往下活，所以淡漠忧伤，淡忘伤害，杜绝矫情与做作。对待生活的态度变得沉默、稳重，甚至淡漠。”马金莲为人处事的这种朴素内敛风格，也恰恰呈现为她小说的艺术容颜。遍翻她创作的小说，很少发现翻空出奇有意炫技的篇幅，大多数时候，是日常生活的精细和精确状绘。西北乡村窑洞里冒出的炊烟，黄土院子里鸡的“叽喳”和狗的追逐，山洼里羊对青草的寻觅，乡间小道上少年人背着干粮袋奔向学校的瘦弱背影……凡此种种，构成了西北乡村前现代社会的寻常生活景观，也留下和定格了20世纪最后十年我国西部乡土社会的真实面影。当然，也有人批评马金莲小说的“滞重感”，觉得在小说叙事方面，作者写得太满太实，“浓得化不开”。我理解这样的批评，但更愿意以宽容的心态去包容马金莲小说创作中的不足。我的看法是，马金莲的路子是正的，她从泥土和底层人民当中走出，于西部乡土的千般事相和农民的生存命运之中，发现人情之温暖和人性之良善，在世情汹涌、人心不古的当下，其创作的价值不容低估。至于“满”和“实”的问题，不是核心的创作问题。伴随着生活阅历的增加和创作视野的开阔，马金莲的创作迟早会变得思维通透、技巧圆熟。毕竟，“术”永远不及“道”来得更为重要。

回族女性

在真实的现实世界当中，马金莲是一位年轻的回族女性。马金莲自小生活于宁夏的“西海固”乡村，现在也依然在这个地区生活和工作。众所周知，“西海固”是位于中国西北内陆之地的极度干旱区，风大沙大，雨水稀少，土地瘠薄，生活艰难。马金莲虽然是1982年出生之人，但童年和少年时代依然身穿补丁之衣，遍尝饥饿之苦。以后，随着中国经济的强劲发展，马金莲和她所钟爱的家乡父老乡亲们的生活有了相当大的改善，但是童年期因为贫穷而导致的苦涩生活是如此深入地铭刻于她的记忆当中，并成为她难以舍弃的叙事资源。不仅是她自身经历过的物质的贫困、生存的窘迫始终萦绕于心，而且父母和祖父祖母两代人的苦难同样反复冲击着她的心灵。那些遥远的当年曾经摧肝裂胆的苦难生活虽非她亲身经历，但困窘生活对于人的灵魂的压迫，她依然能够从父母和祖父母眼前的生活当中强烈地感知到。马金莲曾经自述：“生活里的清寒和艰苦，像胎记一样深深地铭刻在我的记忆里。这记忆更像是血液，早就深深渗入我文学的底板里，将其浸透。”（马金莲：《时间缝隙里的碎碎念》）我们读马金莲的小说，发现她不仅频繁描写童年期的生活困苦，而且涉笔20世纪六七十年代的西北乡村生活（这是石舒清曾经反复进入的写作领域），就是因为她在目前的生活中，依然能够深刻感知历史生活的“遥远的回声”。从对“西海固”曾经有过的苦难生活的感受和认知上，马金莲与石舒清似乎并无二致，但是，必须说明的一个事实是，马金莲是一个回族女性。有人会问：回族女性与别的女性有什么差别吗？如果是在经济文化相对比较发达的城市，这个问题不太难回答，一句话可以说清楚：没有大的差别。如果把这个问题放到西北乡村，回答起来就不那么简单了。中国是一个幅员辽阔的国家，近代以来，由于诸多因素的影响，中国的东、西部在经济、文化发展的步调上，存在明显的差异。改革开放以来，尤其是国家实施“西部大开发”战略之后，东西部发展的差异性不断得到弥合，但历史文化形态的变化总是滞后于经济发展的速度这一事实依然坚固。在西部乡村，特别是在马金莲生活的“西海固”乡村，古老的文化传统一直以“超稳定”的样态在日常生活中起着规约乡风民俗的作用。作为女性，从初懂人事到走向生命终点，在这漫长的一生当中，都必须遵守严格的传统约束和文化禁忌。生火做饭、生儿育女、侍候公婆、友善兄嫂、成人之美、救人于难，忍受别人不能忍受之痛，吃得旁人不能吃得之苦，等等，不仅是书本上的律条，更是日常生活中妇女们必须恪守的道德伦理原则。马金莲从识字启蒙到进入青年时代，再到做了两个孩子的母亲，乡土社会的历史文化传统之于她不仅仅是外在的谈说，也是身体力行之物。在一篇谈说自己创作的文章当中，她写下了这样一段话："做饭是女人的天职，就像包揽家务和生育拉扯是女人的天职一样。这是我生长的环境从小教诲我的，我在秉承西海固妇女那些质朴与善良的同时，也全部接纳了这样的女儿经。"（马金莲：《时间缝隙里的碎碎念》）认识并且理解了马金莲的回族女性身份和她所拥有的真实生活，我们再来看马金莲的小说，当然会得出一些显明的结论：第一，马金莲的小说创作与她身历的生活有着同构的关系，无论是《柳叶哨》《念书》，还是《赛麦的院子》《长河》，都是她曾经身历或者耳闻目睹过的生活，非是向壁虚构之作。第二，马金莲小说当中的女性形象，尤其是少女和青年女性形象之所以动人，是因为在这些女性身上散发着传统优秀女性的光辉，其善良、淳朴、勤劳、隐忍、不惧负重、勇于牺牲的性格特质，在"生活以奢靡为佳，人情以放荡为快"的不良风气中已为稀世之品。我们被荞花（《荞花的月亮》）、阿舍（《鲜花与蛇》）、她（《夜空》）们感动，是因为在这些生活于现代社会的女性身上，那些长久地影响过我们祖先的精神价值观念是如此强大地植根于她们的内心深处。她们的坚贞、痴情、挚爱、无私，是这荒凉寂寞的人世当中热烈盛开的艳丽花朵，是艺术超越现实、诗意抚慰人心的绝佳证明。马金莲的这类文字仿佛童谣，即使世界浑浊不堪，它所呈现的天真美丽依然动人。

突围之路

显而易见，马金莲的小说创作如今正处于一个转折的路口。踏上文学创作之路十几年，她以奋发有为的进取之心、坚韧的意志以及不知疲倦的勤奋写作，收获了诸多硕果：出版了八本书——六部中短篇小说集、一部长篇小说、一部长篇童话，总计二百万字；中短篇小说集《长河》获得第十一届全国少数民族文学创作“骏马奖”；中篇小说《长河》发表后得到极高的评价，2013年被中国小说排行榜评选为中篇小说第一名。不可否认，在活跃于中国文坛的一线西部作家当中，马金莲属于佼佼者。然而，作为马金莲作品的忠实阅读者，我也得客观地指出马金莲创作上的一些短板。第一，她的写作题材过于集中于西北乡村社会，相对于当代一些大作家，她的小说取材范围显得狭窄了。第二，她的所有小说叙事皆来自真实而悲欣交集的乡村历史生活和现实发展，有着掩抑不住的“土气息”和“泥滋味”，然而，书写乡村不仅仅意味着关注乡村人们的生命律动，对于一个优秀作家而言，它也同时意味着你的思想深处必须对社会生活的整体运行轨迹有全面的甚至是精确的感知与了解。你写乡土生活，但思想素质必须是现代的、超前的、与时俱进的。众所周知，鲁迅创作的乡土小说的不朽来源于他的先进的知识分子思想底色。尤其是处于全球化信息化的年代，作家和所有普通人一样，实际上每天都在感受着生活的致命诱惑和难言的重压。这个时代，城市与乡村的联系比之过去应该说更加紧密了。今日都市里繁华闹市的霓虹灯影、火树银花，不正是与无数乡村寂静的夜晚和微弱的灯火，互为因果，密切相关吗？客观地说，中国的乡村与城市从来都是唇齿相依，祸福与共的。近代以来，中国乡村的动荡与波澜，哪一次没有深刻地触及城市的生活神经？因此，20世纪那些最优秀的中国作家皆是既懂得农民心灵，又深知城市性格的。鲁迅自不必说，单说茅盾的“农村三部曲”以及新时期早期高晓声等人的“乡土小说”，哪一篇不是站在时代所提供的可能高度，视野宽广地描写农民问题的？所以说，无论是描摹乡土还是书写城市，如果只熟悉一种生活领域而不清楚其他生活秘密，都会对你的“乡土文学（或者城市文学）”构成严重的伤害。因为你的小说的思想天地是封闭型的，你所描写的生活是孤立无援的，它与更广阔丰富的世界缺乏应有的沟通和联系。你所提供的艺术世界只是一个物体的真实的投影，可是形成投影的光源何在？亮色与暗影究竟构成了怎样的对比关系？地域的小河如何与时代的汪洋大海水流相通、声气相求？我们却都不知道。第三，马金莲小说的艺术表现方式总体而言还欠丰富，显得单调和单薄一些。在写实和写意之间，在艺术处理的“实”与“虚”之间，在立足本土文学资源和汲取异域文化营养之间，一句话，在艺术的立足大地扎根泥土与冲天一飞俯视苍穹之间，她还有一段不短的探索之路要走。好在，这位勤苦的将文学创作视为神圣事业的回族女作家，已经具有了令人羡慕的才华和不俗的业绩。随着思想的精进和艺术的砥砺，马金莲终究会打开那扇完全属于自己的满溢着金色光辉的命运之门。

2018年2月

铁肩道义　深情灌注

——读庄电一新作《满眼风光》和《青山明月不曾空》①

在宁夏，庄电一先生是闻名遐迩的记者，我二十多年前就知其大名，却一直无缘与他深入接触。前不久，庄先生送来他的新作《满眼风光》和《青山明月不曾空》，希望我能够说点读后的心得。我一直从事文学评论工作，庄先生又曾经是20世纪80年代的“文学青年”，我们俩年龄上有五六岁的差距，但年轻的时候都曾经历过“浪漫的80年代”，成长的精神底色却是相似的。我读他的书，仿佛是在与一个脾气和趣味相投的兄长围炉而坐，谈天说地、纵论时事，内心的认同感和喜悦感油然而生。我愿意把我的一些粗浅的阅读感受呈现给大家。

读庄电一先生的文章，最深的一个感受是：他是一个始终对祖国和人民怀有深情、对生活怀有激情，追求理想、坚守信念的写作者。

读他的文章，无论新闻类作品还是文学类作品，感受最深的是：对祖国和人民的爱，对西部和宁夏的爱，构成了他三十年写作的一根红线。这根红线贯穿于他的所有已经发表的作品，成为他作品中可以真切感知的跳动不已的脉搏。我们都知道，庄电一先生是经过艰苦的追寻和奋力拼搏之

① 庄电一：《满眼风光》（上、下），宁夏人民出版社2016年版；《青山明月不曾空》，宁夏人民出版社2016年版。

后才得以进入记者工作岗位的。从担任记者的那一天起，实际上他就把一腔深情灌注到了写作当中。作为一个深受中国传统文化影响的读书人，他爱自己的国家，爱生活和劳动于这片土地上的人民；而作为一个生活于宁夏地区的知识分子，几十年奔波劳作于这片西部的热土，听惯了黄河的涛声，看惯了西北的风霜雨雪，他已经把自己的情感完全融入了这片土地。正因为热爱养育他的国家和土地，所以几十年来，他不遗余力地为宁夏的事情鼓与呼——既为宁夏社会方方面面的进步欢呼雀跃，也为宁夏社会生活当中出现的不健康现象和不和谐音调而痛心疾首。我们读他的作品，会情不自禁地想到，庄电一对宁夏的深情，完全是一个赤子对养育自己的母亲的深情。这种深情体现在作品当中，既是依恋、难舍难分、高歌赞颂，也可能是责备、批评和恨铁不成钢。

庄电一的深情，当然来源于他对理想主义的追求和相信人类生活会变得更加美好的信念。因为追寻理想，相信美和善的生活是人类社会的主流，所以，他才可能对生活的点滴进步、人间的美好人物和西北的山川风物充满欣赏赞美之情；他也才有可能对生活天空当中短暂出现的乌云和人间的阴暗事物充满愤怒之情。

读庄电一先生的文章，第二个感受是：他是一个铁肩担道义，敢于直面社会现实问题，有时候面对生活当中的不健康现象甚至会愤然作色、拍案而起的写作家。这一写作特色，已经伴随他走过了三十年。1984年11月，可能是庄电一刚刚成为《光明日报》驻宁夏记者站记者的时候，他就立志：“假如我是一名记者，我一定要成为无私无畏的勇士，为弱者仗义执言，为人民伸张正义，为生活除残去秽，绝不向任何恶势力低头！如果一个记者遇到问题躲躲闪闪，‘犹抱琵琶半遮面’，不敢揭露矛盾，或者只会歌功颂德、隐恶扬善，那他就辜负了人民的重托，亵渎了人民记者的神圣称号，他就不配当人民的记者！”（《青山明月不曾空·假如我是一名记者》）这是作者写于三十多年前的一段话，如今读来依然掷地有声，催人奋起。我们读他的《活人为何要栽死树？》《面对溢美之词岂能“欣然接受”?》《莫让谣言愚弄社会舆论——从张贤亮包养五个情人的虚假传言谈起》《堵一堵进京举办新闻发布会中的“黑洞”》《刹一刹图书过度追求豪华之风》等文章，时时会感受到一个身处斗室、心忧天下的知识分子的精神寻求。他对社会不良现象发声，不是个人恩怨所致，而是一个肩扛道义的正直读书人自然的情感表露和心灵呈现。

从文章创作学的角度而言，庄电一先生的写作呈现这样两个鲜明的特点。

第一，他的文章具有取材和发声的独特性，他总是在文章中追求一种具有区分度和辨识度的写作视点——“惟陈言之务去”，使所谈说的内容显现出新鲜情调和新鲜质地，从而避免陷入“人云亦云”的写作套路和陷阱。

第二，他的写作风格朴实、真率、峻切，不故作高深、不扭捏作态、不大话欺人、不言不由衷，是典型的“我手写我心”式的写作。读他的时评作品，仿佛是凛冽寒冬中的一杯热饮，暑热难耐之际的一杯凉茶，有痛快淋漓之感。

当然，庄氏文章也有一些瑕疵。比如：手勤，是长处；但写得太多，有时给读者的感觉就是“急就章”，思索的深度和文章的“含金量”有明显不足；再比如，有些篇目在文字的推敲和锤炼上，还不够精益求精。这可能与记者通常“赶稿子”的职业习惯有关。但我依然坚信，语言精美应该是一篇优秀之作的基本面貌之一。用汉语写作文章，写作者就应当充分意识到并体现汉语的博大精深之美以及音韵之美。如是，我们才可能继承祖先们经千锤百炼而创造的汉语写作传统，并把它推向新的境界。

2016年6月

诗情在心的女评论家

——简论女作家哈若蕙的文学评论

女作家哈若蕙有着多重的身份。她曾经是一个深受学生喜爱的文学教授。直到今天，二十多年前感受过哈老师课堂讲授风采的学生们，依然能够清晰记得她的口吐莲花，春风化雨。她也曾经是一个具有全国影响力的图书编辑和出版人。她策划和担当责任编辑的《跨文化丛书·外国作家与中国文化》《鹅毛信文库》《人文日本新书》等书系，连续获得中国图书奖等奖项，她还被全国版协、中国编辑学会授予“第五届全国优秀中青年编辑（图书）”称号。她担任过宁夏文联和作协的领导，出任过国家级文学奖茅盾文学奖评委（第8届）、全国少数民族文学创作“骏马奖”评委（第10届）。她自幼便具艺术禀赋，喜欢朗诵，音色纯美，在基层单位当过播音员，以后又以“票友”的身份，做过影视剧的配音演员。我们喜欢和欣赏哈若蕙的多才多艺，这使她的生活和工作充满了人生的情趣，陶冶了自己也感染了他人。然而，在哈若蕙的多重身份当中，我们更喜欢她的女评论家的角色。是的，由于工作变更和转换的关系，哈若蕙的文学评论作品并没有一直呈现持续“井喷”的创作状态。但是，就是这能够看到的数十万字，也足以证明哈若蕙灵敏的审美嗅觉和特异的评论风采。当我们认真阅读她从业三十余年来所发表的所有评论文字，我们不得不承认：无论在当代回族文学创作领域，还是在新时期以来的宁夏文学创作界，哈若蕙皆可以名列优秀的女性文学评论家行列。

文学圈内的朋友们都知道，哈若蕙毕业于名校的中文系，阅读过大量文学史上的经典著作，受过严格的文学鉴赏和批评的训练，加上工作之后在相当漫长的时间段内从事高校的文学教学和研究工作，所以，她的评论文章首先具有相当开阔的关注和写作视野。无论是赏析辛弃疾的词作（《诗中有画 尺幅传情——浅析辛弃疾〈西江月·夜行黄沙道中〉》），还是讨论现代小说名家丘东平的小说（《血打的稿子 墨写的文字——丘东平小说〈暴风雨的一天〉赏评》）；无论是评论俄罗斯文学名著（《〈叶甫盖尼·奥涅金〉琐谈》），还是谈说电视艺术（《电视艺术鉴赏漫谈》），哈若蕙皆能从容道及，自出机杼。她的这些讨论和赏读中外文学作品的文字，既是她认真学习和揣摩文学经典之后的思想和审美感悟，也是一个优秀的文学批评家走向成熟过程中必然要攀登的文学阶梯。在哈若蕙所创作的文学评论作品中，有两篇文章值得特别提及。这两篇文章不仅表明作者在讨论文学时有着相当广阔的人生视野，也指示着文学评论文章的独特视角和应有深度。《一个失去平衡的世界——庐隐悲剧创作初探》一文是作者的一篇获奖论文。[①] 这篇文章通过对“五四”时期文学研究会著名女作家庐隐小说作品的深度解析，相当充分地论证了庐隐创作的独特性。作者认为，作为一个提倡写实的文学团体中的一员，庐隐的小说有着与文学研究会其他小说家相异的创作旨趣：她的小说创作当中有着非常显著的浪漫主义的精神色彩。由此，可以这样评价“五四”时期与庐隐相似的一类作家的创作，他们的创作是在现实主义的底板上呈现出浓厚的浪漫主义色彩，在现实主义的基调中跳出几串浪漫主义的音符，是现实主义和浪漫主义的一种相互渗透和统一。如此讨论和界定女作家庐隐小说创作的精神和艺术寻求，不仅很好地解答了以写实主义为核心创作寻求的文学研究会成员何以有浪漫主义的追求这一艺术疑问，也为宽泛地理解“五四”时期的

---

① 该文曾于2007年获得宁夏社会科学评奖优秀成果（论文）三等奖。

浪漫主义书写提供了成功的文学解析范本。《灵魂的告白 —— 卢梭〈忏悔录〉与巴金〈随想录〉比较谈》一文是为哈若蕙赢得更大范围之内的文学声誉的评论文章。[①] 这篇文章将18世纪法国大作家卢梭的《忏悔录》与当代中国作家巴金的《随想录》做一创作对比，富于深度地揭示了两位作家精神寻求的相似性，以及“卢梭气质”（敢于坦荡诚实地书写人生忏悔前尘）对巴金创作的深刻影响。正是卢梭所提倡的“不论善和恶，我都同样坦率地写出来”的写作原则，影响了巴金一生的创作，并促使巴金在人生的晚年，在《随想录》当中“掏出心来”：忏悔个人在过去年代的“不堪”表演，反思何以一夜之间，自己由一个具有科学民主思想的现代公民，忽然就沦为俯首听命的“奴隶”的原因所在。《灵魂的告白 —— 卢梭〈忏悔录〉与巴金〈随想录〉比较谈》一文发表后，在文学圈内引起相当热烈的反响。作家吴淮生评论说：该文将卢梭和巴金的创作进行对比研究，是一个独特的发现，显示了作者新锐独特的审美视角。[②]

作为一个生活和工作于宁夏的回族文学评论家，对宁夏本土文学创作和少数民族作家创作的关注和研究构成了哈若蕙文学评论的重要内容。她对宁夏文学的批评，既有宏观层面的论述，比如《春天的笛音 —— 读宁夏少数民族文学讲习所学员创作有感》《一枝红杏出墙来 —— 宁夏新时期十年女性文学浅议》等文，也有相当数量的从细微处入手的作家作品评论。她欣赏老诗人吴淮生的童心未泯、情深意长（《霜叶春花一样红 —— 吴淮生新诗漫评》）；她从青年作家陈继明的短篇小说中发现动人的艺术力量（《聆听心的呼唤 —— 陈继明小说〈村子〉阅读手记》）；当回族青年作家石舒清还处于创作的爬坡阶段时，她就情不自禁地为之加油、喝彩

---

① 该文章首发于《宁夏教育学院 银川师专学报》（社科版）1989年第4期，被中国人民大学复印报刊资料《外国文学研究》1990年第3期全文转载，后收入《巴金研究》2000年第2期，获得宁夏文学学会论文一等奖、宁夏第五届社会科学优秀成果论文三等奖。

② 吴淮生：《新锐的审美视角与编辑的风范 —— 读哈若蕙〈一片冰心〉》，原载《黄河文学》2010年第10—11期合刊。

（《醉人的信天游 —— 石舒清小说〈赶山〉漫议》）；又一个回族青年作家李进祥出版了第一部小说集《换水》，她写出了文质并美的《这一方水土这一方情 —— 读李进祥小说集〈换水〉》。“宁夏文学”作为一个学术命名，始于社会主义新时期。在新时期宁夏文学三十多年的发展历程中，从事文学批评者少而又少，哈若蕙的文学评论，是扶持宁夏文学健康发展不多的声音之一，也是将宁夏文学送上中国文学舞台的重要锣鼓。

细读哈若蕙的文学评论文章，还有一个阅读感受是：这是一个诗情迸发、诗意盎然的文学写作者。我们单看她所写文章的题目，除了极个别篇目之外，几乎都含蕴着动人的诗情画意，是认真炼字、精心结撰的结果。无论是对中国古代和现代经典作家与作品的赏析，还是对宁夏作家作品的研读，也包括她对所责编的当代书籍的郑重推介，她的文章题目无一例外地抓人、吸引人，令人过目难忘。比如评论“七月派”小说家丘东平所作的“抗战小说”《暴风雨的一天》，作者的评论文字题名《血打的稿子 墨写的文字》，读者未读丘东平的小说原作，大概就会被这评论文章的题目深深吸引；又比如她的一篇评论文章《一片冰心在玉壶》，是为历经人生磨难的女教师张若冰的自传《我的岁月我的歌》所写的编后记。张氏一生命运坎坷蹭蹬，阅尽人间风霜雨雪。然张氏此生追求光明之心始终不改，虽九死而犹未悔。哈若蕙女士借唐人诗句来概括张若冰一生的精神内核及不倦寻求，不仅文辞精美，而且深中肯綮。应该说，文章标题的用心打磨和充满诗情还只是哈若蕙写作的一个小小的诗意呈现。倘若真正地深入她的一些代表作，我们还会强烈地感受到她的来自心灵深处的对纯美诗情的执着追寻。这诗情，不狂放、不嚣张、不喧哗；这诗情，如风似雾，是月明星稀之夜静静流淌的小河，是初春时节十里杨柳岸上望之朦胧的柳烟。我们读她评论庐隐创作的文章、评论梅洁作品的文章，读她的被不少人叫好的《灵魂的告白 —— 卢梭〈忏悔录〉与巴金〈随想录〉比较谈》《醉人的信天游 —— 石舒清小说〈赶山〉漫议》《这一方水土这一方情 —— 读李进祥的小说集〈换水〉》等作品，会被她文章的理性力量所征服，更会为文章所流贯的浓浓的优美诗情所陶醉。不妨摘引几段她的评论文字，来看看她的文辞之美。

她在评论刚刚在文坛崭露头角的回族女作家于秀兰的创作时，这样谈道：

看到此，一种蓦然心动的感觉提示着我：这种渗透于作者周身的血肉相连的民族意识、民族感情，这种“剪不断、理还乱”的山乡“情结”，以及面对生活积极进取的人生态度，不正是于秀兰这个年轻的回族女作家身上不容忽略的艺术品格吗？……沉浸在深深的感动中，我的眼前浮现出一幅生动的画面：山野中一株悄然怒放的小花，俊逸、清新，带着乡间的土气，更带着纯净的馨香，满身花粉，一路芬芳，为人们送上心底的慰藉……这是否算得上对于秀兰的写照呢？

——《一枝红杏出墙来——宁夏新时期十年女性文学浅议》

作家吴淮生原籍安徽泾县，年轻时由江南之地来到塞北的宁夏，此后一直在宁夏文联工作。哈若蕙在《霜叶春花一样红——吴淮生新诗漫评》一文的开篇这样说：“吴淮生是宁夏知名的诗人和散文家。三十多年来，塞北的风霜雪雨在他的额前刻下了岁月的年轮，一株江南的绿柳业已变成塞北苍劲的榆槐……”。如此形容吴氏，已属妥帖、清新，哈若蕙却意犹未尽，接着说：

他一面风尘仆仆地工作，一面将心中的情愫酿成精美的诗篇。他更携一颗诗心，做南归北往的宾客，萍踪湖海、浪迹天涯……于是，缤纷的诗绪，化作沁人的语丝，落满这洁白的诗笺。

显然，哈若蕙是一个具有作家禀赋的评论家。她的精神性格当中所拥有的抒情气质，使她的评论文字别具一种温馨的情深意长的艺术力量。阅读她的自述文章《岁月就这样静静地流淌》，知道她的少年时代是在动荡的“文革”岁月里度过的。年少时的哈若蕙曾经因为父亲莫须有的罪名而遭受歧视和打击。中学毕业以后，她也曾下过乡，做过知青。然而，生活的磨难并没有带来灵魂的扭曲和文章里的哭天抢地。事实上，严峻的生活没有磨灭她内心深处对人间社会的万般眷爱之情。哈若蕙把人间的酸苦当作此生必须坦然面对的“功课”。巴乌斯托夫斯基说过：“对生活，对我们周围一切的诗意的理解，是童年时代给予我们的最伟大的馈赠。”如果我们承认作家内心的诗意很多时候是来源于童年时代，来源于创作者对生活阳光和人间美丽的无尽追求，那么，我们就得承认，哈若蕙是一个带有一点浪漫主义情结的写作者。这种长久地以“发现美丽”的眼光来看待生命和生活的审美心理机制，给她的文学评论文章带来了缤纷的诗意，也给读者的心灵带来温暖的抚慰。

2016年12月

且做一回深山采药人
——序许峰文学评论著作《新世纪宁夏小说现代化研究》[①]

许峰博士要出版他的第一本文学批评著作《新世纪宁夏小说现代化研究》，嘱我为其作序。作为他的授业导师，这一任务自然是责无旁贷。恰逢“五一”假期，抽出时间又认真阅读了许峰送来的书稿（书中的不少内容此前发表时我已经阅读过），想起了一些往事，也对他的写作有了一些新的认识。现在就将旧事和新解如实呈现在这里，权作本书的序言。

说道起来，许峰做我的弟子已经有十年的时光了。2007年春天，他参加硕士研究生复试，第一次出现在我面前时，还是一个腼腆的带着点青涩的毛头小伙子。十年过去，他已经成长为一个在宁夏文学圈内颇有点影响力的青年学者了。我当然为弟子的成长高兴，也不禁回忆起这些年来许峰在学问这片园地里执着耕耘、辛勤挥洒汗水从而赢得喜人收获的诸种情状。与数量不少的心思游移东张西望的研究生相比较，许峰属于真心爱书爱学问的那一类弟子，过去有一个说法叫“读书种子”。他对学问的热爱、对于事物真相的探究兴趣是发自内心深处的，不是做给别人看的。在电子读物已经普及的今天，他依然喜欢买纸质书看，节假日与妻儿一起上街几

① 许峰：《新世纪宁夏小说现代化研究》，文学评论集，宁夏人民教育出版社2020年版。

乎每次都要到书店逛上一圈。因为打心眼里对知识和智慧痴情，所以他读起书来基本上能够做到心无旁骛，也容易发现问题钻研进去。许峰还是一个相当刻苦的读书人。偶尔有几次，今晚要说明天必须做的事情，抱着试一试的心理，我夜里十一点多发微信过去，很快就会收到他的回复。几句话聊下来，我叮嘱他早点休息。他却回答：还有一个章节未读完，读完再休息。以我的做学问的经验来看，一个人如果不是内心自然涌动着对学问的最深的喜爱，如果不把读书做学问当作人间快乐之事，而只把攻读学位、撰写论文当作谋取利益高回报的路径，那么，这个人是无法做到"刻苦"这两个字的。刻苦不是故意展示给人看的花拳绣腿、表面功夫，刻苦是夜里绽放的花朵，是"羞答答的玫瑰静悄悄地开"。许峰的刻苦也体现在他的写作上，从硕士研究生毕业到现在，七八年间他已经写作和发表了近三十万字的文学批评文字。这对一个进入文学评论领域不久的年轻人说来，也属不容易取得的成绩。众所周知，从事文学批评工作通常意味着异常艰辛的劳动和超出寻常人的付出。写作文学评论文字，不仅要有相当丰厚的理论积累和长期训练而形成的文本分析能力，更要有一颗耐得住寂寞的心。文学评论写作者的工作方式与一个深山采药人颇为相似。他背着背篓，手拿药锄，或穿行于幽谷当中，或攀登于峭壁之上。天光之下、迷雾当中、百般寻觅、辛苦探查，偶尔也会寻得名贵稀有之物，大多数时候却只收获一些普通的药草。然而，他不沮丧。他坚忍、执着，舍不得抛下背篓，不愿意放弃药锄。密林深处是他的归宿，羊肠小道是他的诗和远方。许峰既然已经走上了文学评论写作这条寂寞之路，自然有他的定力。我读他的文稿，眼前总是浮现他灯下读书、急促地敲击键盘的形象。

现在该说一说许峰文章的短长了。许峰的文章是有锐气的文章。他读理论书籍和名家文章，受到启发，结合所研究的对象或解析的文本，常常能够道别人之未道，而且言说准确，并不是生搬硬套。这般化用和出新的功夫，读书少的人或者思索不周者，常常会弄巧成拙。比如：许峰对宁夏老作家高耀山长篇小说《烟火人家》的分析，对升玄长篇小说《越秀峰》

的评价，对女作家曹海英小说创作路径的精细剖析，就是有锐气、观点新颖、持论妥帖的评论之作。这三篇评论发表后，三位作家均表示高度认可，并在我这个业师面前有夸赞之辞。许峰的文章中也展示了相当良好的艺术感受能力和分析能力。比较长的一个时期以来，由于整个社会的审美教育存在明显缺陷以及文学评论写作中流行技术化倾向，只见许多人写作的文学研究文章当中，大量采用来自西方的时髦理论对文学文本进行生拉硬扯式分析，而独独不谈文学作品的艺术品质和艺术内涵。读完这样的用时髦理论分析文学现象和文学文本的高大上文章，常常会使人如坠雾中，不知道研究者的一大套理论与被分析的文学文本之间到底有何关系。读许峰的分析具体文学文本的文章，没有感觉到文学研究中粗暴的“拉郎配”做法。他的文章艺术感觉精细、分析研究到位，是细抠文本、体会创作者深心的结果，也是认真揣摩学习优秀作家和评论家有关艺术分析见解的结果。比如：他对石舒清小说名篇《浮世》的谈论，对陈继明小说名作《粉刷工吉祥》的分析，对张学东短篇小说《喷雾器》的艺术把握，都是值得称赞的研究分析文章。我一直以为，对于具体的文学文本的精细的艺术分析，从来都是一位文学研究者必备的基本功。基本功不具备，哪怕你的文章中采用了不少的高级时髦理论，到头来也只是“拉大旗做虎皮”的伎俩，算不得真本事。我也希望许峰今后能够多写这一类文字（尽管这一类文字不太好发表），以使自己的文学感受力和分析能力打磨得更为锐利、精细、富有情韵。

序言的最后想说一说许峰文章的不足之处。写作文学评论文章，谈说的是具体的文学现象和文学作品，但文学自诞生的那一天起就与大地、天空、人类生活有着天然的血缘联系，所以文学研究者万不可只关注自己眼前的“一亩三分地”，而是要开阔胸襟、放开眼界关注天下与苍生。郑板桥诗云：“些小吾曹州县吏，一枝一叶总关情。”鲁迅有言：“外面进行着的夜，无穷的远方，无数的人们，都和我有关。”（《这也是生活》）在认真关注世界风云、深究“中国故事”的生长土壤以使研究文章的视野更为开阔、立意更为高远方面，许峰还需要努力。另外，写作文学评论文章，对中国古代的哲学、历史、人文地理等知识和智慧，不仅要了然于心，更要沉浸其中，细细品味，以增强知人论世论文的能力。在这一能力的养成方面，出生于20世纪80年代的年轻评论者们普遍存在着“短板”。还有一个需要注意的问题：文字的推敲和考究。我自己写作文学评论，对如何表现汉语的独特美质有追求，总希望自己的文章不仅字句考究，而且读起来好听、朗朗上口。我也期盼着我的弟子们能够在日常生活中，把古典诗文数册放置于案头、枕边，每每于小憩之时吟咏一二、抄写一二，天长日久，汉语的简洁、晓畅、睿智、富有韵律之美的特点就会自然流露于所作的文章之中。

是为序。

2018年5月

序许峰《新时期以来的宁夏文学批评研究（1978—2018）》[①]

众所周知，宁夏当代文学的高光时刻出现于东风骀荡、千帆竞发的新时期。此前一个历史时期（1958—1978），由于诸多因素的制约和限制，在宁夏，虽然出现了一些作家，也创作了许多作品，但在当代中国主流文坛，宁夏文学却几乎是“失声”的。宁夏文学在当代中国文坛的“放声歌唱”始于粉碎“四人帮”之后的社会主义新时期。当崭新的社会政治局面骤然降临，当这个民族被压抑的追求理想和正义的激情终于得到释放，当文学又一次义无反顾地充当了民众心声的代言人，在这样的历史转折时刻，张贤亮以其饱经沧桑忧患之后的独特“歌喉”，征服了大江南北。张贤亮在创作上的崛起，不仅意味着新时期的中国文坛又增加了一位超重量级的作家，更为重要的意义还在于，宁夏文学从此结束了在当代中国主流文坛长时间沉默失声的状态而成为令人瞩目的存在。事实上，从1978年至今的四十多年里，宁夏的文学创作成就尤其是小说创作的业绩，在中国文学界是颇具知名度和美誉度的。张贤亮自然是激情澎湃的20世纪80年代的文学“弄潮儿”——他的中短篇小说《灵与肉》（1980）、《肖尔布拉克》（1983）、《绿化树》（1984）三获全国优秀中短篇小说奖，他的《河

① 许峰：《新时期以来的宁夏文学批评研究（1978—2018）》，文学研究集，中国社会科学出版社2023年版。

的子孙》《初吻》《男人的一半是女人》《习惯死亡》《普贤寺》等作品，几十年之后读来，依然让人心灵震撼。20世纪90年代中后期至今，“宁夏青年作家群”由崛起而走向创作繁盛，“三棵树”（陈继明、石舒清、金瓯）、“新三棵树”（漠月、季栋梁、张学东）声名远播。石舒清（《清水里的刀子》）、郭文斌（《吉祥如意》）、马金莲（《1987年的浆水和酸菜》）分别荣获第二届、第四届和第七届鲁迅文学奖短篇小说奖，石舒清、马宇桢、金瓯、了一容、李进祥、马金莲等人获得全国少数民族文学创作“骏马奖”（中短篇小说奖），马金莲和季栋梁以长篇小说《马兰花开》和《上庄记》获得“五个一工程”作品奖（第十三届精神文明建设“五个一工程”作品奖，2014年），赵华获得全国优秀儿童文学奖（第十届，2017年），石舒清、陈继明、漠月、季栋梁、李进祥、张学东、马金莲、马悦、阿舍等作家获得《人民文学》《十月》《小说选刊》《上海文学》《民族文学》等国内著名文学刊物的年度创作奖，石舒清等八位作家的中短篇小说荣登2000年以来的中国小说学会年度小说排行榜。

显而易见，进入新时期以来的宁夏文学创作，特别是小说创作的成就是相当辉煌的。宁夏文学由新时期早期的张贤亮唱出“报春第一声”到如今的歌声嘹亮，动人心扉，其发展和逐渐繁荣的原因是多方面的。宁夏各界，尤其是宁夏回族自治区党委和政府的积极扶持和热情推动是一个重要方面，宁夏文联和作协扎实有效的工作与作家自身的不懈努力也构成文学发展和繁荣的重要前提。还有一个重要的因素不能不被提及，那就是宁夏文学批评界的“摇旗呐喊”和数十年来的无私奉献。事实上，从20世纪70年代末张贤亮以“归来者”身份重新在文坛发声之时，宁夏文学批评界便及时给予了充分的肯定和鼓励。以后，张贤亮佳作频出，纸贵洛阳；“宁夏青年作家群”沉潜多年，一朝崛起；石舒清十年砥砺，宝剑出鞘；郭文斌超越苦难，发现诗意；马金莲奋力爬坡，遥望曙光等等，四十多年来，宁夏文坛的每一次潮起潮落，宁夏作家的每一部打动人心的作品由偏远之地走向全国，背后都有着宁夏文学批评界人士辛勤劳作的身影，凝聚着他们的心血、汗水和智慧。在百废待举、新旧嬗变的历史时刻，他们以启蒙者的姿态和话语拨乱反正、廓清思想的迷雾，为宁夏文学的未来发展开辟前行之路；在艳阳高照、百花盛开的春天里，他们寻觅名花、探索珍奇，以发现和推出宁夏文学的精品杰作为无可逃避的历史责任；在商业大潮激荡、消费主义和享乐主义哲学流行之时，他们激浊扬清，奋力抗争，努力捍卫人类社会永恒的精神价值尊严，既脚踩大地，也仰望星空。一句话，自新时期以来，宁夏文学批评界在建设清朗的文学生态环境、培养和挖掘优秀的创作人才、发现卓越的文学原创作品和推动宁夏文学由偏远的宁夏走向全国等方面，是立下了汗马功劳的。无视这一历史事实，当代宁夏文学的历史发展状况将会面目不清，有关的历史记录和文学叙述将会是残缺的、不完整的。

许峰2016年秋天再度进入宁夏大学人文学院师从我攻读博士学位。入学不久，我们师徒俩便开始了他的博士学位论文选题方向的斟酌与碰撞。在我的记忆里，若干次思想碰撞和交流之后，似乎没有大费周章，许峰便确定了他的论文选题方向，他要做“新时期以来的宁夏文学批评研究（1978 — 2018）”这一题目。说实话，我当时心里多多少少有点不踏实。虽然，许峰师从我攻读硕士研究生阶段，已经显现出超越同龄人的文学理论素养和学术探索精神，但做眼下这个论题，困难也是显而易见的。首先是资料爬梳的不易。做这个题目，不仅要熟悉四十年来宁夏文学创作的基本流向和各阶段的重要作品，更要通过认真阅读原始刊物上的所有文学理论和文学批评文章，还原和熟悉文学创作与批评的历史现场，理性总结和归纳宁夏文学批评的历史脉络与思想文化寻求。单就这一项工作，就要费去大量的时间与心血。其次，新时期以来的宁夏文学批评，毕竟是在改革开放的时代文化背景之下展开的，异域文化的进入和国内文坛思潮的涌动，深刻地影响着宁夏的当代文学批评。对异域文化和四十年来国内文坛状况的深度知晓和深刻理解，构成了论题是否能够深入展开讨论的理论背景。也就是说，论文所涉及的可能只是一个偏远地区四十年间的文学批评状况，背景参照却必须是新时期以来中国社会文化思潮的奔腾与翻转。仅此两点，便足以构成论文写作中的难以回避的阻碍。我直率地谈了我的学术担忧。许峰告诉我说，容他回去再仔细思索一二。一周后，我们师徒俩再碰面时，许峰不仅不改初衷，而且还拿出了比较详细的写作大纲。显然，选择这样一个难啃的学术“骨头”来“啃”并非他一时的心血来潮，而是有着相当充分的学术研究积累和心理准备的。于是，一场相当艰苦的学术之旅就这样开始了。其时，我正任教于宁夏南部固原市的宁夏师范学院，每周末才能回到宁夏大学给研究生们讲课和辅导论文。我们师徒俩每周能够在银川面晤一次，更多时候是夜深人静之时通过电波而展开的详细交流。岁月就在奔波和辛苦劳作之中流逝。等到许峰博士学位论文第一稿完成，已经是他入学三年之后的2019年夏天。我拿着他的20万字的论文初稿，心情激荡，感觉是捧着自己刚刚出版的一本新书。

《新时期以来的宁夏文学批评研究（1978—2018）》一书是许峰在博士学位论文的基础上，经过调整、扩充而定稿的学术专著。这本书的前身——博士学位论文于2020年获评宁夏回族自治区优秀博士论文，确实出乎我这个导师的意料。然而，也足以证明此作学术追求的高远和学术品质的优秀。在宁夏，从事地方文学批评和研究工作，一直属于孤独和寂寞长途中的跋涉。在很长的一个历史阶段，这支批评队伍常常处于“五六个人、七八条枪”的生存窘境。许峰不惧冷门、不避繁难，或穿行于图书馆尘封故纸堆中，或访谈于孤灯一盏之寒素书斋，以数年之功，而使四十年间的宁夏文学批评历史豁然于眼前。仅此一点学术爬梳工作，便有开创性的学术意义。而书中对于新时期以来宁夏文学批评文化心态和典型现象的发现与研究，对于宁夏“三棵树”和“新三棵树”文学批评的梳理与归纳，对于宁夏文学批评家批评个案的透视与解析，均显现出相当开阔的理论视野和清明的研究思路，亦属学术价值甚高的科学研究，其在宁夏当代文学研究史上，窃以为会留下声音和痕迹。当然，作为本书的最早阅读者之一，我也想指出本书的几个小瑕疵：一是个别章节的论述，原始材料可以掌握得更为丰富一些，具体的分析和研究也可以做得更为丰满和精深一些。比如对于张贤亮小说批评的研究，就稍显平淡，时代所提供的思想宽度未能充分显现。二是语言的打磨方面尚不能拼尽全力，以达到加西亚·马尔克斯所言的写作其实是在“与每一个字摔跤搏斗”的理想状态。比如：文中的一些语句在逻辑性的自然连接、转圜方面，还不够严丝合缝；一些叙述历史事实和文学场景的地方，在语词的简洁有力与雅致优美方面，还欠斟酌和锤炼，遂使文章的表现力有所减弱和损伤。

许峰进入文学批评领域也就十余年，因为志向高远、读书刻苦和产出颇多，他在这一领域已经赢得了许多业内人士的喝彩和掌声。作为他的授业导师，我为他所取得的成绩由衷喜悦，也希望他继续保持读书人的“赤子之心”，在今后的岁月当中，在自己所钟爱的文学批评事业上，取得更为引人注目的成就。

是为序。

2023年2月

序白亮《中国当代文学地方材料的整理与阐释》①

通常说来，任何时期或者地区文学史的编写都是在搜集整理大量的原始材料的基础上展开工作的。这原始材料当然包括特定年代和地区的社会历史文化背景材料、彼时的文学思潮及流向、作家身处的自然地理环境和社会人文环境、作家生平经历（包括作家出生和成长时的原生家庭、个人感情经历、作家的人际交往经历和所属的文化圈等）、文本生产的具体过程（包括发表的具体刊物）、文本发表后的社会反响（包括传播、评价、销售、获奖、被改编为视听作品的情况）等等。对文学史撰写者而言，原始材料掌握得愈丰富，对时代的社会文化气氛、作家的创作气质和风格、文本独特的思想艺术寻求及文本的价值就愈能把握得清晰、准确，分析阐释得恰到好处。

如果从宁夏回族自治区成立时的1958年算起，宁夏当代文学至今已经走过近七十年的峥嵘岁月。我个人一直想牵头写作一部《宁夏当代文学史》，但限于史料搜集整理的繁难和同道的缺乏，此事延宕至今未曾开展。欲写作《宁夏当代文学史》的初衷，来自近些年我在宁夏地方文学的具体研究中，痛感史料寻找的艰难和精确阐释优秀文学文本的不易——

① 白亮：《中国当代文学地方材料的整理与阐释——以新时期宁夏文学为中心的考察》，文学研究集，宁夏人民出版社2025年版。

不仅宁夏回族自治区成立之后前二十年间（1958—1978年）的文学史料查找困难，即便是1978年以后新时期的宁夏文学史料，包括一些可以对宁夏文学史上优秀作品的有效解读提供支撑与说明的文学史材料，寻找起来也相当费神费力。仅举我在宁夏当代文学研究中碰到的一桩个案，就足以证明原始材料的寻觅和理想答案的获得是多么困难和耗费时间的事情。我始终以为《河的子孙》是张贤亮先生创作的最为杰出的小说之一，其价值和意义一点也不逊色于他获得国家级文学奖的三部小说（《灵与肉》《肖尔布拉克》《绿化树》）。这部中篇小说所塑造的大队书记魏天贵（绰号“半个鬼”）的形象，是新时期以来中国文学作品当中塑造得最为鲜活和最为复杂的农村基层干部形象。从几十年前初读《河的子孙》起，我头脑中就存在着一个疑问，不知道有过二十年“阶下囚”经历的张贤亮何以能够力透纸背地刻画出魏天贵这一农村基层干部的形象？他塑造魏天贵时丰沛的创作底气到底从何而来？他把许灵均、章永璘的命运与心理描画得跌宕起伏、百转千回，自然源于他本人的知识者身份和曾经遭受过的难言的身心磨难；而魏天贵为人处世上的胸有大义和具体行动中的亦正亦邪、左右逢源，却实在不是一个未曾担任过农村基层干部的落难知识分子能够深刻体会到的。直到前年，在翻阅20世纪80年代《朔方》杂志时，偶然看到冯剑华、张贤亮合写的一篇悼念文章《第一次悼念——悼谢荣同志》（原载《朔方》1984年第4期），才找到了盘旋于心中几十年之久的问题的答案。作为张贤亮、冯剑华夫妇不多的朋友之一的谢荣（1982年初，与张氏夫妇相识时，谢时任银川郊区人大常委会主任），应该是《河的子孙》成为杰作的有力推动者之一。一是张贤亮写作《河的子孙》时，谢荣曾经两次陪张一同下乡体验生活。谢出身农家，在宁夏贺兰县习岗镇的黄河边上长大，又长期在农村基层工作，对西北农村的风土人情和农村基层干部的生存状态烂熟于心，《河的子孙》中的一些素材，就是谢提供的。二是张与谢一同下乡时，农民们见到谢却并不躲避（在百姓看来，谢已经是比较大的官员了），不仅对他不讨厌、不畏惧，反而显得很亲昵。这是一个过去在农村搞过多年运动的基层干部很难得到的待遇。显然，谢荣身上所显现的朴实无华、率真善良的性格以及他对底层农民发自内心的爱意和情意深深地打动了张贤亮，而谢荣在曾经的复杂纷扰的政治风云中，从一个普通的农村基层干部成长为一个市级机关领导的人生历程，又成为张贤亮在创作《河的子孙》时求之不得的原创性、典型性人物性格的成长轨迹。于是，张贤亮以他的聪慧和他对西北乡村与农民身上“中国式智慧”的深度理解，为我们奉献了《河的子孙》这部杰作。

宁夏当代文学近七十年间的原始材料被搜集、整理、阐释者寥寥，原因可能是多方面的。最深层的原因，我以为应该是此项典型性的“坐冷板凳”式的学术工作不仅要耗费研究者的大量时间和心力，而且回报率甚低。自从市场交换原则进入学术领域的这些年，似乎没有几个人愿意去埋头钻研故纸堆。然而，白亮的新作《中国当代文学地方材料的整理与阐释——以新时期宁夏文学为中心的考察》不仅纠正了我的某种偏见，而且颇给人眼前一亮的感觉。作为一个宁夏当代文学的资深研究者，我愿意谈谈对这本书的一些阅读感受。

首先，这是一部原始材料搜集扎实、言之有据的学术著作。全书共四章十九节，所涉及的主要论题是《朔方》杂志与新时期宁夏文学的发生发展、“二张一戈”与宁夏作家队伍的构建、宁夏文学批评话语的建构、经验生成与实践效应以及新时期宁夏诗歌生态的形成与建构四个方面。应该说，本书所选择的论述话题并不复杂。甚至，当你初次看到书的目录时，会感觉到论题的丰富度不够。然而，一旦进入到细致的阅读，读者们会深刻感受到此书在原始材料占有与内容论述上的丰富性。比如，该书的第一章是论《朔方》文学杂志与宁夏当代文学之关系的。作者从《朔方》创刊说起，举凡复刊、更名与时代政治变化的关系、《朔方》杂志五次改版的初心、广告与征文举措的加入、殚精竭虑地培养本地和少数民族作家、刊物在高品位、高格调的文学向往与大众化、通俗性追求之间的徘徊与挣扎，作者依据丰富多样而翔实的史料，条分缕析、从容道来——不仅清晰梳理了《朔方》四十多年的办刊历史，而且，以无可辩驳的丰富翔实数据，揭示了《朔方》作为宁夏最重要的文学阵地，在传播党和政府的声音、宣传党的文艺方针与政策、培养本地和少数民族作家、创造和构建宁夏的“文学生活”、满足人民美好精神需求等方面所做出的杰出贡献。其他三章的写作风格亦是立足手头所掌握的文学史材料，有一分事实说一分话，而绝不做空泛的毫无史迹可寻的猜测和想象。

第二，这是一部在史料爬梳上细致而有学术耐心，其分析阐释也颇为精到的学术著作。文学史的研究，最基础的工作当然是史料的搜集与整理，翔实和准确是其基本路径，而心境的沉潜则是形成清明判断的根本。我读此书，从一些细微的地方，可以感受到作者的学术耐心。比如，第一章对《朔方》“三优先”制度的详细论说；又比如，第三章中关于新时期文学批评如何塑造“张贤亮形象”的史料爬梳与分析等。难能可贵的是，作者在史料的爬梳上有耐心，在史料的阐释和研究上也颇为精到。张贤亮历尽沧桑和忧患之后，在新时期中国文坛重新归来并声誉日隆，当然源于他音色独特的慷慨悲歌，但时势使然却并不意味着每一个曾经陷于泥沼当中的人都可以在很短的时期之内，就可以摆脱和冲出原有的历史羁绊而振翅高飞。假如没有1978年11月某日，《朔方》编辑杨仁山从众多自然来稿中发现《四封信》并推荐给编辑部主任路福增；假如没有时任宁夏回族自治区党委副书记陈冰看到张贤亮小说后下达的指示；假如没有《朔方》编辑部几乎全体成员在《灵与肉》发表前后的“全员发动”，读者们后来熟知的“一飞冲天”的张贤亮也许要等到好多年之后我们才能在文坛见识到。还有一种可能——20世纪80年代的中国文坛也许根本就看不到张氏的身影。在新的历史时期，天赋异禀、才情卓著的张贤亮大概率不会再被埋没，但他可能去干别的行当去了。白亮在这本著作当中，花费相当多的篇幅梳理张贤亮的文学人生以及宁夏文坛和中国文坛对“张贤亮形象”的塑造过程，他对发表于1979年《朔方》杂志上的潘自强文章《像他们那样生活——读短篇小说〈霜重色愈浓〉》和刘佚文章《文艺要敢于探

索 —— 读张贤亮小说想到的》的肯定 —— 他们是地方文学刊物最早塑造“张贤亮形象”的重要评论，他对曾镇南文章《深沉而广阔地反映时代风貌 —— 张贤亮论》在“张贤亮形象”定型过程中的核心作用的挖掘，既是学术沉潜力的体现，也显示出独特而清明的文学史眼光。

第三，这是一部在地方文学史料的挖掘和整理中有鲜明的理论提升的学术著作。中国当代文学七十五年的历史发展表明，作为一种受当代中国社会的主流政治话语规约和影响的文学与高度组织化的文学，“国家文学”和“地方文学”事实上构成了中国当代文学版图中的两个最为核心的区域。“国家文学”和“地方文学”在各自的发展流变当中，在战略考量和发展的具体路径上有重叠的部分，也有并不完全相同的部分。如何认识“国家文学”与“地方文学”的关系？“地方文学”在中国当代文学的整体格局中究竟扮演着怎样的角色？作者通过对宁夏当代文学史料的认真挖掘和整理，通过对“二张一戈”“三棵树”和“新三棵树”由宁夏走向全国的文学演变过程的精细考察，得出结论：“地方文学”与“中国文学”之间并非简单的对立、高下或者归属关系。“地方文学”可以作为“中国文学”整体结构中的一种补充，但它与“中国文学”更应该构成一种双向、融合、对话的动态关系。宁夏文学是中国当代文学当中富有地方文化特色的风格化存在，作为一种地方经验的审美呈现，“文学宁夏，其意义和价值不仅在于书写西北地域风貌、乡土历史叙事、日常生活表述和中华民族共同体意识的文学作品，更得益于地方文化性格滋养的作家，在文学创作、实践行动和艺术想象中建构出的意义空间，这些都与中国当代文学的整体脉络产生了血缘联系。”（《绪论》）诸如此类的立足于丰富的文学历史材料和创作实践而做出的理论提炼和归纳总结之论，在本书当中并非罕见，它是作者深潜新时期以来宁夏文学史料，积极思索、用心提炼的结果，更是作者追求的“文学研究历史化”的一次相当精彩的学术实践。

我与白亮相识已经二十多年了。初次见他，他还是一个英气勃发的青年学子，眼睛明澈且有光，他那一心向学的憨直神态一直长存于我的记忆当中。二十多年过去，他现在已经成为一位在京城高校中小有名气的“青年教学名师”，并且在学术研究上也屡有斩获。作为故友，我为白亮这些年来所取得的教学和科研成绩感到由衷喜悦。也希望他能够继续保持向学问学的初心，通过更为艰辛不懈的奋斗与努力，取得更大的教学和科研成就。

是为序。

2025 年 2 月

我心目中的《六盘山》

《六盘山》文学杂志创刊四十周年了。对一本专事文学的地方杂志而言，无论如何，这都是一件值得纪念的大事。我与《六盘山》杂志结缘数十载，接触过这本杂志的好几任主编和众多的编辑，阅读过发表于这本杂志上的数量巨大的知名作家和不知名作者的作品，自己也在《六盘山》上发表过好多篇散文和文学评论。现在，《六盘山》要过四十岁的生日了，作为这本杂志的作者和读者，更作为一个新时期以来宁夏文学发展的见证者和参与者，我想以几个关键词作为透视的焦点，来谈谈这本杂志的过去和未来。

小与大

如果以文学杂志主办者所处的地理位置以及其文学影响力与辐射力作为判断标准来勉强划分，固原市文联主办的《六盘山》杂志，不能算作一本大刊物。我不能说，《六盘山》已经具有了“四大名刊”（《十月》《当代》《收获》《花城》）和“国刊”《人民文学》那样的辐射力和影响力了，这样说，显然属于“巧言”。然而，作为一个长期追踪和研究宁夏当代文学发展历史的学者，我却不能不说，在新时期以来四十多年的宁夏文学发展史上，《六盘山》杂志所立下的文学功劳和所做出的文学贡献，值得我们深情地予以书写和赞扬。其中原因，无非两条。

其一，创刊四十年来，作为一个经济长期不发达地区文联所主办的文学刊物，《六盘山》一直扎根本土，服务人民，不知给多少普通读者带来了心灵的抚慰和精神的享受。我们知道，在很长的一个历史阶段，宁夏南部的“西海固”地区以“苦甲天下”而闻名于世。身居于这片干旱缺水土地上的人们生活困苦、生存不易，唯有文学仿佛一盏暗夜中不停闪烁的小小明灯，既驱赶了生存的暗影，也照亮了即将前行的崎岖山路。石舒清曾经对我说过这样的意思，他说如果没有文学，如果他没有爱上文学，他都不知道他会成为什么样的人，他的人生命运将会是何种面貌。是文学为他打开了通向世界的另外一扇明亮而奇特的窗户，也是文学教会他善良和逐渐懂得别人。是的，一本文学杂志到底影响了多少辗转挣扎于生活底层之人，改变和塑造了多少物质匮乏年代里年轻而躁动、焦渴而虚空的灵魂，我们也许谁也无法做出精确的统计。我们只是知道，对于那些被艰难粗粝的生存击打着的人们，对于那些天然地渴望乘着梦的翅膀四处飘游的浪漫灵魂，文学既是一只温柔的抚慰心灵之手，也是远航美丽世界的诗意风帆。“西海固”的土地上有那么多普通人喜欢文学，四十年来《六盘山》杂志每做一次“诗歌专号”“散文专号”和“小说专号”，消息一出，便应者云集，皆因为文学既是“西海固”人民生活当中的盐，也是沉重生存当中永远可以抬头仰望的遥远而灿烂的星空。

其二，《六盘山》自20世纪80年代创刊以来，以扎实而强劲有力的工作，为新时期以来的宁夏文学培养了大量的优秀作家。仅此一点，便值得大书特书。我已经在不止一篇文章中阐释过我的一个观点：新时期以来的宁夏文学有过三个高潮期。这三个高潮期分别出现在改革开放初期到20世纪80年代中后期、20世纪90年代中期到21世纪初期、党的十八大以来的近十年间。第一个高潮期的创作，客观而言，是由张贤亮、张武、戈悟觉等作家予以强力支撑的，尤其是张贤亮在宁夏文坛的“横空出世”，从一开始，便定位了宁夏文学思想和艺术的应有高度。新时期以来宁夏文学的第二个高潮期和第三个高潮期的创作，其主力军便与《六盘山》这本文学杂志有着割不断的联系了。20世纪90年代之后，在中国社会经济、文化和思想观念的剧烈变动期，“西海固作家群”悄然成长，南台、徐兴亚、石舒清、陈继明、郭文斌、季栋梁、火仲舫、杨友桐、梦也、王漫西、李方、成蹊、杨风军、左侧统、古原、火会亮、拜学英、了一容、李银泮、穹宇、李义、辛小慧、虎西山、王怀凌、单永珍、冯雄、杨建虎、唐晴、泾河、韩聆、牛红旗、程耀东、刘汉斌、高丽君、赵宗民、殷高、王玉玺等作家，其文学的起步期，几乎都是从《六盘山》这份杂志开始的。而宁夏文学第三个高潮期的领军人物马金莲，也的的确确是从《六盘山》这一文学福地开始其文学创作之旅的：2000年第2期的《六盘山》刊载了马金莲的文学处女作《面壁》（诗歌），这首诗作被收入一个叫“起跑线”的栏目当中；2001年第2期的《六盘山》刊载了马金莲的小说处女作《夙愿》；进入2002年，《六盘山》第3期和第6期接连发表马金莲的三篇小说《昔年的隐者》《阳光照彻院子》和《旱年的收藏》；2003年第3期，《六盘山》以头条位置重点推出“马金莲小说”小辑（包括《女人在远方》《冬闲时节》两篇作品），并配发编辑李方分析马金莲写作优长和创作短板的微评论《马金莲的世界》。客观而言，一个作家的成长，是由多重因素决定的，个人禀赋和写作努力的程度、身处的自然地理环境、家庭和时代文化空间、日常交往的社会人物和同道、文学刊物与编辑的倾心扶持等等因素，共同构成了一个优秀作家成长的物理空间和精神气候。在网络还没有普及、网络写作尚未如潮涌动的那些年代里，能够在一本文学刊物上（哪怕它只是一个地区级的刊物）发表一篇作品，对于许多年轻的文学写作者来说，都是生活甚至生命当中的大事件。正是在把文学视作生命的那些年代里，《六盘山》杂志的那些甘心为他人作嫁衣裳的编辑们，从雪片般飞来的自然来稿中，认真而执着地挑选和编辑着思想和艺术都还嫌稚嫩的众多作品，让年轻的写作者踩着他们宽阔的肩膀，振翅而飞。于是，从《六盘山》和宁夏的其他文学刊物《朔方》《黄河文学》上共同走出了宁夏文坛的“六棵树”和广大的“一片林”，从“西海固”的黄土山脉的褶皱中，走出了鲁迅文学奖的获得者石舒清、郭文斌和马金莲。

如此说来，偏处宁夏南部一隅的《六盘山》杂志就不能称之为“小”刊物了。我时常想，如果地处宁夏南部山区的固原市没有这样一本文学杂志，如果杂志的主编和编辑们铁了心只发外地和本地成名作家的稿子，“西海固”地区还会成为宁夏文学军团预备队的产生之地吗？显然，小与大都是相对而言的，对于新时期至今的宁夏文坛来说，《六盘山》倾注心血所做的作家培养工作，贡献可谓巨大。

《六盘山》与“西海固文学”

《六盘山》诞生于20世纪80年代初期，应和着20世纪80年代中国社会波澜壮阔的时代大潮，扎根于土层深厚的西北黄土地，从一开始，刊物的文学追求便打上了时代的烙印和“西海固”之色彩。遍翻四十年来发表于《六盘山》上的文学作品，讴歌“西海固”的土地和人民、叙述西部人生活和命运的篇章占绝大多数，而作家们在艺术精神的寻求和表现方式的选择上，则一直走的是现实主义创作路径，我称之为“写实心性和笔调”。我们知道，一本刊物编辑风格的选择与作家创作风格的选择，都不会毫无来由、凭空虚造。“西海固”地处中国西北黄土高原深处，人类活动历史相当久远，地理生存环境相对封闭。农耕是这个地区相当漫长的一个历史时段里的主流生活方式。“西海固”作家又大多出身农家，童年和少年岁月几乎日日与黄土山川、季节河流和羊圈牛马为伴，原始而不乏艰难沉重的生活既赋予了他们淳朴的心性，也培养了他们朴素地观察和书写现实人生的文学观念。加之新时期初期中国主流文坛也正在积极地恢复和大力倡导现实主义的创作精神，因此，《六盘山》杂志的早期编辑风格和“西海固”作家的风格便自然而然地统一于“写实”二字。我们阅读20世纪80年代发表于《六盘山》上的小说，无论是徐兴亚的《人兮归来》《黑女》

《刘副县长的难题》，太昌的《赛麦儿》，钟正平的《地软子的故事》，还是成蹊的《秋玲的心事》，皆会感觉到小说所讲述的故事，是发生于“西海固”土地上的真实的人生故事。这些人生故事显示着这片土地上的人生世相、淳朴人性和试图摆脱现实多重困境的不倦追求，也透露着20世纪80年代总体乐观明朗的时代情绪。20世纪90年代之后，中国社会的经济和文化环境大变。在市场经济大潮惊涛拍岸和作家“下海”狂潮席卷创作界之际，《六盘山》杂志在略事徘徊之后，其文学意志变得前所未有的坚定。这一时期，《六盘山》不仅继续坚守“表现时代精神，展示边地风采”的办刊方针，更具有重要意义的是，在逐渐培养了相当数量的作家和奉献了足够优秀的文学作品的基础上，“西海固文学”作为一种特色显著的地域文学现象被适时推出。1996年5月，《六盘山》（第3期）推出“固原地区青年作家小说专号”，时任刊物主编王铎在主编寄语中说：“回顾二十多年来本地区的小说创作，在现实主义大旗的指导下，众多探索者几乎从未间断地奋争着，力图在苍茫的黄土群山中踩出一条有着明确的西海固标识的理想之路。”从王铎主编的寄语当中，已经可以明显看出“西海固文学”生发的雄心和赖以存在的文学支撑——大量本地作家所提供的质量上乘的文学作品。果然，1998年的《六盘山》从第1期开始，便信心满满地打出了“西海固文学”“西海固作家群”之地域文学旗号。1998年4月，由固原地委宣传部、固原地区文联主办的“西海固文学”研讨会召开。由此，“西海固文学”遂成为一个正式的文学命名。显然，在这一命名的背后，凝聚着几代“西海固”作家艰辛的创作心血和值得赞扬的成就，也充分展示着《六盘山》恒定持久的办刊初心和可称卓越的办刊实绩。

未来的期待

《六盘山》这本地方性文学刊物已经走过了四十年的峥嵘岁月。这本刊物对于“西海固文学”崛起所起的作用以及对宁夏当代文学的贡献，我已经在上述两个小节当中给予了比较充分的评价。我下面要说的问题是，在新时代大幕已经完美打开，在宁夏文学处于又一个积累和孕育期的历史关头，《六盘山》应该承担怎样的文学责任？我们知道，四十年来，《六盘山》和其他宁夏文学刊物一道，为宁夏文学培养了为数不少的优秀作家，提供了相当数量的思想和艺术水平俱佳的文学文本。但是，容我客观地指出，最近这些年，宁夏作家的总体创作声誉在全国有下降的趋势。除了屈指可数的几位作家外，其他作家的创作成绩一时还无法形成冲击性效应。我说一个具有代表性的指标：新世纪早期那些年，中国作协主办的《小说选刊》杂志（每年12期），平均每年选载宁夏作家发表于国内文学期刊的小说，数量一般是5篇至7篇。而最近几年，这个平均数下降到两篇左右，2020年的《小说选刊》甚至全年只选载了宁夏作家鲁兴华的一篇微小说（《兔冢》,《小说选刊》2020年第7期）。这样的选载率，对在中国文坛曾经有过呼风唤雨之力的宁夏小说而言，只能用“惨淡”二字来形容。应该言明，宁夏本土小说家依然在不知疲倦地写作。然而，我也想指出，目前活跃在宁夏本地刊物上的众多小说家，大多数人的写作起点和思想艺术沉淀与当年宁夏“六棵树”出道时的艺术起点和思想积累相比，有着不小的距离。尽管就外部的物质生活环境和精神气候而言，如今宁夏作家所感受到的物质和精神空间更为宽松和自由了，但是，作家们内在的精神积淀、创作胸襟和艺术上的专注、沉潜气质却短缺了许多。思想艺术上的积累不够深厚博大、创作胸襟远非开阔、写的时间总是远远大于读书和沉思的时间，上述种种共同构成了当前宁夏作家创作上的难解的羁绊。还有一个文学危机是，近年来宁夏的青年作家培养工作进展缓慢。宁夏的“80后”作家除马金莲已经冲出本土，走向全国，其他“80后”写作者，一是人数稀少，二是从其创作质地来看，一时还看不到特别耀眼的光芒。“90后”和“00后”作家在宁夏文坛更属凤毛麟角。作家的短缺，尤其是高质量作家的短缺，显然已经成为宁夏文学发展的致命阻碍。如何真正突破宁夏文学创作目前已经面临的困局？本地的文学刊物应扛起怎样的颇显沉重的历史责任?《六盘山》曾经以一己之力，为宁夏文坛培养过大量创作特色鲜明的本土作家。我想，在未来宁夏文学的发展征程上，还应该看到《六盘山》杂志依然挺拔的身姿，听到它坚实而令人怦然心动的足音。

2022年12月

序《贺兰山下种树人》[①]

作为地处祖国西北地区的一所地方性高校，宁夏大学始建至今，已经走过了62年的峥嵘岁月。62年当中，几代人为这所地方高校的建设和发展贡献了青春和热血、汗水和智慧；也见证了这所大学由1958年创建时的“三土”学校（土教师、土教室、土学生）成长为今天的“211”大学和“部区合建”大学的不平凡历程。从人类发展的广漠悠长时空而言，62年的时间不算漫长，这一段岁月在历史的长河里所激起的应有“浪花”也并非巨大无比。然而，对于所有曾经和正在生活、工作、战斗和学习在这座校园里的人而言，62年又是多么漫长而又充满了人生的丰富意味和内心情韵的时光。许多人以满怀激情和梦想的青春年纪来到宁夏大学，一直到花甲之年才带着依依不舍的深情离开洒过汗水和泪水的校园。他们的一生与宁夏大学相伴相随，其生命车轮里已经无可避免地留下了“宁大岁月”所带来的深刻记忆。他们青春年少的时候，共和国也正年轻。于是，他们高唱着“革命人永远是年轻”的时代之歌，感应着“大风起兮云飞扬”的时代召唤，从祖国的四面八方，来到当时甚为荒寒的宁夏，开始了宁夏高等教育历史的第一次美丽书写和描画。当他们即将进入壮年的时刻，这片土地的上空忽然间阴云密布、寒流阵阵。西北风比往日要凛冽许多，讲

① 郎伟主编：《贺兰山下种树人——宁夏大学口述实录》（第一辑—第四辑），阳光出版社2020年12月至2022年12月出版。

台上的讲授也带着些滞重和迟疑。好在，飘流于天空中的疑云终于被时代的长风吹散吹跑，改革开放的灿烂阳光一时间洒满原本荒凉的西北之地。正是在春风浩荡、壮怀激烈的20世纪80年代，那些经历了岁月淬炼、命运磨砺的“归来者”们和在新时期以后逐渐加入宁夏大学教职员工行列的更年轻的奋斗者们，在新的历史条件下，开始了宁夏大学的又一次崭新创业之旅。在时代风潮的强劲推动之下，这一次的创业显然异乎寻常，这一次的建设和发展也完全超出许多人的想象。当时间进入21世纪，坐落于黄河之滨、贺兰山下的这座西部高校，已经不再是面貌模糊、神情黯淡的旧有状态。相反，激情四溢、从容挥洒倒成为宁夏大学的崭新气质。这显然是新的创业年代所给予她的精神馈赠，更是工作和学习于这座校园当中的所有师生用不倦的奋斗和永不停止的追求所塑造的精神性格。

我1984年从北京大学中文系毕业后被分配到宁夏大学中文系任教，迄今已经36年。这36年当中，除去在宁夏师范学院任教四年外，我一直在宁夏大学工作，是这座西部高校近四十年来建设和发展的参加者和见证者。1984年7月当我怀着新奇而又忐忑的心情第一次进入这座校园时，我还只是一个22岁的毛头小伙子。如今，经历了岁月风霜的吹打，早已经到了韩愈老先生所谓的“发苍苍、视茫茫”的年岁。这样的年龄，自然会对往昔有回顾、有眷恋，也会对曾经接触过的宁夏大学的创业老人们和耳闻目睹的“老故事”有兴致、有深情。2019年春末，我从宁夏师范学院奉调回到宁夏大学。不久，宁大档案馆馆长王海文来汇报工作，谈话中言及口述实录档案一事。我和海文虽是学中文出身，但老话所谓的“文、史、哲，不分家”，我们的历史感大概比一般人要略强一些。遂商议决定趁宁夏大学的创建老人们许多还处于身康体健状态，进行口述档案的抢救式挖掘和记录，目的只有一个：用真实的记录，为宁夏大学的创建史和发展史留一份沉甸甸的历史资料。当然，也希望在日益喧嚣和功利主义成为流行意识的年代，宁夏大学的年轻教师和莘莘学子能够从这一份份口述实录档案中，从并不遥远的故事、人物和旧年事迹当中，深深体会共和国早期历史上的那一份理想主义和集体主义情怀，认真感悟前辈们不畏艰险、不怕困难、矢志不渝、发奋图强的硬骨头精神和“舍小家顾大家”的无私、忘我的精神境界。体会和感悟不是为了发“思古之幽情”，而是为了从历史深处和前辈们的奋斗精神当中汲取应有的精神营养和进取的力量，以强大的心脏去迎接未来的挑战。因为，我始终固执地相信：历史是明天的太阳。

是为序。

2020年10月

序《大河之光·散文卷》①

从宁夏文学地理空间的整体构成而言，“吴忠板块”显然是不可忽视的存在。近年来，在习近平新时代中国特色社会主义思想指引下，在吴忠市委宣传部的正确领导和倾情支持下，在吴忠市文联和市作协同志们扎实有效工作的推动之下，吴忠市的文学创作出现崭新的面貌。一些创作有年、颇具潜质的作家逐渐在宁夏文坛发出响亮而独特的声音；一批优秀的小说、散文和诗歌作品开始在读者中间引发相当热烈的反响。沉寂多年的吴忠文坛终于焕发出了令人瞩目的光彩。正是在这样的文学背景下，我读到了由吴忠市委宣传部和吴忠市文联主编的文集《大河之光》（散文卷）。这是一本散文作品合集，收集了与吴忠市有过历史渊源和目前生活或工作于吴忠市的五十多位作者新近创作的作品。阅读这五十多篇散文，既是一次对吴忠地域山形水貌、社会风情的浏览旅程，也是一次对作家们独特的心灵世界的深情造访。下面的文字，便是我在“游览”山水人情过程当中所生发的一些感悟和思索，权作本书的序言。

文学史家们早就有言：童年生活和故园恋情永远都会是作家写作的第一取材对象。阅读《大河之光》（散文卷），发现此言确是不虚。收入本书的包作军的《稻花香里说地三》、李振娟的《渡河》、陈靖的《冬天掏麻雀儿》、丁希娟的《那棵枣树》、马守林的《打蕨菜》、刘玲佳的《打草》

① 吴忠市委宣传部、吴忠市文联主编：《大河之光·散文卷》，宁夏人民出版社2023年版。

等篇章，莫不以作者所铭记于心的童年往事和怀乡情感为基本叙事线索，在岁月往事的舒缓讲述当中，寄托着深深的对童年和故乡的依恋之情。其中，《稻花香里说地三》一篇，于包氏家族的迁徙和奋斗历史中，将“地三村”的来历和当今百姓生活的丰饶一一道来，动情的叙述之中，是“荒野变良田，塞北是家乡”的豪迈与慰藉。在诸多怀乡之作中，哈建设的《凝思故乡》是一篇情调略显感伤，然而思索却颇为深沉的散文。这篇作品以少年时代父亲罹祸，一家人由城市被驱赶到原籍乡村的生活经历为叙述主线索，在对身处逆境的家人日常生活和乡村小社会人情冷暖的描述当中，透露着不愿意向命运低头的强者情怀。作者在文末说：“人大都不希望有痛苦的，但痛苦的经历往往能够磨炼人的意志，若不是过早地尝到生活的艰辛和不易，经受那些磨砺，又怎能懂得珍惜生活，达观畅怀去品味人生。”与作者所叙述的少年经历相对看，上述人生感怀可称肺腑之言。舒梦的《黄河，你流进了我的心里》和何盈的《此心安处是吾乡》也是表达强烈的故园之情的篇章，然而，两位女作者却都不是土生土长的吴忠人。舒梦原籍江西，是走南闯北的“路桥人”的后代，20世纪80年代来到青铜峡，四十多年过去，已经深深迷恋于黄河涛声和青铜峡铁桥；何盈于三十年前由甘肃庆阳心怀忐忑独闯吴忠，三十年后安身立命情定塞上时常吟“此心安处是吾乡”。我读舒梦和何盈的散文，不仅感动于作者为文的真挚和坦诚，更感动于曾经的“移民”已经完全融入宁夏的本土生活，感动于她们对第二故乡的强大而丰沛的痴恋之情！

这本散文集中也收有许多描写时代发展和生活变迁并有意做精神探问的作品。阅读这些作品，常常会为文中所叙述的过去年代的艰难岁月而伤心落泪，也会为今日生活的巨大变迁而欢欣鼓舞。李少军的《单干》是记述20世纪80年代宁夏农村实施“包产到户”责任制之后农民生活出现新的转机的篇章。这篇作品详细记录了生活于青铜峡峡口镇巴村一个农民家庭的坎坷创业史，在细致生动的农民奋斗经历的书写当中，贯穿着奋进的激情和不惧艰难勤劳致富的信念。当我们看到那年除夕，一家三口在吴忠商厦买到14吋长虹牌彩色电视机，先坐拖拉机颠簸于路途，后又轮流背着电视机走了三个小时方才归家，望眼欲穿的一大家子人围着新电视只看到春节联欢晚会尾声的真实情景时，是怎样的一种悲欣交集的复杂心情！马慧娟的《黑眼湾和玉池村》通过对泾源与红寺堡两个家乡的山水与生活变迁的描写，抒发了“两处家乡皆难忘，一腔柔情似潭深”的情感；胡静的《长在心上的眉》叙写一生勤苦操劳的母亲，在女儿的鼓动下，终于进城羞涩地文了一次眉的经历；陈锋的《风雪夜归人》取材当前，以寒冷冬夜与一个农民工的偶遇经历，展开了底层的辛苦打拼画面和全社会如何关心底层人民应有的合法权益话题；王怀君的《期待与你相约早茶》书写他乡遇乡亲、共话新岁月的短暂经历；苏正杰的《黑风沟》记述黑风沟由当地百姓眼中的“天堑”如何变成通衢大道的过程；石春林的《我家的寨子》于老寨子和家族的兴衰际遇中，追问如何守护家族的精神之根；蔺小梅的《父亲的村庄》涉及农村青壮年寻求新生活进入城市之后，坚守的农村老人们陷入进退失据的精神困境；刘成林的《单位》以一个“过来人”的口吻，认真讲述身处单位之中的信念与追寻……应该说，时代的飞速发展和生活的急剧变化给每一位中国人都带来心灵的撞击。上述所言篇章，既是风云激荡背景下的生活浪花的写真，更体现了作家们发现生活的敏锐目光和对社会人生深长的思索。

吴忠为历史文化名城，又是黄河水岸边的一颗明珠。本书收入了十余篇有关黄河文化、吴忠地区的地理风貌以及吴忠餐饮文化的文化随笔和游记体散文。这些文章追溯黄河文化之源流，感怀地方风土人情之美妙，是吴忠壮美山河的写照，也是新时代人间烟火的优美记录。其中，马占祥的《在大河上游写作》、侯凤章的《趣话盐池植物》、鲁兴华的《水韵青铜峡》、马雪枫的《哈巴湖恋想》、任可的《盐池八步战台游记》等篇，也是令人心动颇可一读的作品。

文章的最后，我也想谈一谈本散文卷所显现的作家们在创作上的一些不足之处。

第一，在小说、诗歌、散文、戏剧四个文学品种当中，散文的取材内容最为广阔和自由。星空之浩瀚、山川之广大、人间社会之气象万千、人的灵魂之幽深波荡，皆可入作家的创作之眼。然而，通览本书，却感觉作家们的创作视野狭窄了一些——怀念乡土和过去的篇章显然过多，而生动具体地描写眼前剧烈变动的新生活的作品、描写真正的“城里人生活”的作品却少而又少。在这样的情况下，陈英君的《小二楼》和陈锋的《风雪夜归人》就显得格外珍贵。另外，散文的写作，实际上是可以进入人的内心世界的，人的灵魂的波翻浪涌，梦境的移花接木，心灵的呓语等等不可视的内心生活，都可以在散文写作当中被关注和涉及。然而，有关人的内心深层生命律动的篇章，在本书中尚处于阙如状态。第二，散文的写作最容易进入，但是要写出精美的篇章，却需要长期的思想磨砺和文字上的精雕细刻。通读本书作品，感觉许多写作者在文章的立意、结构的谋划、文字的锤炼等方面，还缺乏一种对精美品质的刻意追求。清代刘熙载在《文概》中主张作文七戒：“旨戒杂，气戒破，局戒乱，语戒习，字戒僻，详略戒失宜，是非戒失实。”刘熙载的“作文七戒”值得每一位写作者，尤其是散文写作者反复吟咏体会。主题的暧昧不明、布局的详略失当和文字的难以清新脱俗，历来是写作文章之大忌。让人略感欣慰的是，本书收入的丁辉的《铝饭盒》、蔡新生的《月光渔火》、刘成林的《单位》等篇，在主题、文气、布局和文字的推敲方面，有比较好的表现。这当然说明，只要用心用情，吴忠市的作家们是可以写出思想成熟独特、文气充沛饱满、文字简洁漂亮的好散文来的。

显而易见，经过艰苦的努力，吴忠市的文学创作正在取得不俗的业绩。吴忠地域文化悠久，社会风情独特，人民生活绚烂。我们有理由相信，在大气磅礴、风云激荡的新时代，才情焕发的吴忠作家们会以一种前所未有的创造的激情，为广大读者奉献更为新鲜的芳香馥郁的文学佳酿。

是为序。

2023年5月

一部有关深圳的文化记忆之书

—— 读姜维勇新作《视野 —— 深圳四十年掠影》[①]

说起“深圳”这两个字，应该说没有哪一个中国人会感到陌生。这个位于中国大陆南端的由一个小渔村发展而来的新兴城市，因为改革开放四十年来一直是舆论关注的焦点所在，所以对相当多的中国人而言，它是一个耳熟能详的地方。然而，我们也要承认，长年在内地生活和工作的同胞们对深圳的认识和了解，大多来源于网络、电视和报刊所提供的信息。当然，也还有一些深圳人的亲身讲述和各种坊间的传说会进入我们的耳朵。这些信息可能是宏观的、“高、大、上”的，比如：深圳是中国改革开放的“排头兵”；是未来粤港澳大湾区经济驱动的核心引擎。这些信息也可能是道听途说、以讹传讹的，比如：深圳这座城市经济挂帅、文化空气稀薄，属于“文化沙漠”；一旦到了深圳，最好莫与熟人谈“借钱”二字。凡此种种，不一而足。现实的迫切情形是，读书界极需要一本认真讲述“深圳故事”的书。这本书的作者应当是深圳改革开放四十年历史的亲历者，应该是曾经穿行和奔波于这座高温城市中的一个挥汗如雨的新移民，应该对这座城市充满亲人般的深情，并且能够以真诚而灵动的文字处理和表达他的情感。令人欣喜的是，我看到了这样一本书。姜维勇的新作《视野 —— 深圳四十年掠影》（以下简称《视野》）现在就摆放在我的案

① 姜维勇：《视野 —— 深圳四十年掠影》，散文集，中山大学出版社2019年版。

头。这是一本打上了个人色彩的深圳文化记忆之书，也是一本全景式描画深圳四十年峥嵘岁月的生动有趣、文字清新之作。

阅读《视野》这本书，首先感受到的是贯穿于书中的深沉的历史感和开阔的写作视野。深圳建市虽然只有短暂的四十年，然而，深圳这片土地和祖国任何一处土地的历史一样，古老而沧桑。从商、周时期的百越之地到秦属的南海郡番禺县、博罗县地，一直到明永乐八年（1410年）“深圳”一名终于出现，再到改革开放之后上演“春天的故事”。三千年风雨，古南越族与中原华夏民族交流融合，多少仁人志士殚精竭虑、呕心沥血，祖国南端的这一处小渔港终成享誉世界的超级之城。姜维勇将目光投向历史深处，他在伶仃洋的天风海雨中看到一个民族不屈的灵魂，他在宝安曾氏大宗祠的香火旺盛中看到这个民族的千年斯文，一脉相承。于是，读者们恍然而悟，深圳的经济腾飞和社会进步从来都不是天外飞来、凭空生出。这片土地上曾经发生过的一切，无论是久远年代的辉煌还是近代百年的耻辱，都会在新的岁月里，在每一个深圳人的心灵深处扎下根来，并激励着现在的深圳人负重前行、砥砺奋斗。阅读《视野》这本书，读者们当然也会感受到本书作者写作时的开阔视野。得益于作者丰富的媒体工作经历，更得益于作者开放的文化胸襟和博闻多识的文化人品格，这本书在全面而细致地展示深圳社会的全景式图景方面，可谓多姿多彩。举凡罗湖东门老街的车水马龙、南粤疍民的历史脉络、名满天下的深圳书展、中国最潮的航站楼等等，作者信手拈来、如数家珍。我们在作者的细致讲述中，不仅领略了发生在深圳这片神奇土地上的诸多传奇和现实故事，更重要的，我们在时空的飞速旋转和生活画面的急切转换当中，真切感受到了伴随着改革开放的伟大事业，深圳人用心血和智慧所凝聚而成的精神性格，那种“敢为天下先”的创新意识、拼搏精神，那种“四海一家南北无间”的平等观念和包容心态，既是当今深圳社会的精神性格，也将是整个中华民族勇敢面对新的现实风雨的精神底色。

阅读《视野》这本书的第二个感受是：这是一本文笔清新、生动有趣的散文随笔集。读书界的朋友时常感叹，以为现在出版的图书就数量而言不可谓不多，然而真正写得生动有趣的书却少之又少。形成这种反差的原因何在？我以为多数时候是因为写作者的写作心态出现了偏差——许多写作者一旦进入写作状态时，会不自觉地抬高自己，以为自己的思想和见识真的是高人一等，可以对读者耳提面命。于是，文章的“腔调”也就跟着发生变化。读者们读到这样的文章，从字里行间能够感受到作者的居高临下之态，渐渐地会心生厌烦之情。我读姜维勇的这本新作，最深的感受是作者行文的风格朴实真挚而不失文学的清新韵致。作者显然继承了现代散文名家周作人等人提倡过的“谈话风”——写作者不仅要感情真挚、所写真实，而且最好以一种淡定、亲切的谈话风格从容道来。如果以这样的写作风格来观姜维勇的《视野》一书，你会发现作者仿佛是一位邻家大哥，他在深圳居住得实在是有些年头了，他对远道而来的客人认真而亲切地讲述着身边的事情和年代久远的掌故。他在华南街巷的烟火气中感慨生活的巨大变迁，他在观澜老街的碉楼群中谈说人世的几度沧桑。时不时地，他还会信手拈来几句古典诗词或自铸新辞。这些漾动着情感波澜和审美情韵的诗词，为他的那些娓娓道来的讲述增添了难得的光彩，宛若一只漂亮的银碗镶上了雅致的金边。

2020 年 4 月

真情无声　心灵有痕

——序马越散文集《觉醒的花园》①

在我的记忆里，马越是一个性情温和、言语不多的女子。二十多年前，我给马越所在的新闻班的同学们当过老师上过课。我那时尚年轻，三十岁刚出头，又是研究生毕业不久，所以心里面有憧憬，也充满激情，加上喜欢给学生们上课，故讲课效果还不错——学生们也因此记住了我。马越是通过听课记住了我的学生之一。许多年以后，大概是在一个读书讲座的现场，马越主动来与我打招呼，说她是我的学生，现在本地的一家专门为中学生服务的报纸工作，希望我能够抽出时间为报纸写点文章。于是，师徒因写作而重逢。我不时能够收到马越寄来的报纸，也断断续续在她主持编辑的版面上发表过一些文章，据说有几篇文章在教育界反响还不差。大概半个多月以前，马越给我打电话说：近日她有一本散文集要出版，希望我能够为她的处女作写上一篇序言。坦率说，接到她的电话，我有点吃惊。我知道马越一直是一个称职而优秀的编辑，也知道她利用业余时间写作发表了一些散文，但在工作十几年之后能够出版一本散文集，却是我始料未及的。厚厚的一叠稿子寄来了，我认真地通读了全书，钦佩之余，便有了下面的一些感想和思索。

首先应该说，《觉醒的花园》是一本真情流贯、不事伪饰的书。

① 马越：《觉醒的花园》，散文集，宁夏人民出版社2017年版。

客观而言，散文现在已经成为一种大众性文体，社会上各行各业的人都在写作散文。然而，我们也必须指出，散文总产量的庞大并非意味着散文质量的提升，有大量的写作者未经任何思想和艺术的训练，便仓促为文、拉杂写来。结果，粗糙简陋的记述与不具审美特质的应用文字随便流淌，原本清澈流动的散文创作之河一时间变得有点混浊和芜杂。许多所谓的“散文”之所以不动人，其中最重要的一个原因是所表达的人生情感既不深厚，也不独特。所记述是人云亦云，所思索是肤浅而又肤浅。

读马越的散文，最深的一个感受是作者为文，“诚”字当头。生活和工作当中的感受，真诚其内，坦白其外，不做无病之呻吟，不事哗众取宠之包装。她写亲情，自然写来，本色动人。比如在《父母在的城市》一文中，作者写道：虽然和父母亲同处一座城市，但由于工作繁忙，某天中午只能选择在父母家和自己家等距离的火车站见面，母亲拿来女儿爱吃的五香牛肉和马阿訇家的凉皮，女儿给母亲带来的是网购羊毛衫。母女相见，车站的嘈杂、混乱仿佛皆不存在，存在的只是不惧时光不曾磨损的人间亲情。再比如，《写给我的薰衣草的女孩——给女儿的信》，一共六封，细数女儿从小学到中学的生活点滴、心理变化，于关爱、呵护、不舍、眷恋当中，把一个年轻母亲的至深情感，如实道出。我们认真读来，文章宛若水清见底的小石潭。现当代散文大家梁实秋有言：“散文的美，不在乎你能写出多少旁征博引的故事穿插，亦不在多少典丽的词句，而在能把心中的情思干干净净直截了当地表现出来。”读马越的散文，可作如是观。

马越散文中的主要部分，是抒写性情类的简短文章。这类文章，一是对人生和岁月的真切感悟；二是因为职业的关系，属于作者在报纸特定版面上的“心灵絮语”。两类文章，可能写作的初衷有差异，文气却是相通的。我一向主张，做编辑者，无论是在出版社编辑图书，还是在媒体编辑报纸，抑或是在新媒体任职，都应该具有两个基本功：第一，有相当高级的文字鉴赏力；第二，自己能够写作好文章。对思想敏锐、见解超常的文章无感，自己的文字写作又不过关，这样的情形之下，如何才能去发现好文章、编辑好文章？“以其昏昏，使人昭昭”，未知可也。马越大学毕业之后，一直供职于本地报刊社，近二十年来，又一直在编辑一份主要面向中学生的报纸，但她于繁忙的工作之余，执着地读书、写作，虽然不见“大部头”的著作产出，但一篇一篇的精短散文却如雪片般飞来。这样的勤奋，确实让人心生敬意。我读她的这类散文，感觉除了真情流露之外，不少篇章，还颇带有些哲思，并非只是一些小心情的表达。她在《写给绿萝》当中这样写道：“喜欢绿萝这种随遇而安、宠辱不惊的个性。它对外界只有最低的要求，更多的时候，它把主动权掌握在自己手里。对于活着的水土环境，它不挑不拣不计较不苛求，宠辱皆忘似乎到了没心没肺的地步，而自能活出一番风景。且看它优雅的枝条，奋发向上的叶子，还有一种淡然如菊的超逸和灵秀……活出了乐观、包容、坦然、自在，活出了自己的风骨，这是怎样的一种顺其自然又柔软智慧的境界呢？”读这样的文章，读者们当然会感动于花草的拟人化——状绘绿萝实则是为了抒发为人处世的原则与性情。花草无声，人间有情。风塑花形，恰如人跋涉于生活的激流当中，是进是退，向上攀升的意念从来根植于不容动摇的内心。其他如《静默的舞者》《面前的花朵》《当时间穿过生命》《醒着的梦或玄思》《秋日冥想》等篇目，皆是托物言志，哲思玄远之作，其写作或发之于眼前风景，或远眺于头上星空，虽主旨不一，但一颗默默坚守、锲而不舍之心却跃然纸上，读来，不能不使人怦然心动。

显然，马越女士的文学创作只是犁开了第一片处女地。她开垦的这片土地，新鲜、潮湿，撒下了些微的种子，有了喜人的收获。作为享受过她种的“果子”的人，我们当然应该祝贺和鼓励她。但是，我也要叮嘱她：能够种出“果子”的人和能够种出色、香、味俱佳的“果子”的人，是两个不同的概念层次，也是人生和写作的不同境界。这期间，有着坎坷的路径和难以躲避的风雨。我只是心怀期待，在经历了岁月的磨砺、思想和艺术的艰苦锤炼和必要沉淀之后，马越的文字会变得越来越深沉博大和令人难忘。

是为序。

2017年5月

一本富知识、多趣味、堪回味的刊物

——写于《宁夏文史》创刊40周年之际

我是《宁夏文史》这本刊物的众多作者之一，更是它的忠实读者。我没有问过编辑部的同志《宁夏文史》这本刊物每期的印数是多少。但我知道，作为一本内部发行的刊物，它每期的印数不会是一个很大的数目。然而，我想说的是，即使它每期只印100本，我也会是那100个最希望看到它按期出版的读者之一，用时髦一点的话说，叫“死忠粉”。

我喜欢《宁夏文史》的理由有三个：富知识、多趣味、堪回味。

第一个理由是《宁夏文史》“富知识”。

我自小喜欢文史读物。大学到研究生阶段虽然一直学习文学，但对历史领域的兴趣一直未曾减弱。我国地域辽阔、民族众多、历史悠久、分门别类的学问不可胜数，终我们每个人的一生，都不可能完全走遍天下的山川，更不消说读遍人间所有的书籍、弄明白所有的学问。阅读《宁夏文史》，可以在有关宁夏的历史、地理、文化、民俗等知识方面长见识。诸如宁夏古代的整体历史发展、少数民族在古代宁夏地区的活动线索、隋唐两代的宁夏畜牧业、民国时期宁夏乡村社会状况（包括民国时期宁夏的匪患）、宁夏回族自治区成立之后浙江青年支援宁夏建设等等历史印迹，都可以在阅读《宁夏文史》当中接触到并进入大脑记忆。我父母是1958年和1959年间从浙江和上海来到宁夏的“支边”青年。我个人出生在浙江杭州，但人生的主要阶段是在宁夏度过的。在很长的一个时间段里，我对宁夏的历史，特别是宁夏古代的历史发展状况和民国时期的宁夏历史，包括1958年宁夏回族自治区成立之后的一些历史情况并不十分清楚，头脑当中更多是一些似是而非的传闻。借助于阅读《宁夏文史》，我才知道突厥的崛起实际上是由北朝及隋代活动于“平凉郡”的多个民族融合而成（鲁人勇：《突厥的起源》），民国时期在不通铁路的宁夏，从银川市到包头（两地相距500多公里）骑骆驼居然要走一个月左右（刘天明：《民国时期宁夏乡村社会状况浅述》）！1958年自治区成立之后，从浙江来宁的“支边”青年前后一共十万余人，最终留下来的是一万人(汪智泉：《十万浙江青年支援宁夏》)，而我的父亲郎国庆（汪文中曾提及）是这坚持留在宁夏的一万分之一。汪智泉先生的文章发表于《宁夏文史》2021年第3期。文章发表时，父亲已经去世八个多月了。我在想，如果父亲还活着，知道自己是那坚守宁夏的万分之一，他该多么高兴和欣慰。

第二个理由是《宁夏文史》“多趣味”。

我阅读刊载于《宁夏文史》上的文章，发现大多数文章比较注意用笔的“趣味性”。这种“趣味性”的主要特点是不板着脸孔说话，不用“大帽子”话吓唬人，不搬弄西方学术术语解释“中国问题”，作者们尽可能把话说得干脆明白、轻松活泼，走五四先贤追求的所谓“谈话风”写作之路。我学习和研究中国现当代文学40余年，阅读过五四以来相当数量的文学作品和学术研究文章，多少能够判断文章水平的高低和质量的好坏。总体感觉越接近目前，发表于许多刊物上的学术研究文章的水分越来越多，思想境界越来越欠高远，汉语表述越来越欠章法、措辞越来越不雅致优美。尤其是现在的年轻博士们写作的论文，佶屈聱牙，令人不能卒读。把人文学科的研究文章写得云里雾里，让人“丈二金刚摸不着头脑”，一是作者自己没有把事情搞明白，所以说不清楚；二是汉语表达平时缺乏口头与写作训练，猛地写起文章来便左支右绌、漏洞百出。我喜欢读发表于《宁夏文史》上的一些老先生写的文章，比如吴忠礼、鲁人勇等老先生写的文章。许多老先生写的文章，不仅史实准确、材料丰富，而且语言表达清通雅洁，生动活泼。这当然与老先生们写作文章时的松弛心态有关，更与他们年轻时严谨而长期的汉语写作训练有关。

说到“趣味性”，我还要提到《宁夏文史》刊载的舒英义先生的两篇文章《民国时期宁夏省保甲人员证章和委状》和《宁夏三张不同时期的结婚证》。这两篇文章文字内容不多，一张委任状和三张不同时期的结婚证书的相片却显得特别珍贵。尤其是民国三十六年（1947年）6月28日宁夏省中卫县颁发的那张结婚证书格外引人注目，印在证书上的那段祝福语实在是妙笔生花之美文，我忍不住要引用一遍：“两姓联姻，一堂缔结。良缘永续，匹配同称。看此日，桃花灼灼，宜室宜家。卜他年，瓜瓞绵绵，尔昌尔炽。谨以白头之约，书向鸿笺，好将红叶之盟，载入鸳谱。”这样的美妙文辞，居然出现在民国年代西北一个偏远县城的结婚证书上，可见当年中卫县民政机关的办事员的文字水平着实了得。它表明，对人类美好生活的追求，是任何年代和任何地域的人们永远的共同追求。

第三个理由是《宁夏文史》“堪回味”。

《宁夏文史》上的好文章不少，经得起咀嚼回味的文章当然也不在少数。这些耐人寻味的文章一是识见深入超拔，二是语言简洁精当。举几个例子来说明。吴忠礼先生的《宁夏历史掠影》一文，用10000字的篇幅将宁夏近三四万年的历史说得线索清晰、详略得当，非有一生的学问功底是不敢写作此文的。他的另外一篇文章《治史体会点滴》更是一代优秀学者终生钻研学问之切身认识和体会的精确表达。吴先生在文章中说：“如果打算终生吃社会科学这碗饭，就要选准研究主攻方向，明确奋斗目标，并做‘吃苦’的心理准备。就是说首先应将研究领域定下来，再把自己想要取得的主要研究成果也定下来，同时也要把从事社科研究的生活方式定下来。我将它称为‘三定’。”吴先生对这“三定”的生活戏称为“戴发修行，在家出家”。以简洁的语言，对社会科学研究者的研究生涯做如此精当而极为生动的概括，我是第一次看到，当然是敬佩并且叹服。其他发表于《宁夏文史》上的“堪回味”的文章，比如鲁人勇的《沐浴在夕阳的余晖中》，杨继国的《华诞之年的感悟》，张怀武的《寻找与怀念·家与国》，石舒清的《答青年作家张戈问之一、之二——兼谈我的小说创作感悟》等，亦是可以翻阅多遍的妙文。它们皆为作者人生阅历和长年从事文史工作的经验之谈，心平气和地读来，自然可以愉悦我们的心情，增长我们的智慧。

2025 年 2 月

从长征精神到宁夏精神

众所周知，“不到长城非好汉”这句话出自毛泽东同志的著名词作《清平乐·六盘山》。这首词是毛主席率领中国工农红军历经千难万险，在冲破了国民党反动军队凶狠的围追堵截和与张国焘分裂主义势力进行了殊死搏斗之后，进入宁夏固原境内，在翻越长征途中的最后一座高山——六盘山时而写作的一首词。结合全词的思想内涵和意境，“不到长城非好汉”这句话可以从两个层面来理解。

第一个层面，是从诗句写实的层面来理解。从这个角度而言，诗句的意思很明白，是说作为堂堂七尺男儿，如果不能够来到长城边上奋力拼杀一回，血染沙场，建功立业，就不配称作优秀的男儿。在中国古代，长城是中原农耕民族和北方游牧民族活动区域的分界线。1935年10月7日，毛主席率领中国工农红军来到宁夏，翻越六盘山，而红军所进入的固原地区，历史上属于秦国北地郡的乌氏县，2000多年前就已经修筑了用于军事防御的长城。所以，毛主席借景抒情，写出了“不到长城非好汉”的不朽诗句。《后汉书·马援传》中记载了东汉名将马援的一段话：“援曰：‘方今匈奴、乌桓尚扰北边，欲自请击之。男儿要当死于边野，以马革裹尸还葬耳，何能卧床上，在儿女子手中邪？’”马援的这段话表达的就是一种中国古代好男儿的英雄气概和英雄情结，提倡的就是好男儿应该以国事为重，国家危难之时当纵横驰骋于长城内外，建功立业，马革裹尸而还。毛泽东同志是一位具有深厚的中国传统文化知识和传统文化精神积累的共产党人，当他写下“不到长城非好汉”这句诗的时候，心中无疑充满着对于中国古代英雄的敬仰之情和一个现代革命者的豪情。

第二个层面，是从这句诗的象征含义来理解。如果想要准确理解这句诗的象征含义，就必须认真通读《清平乐·六盘山》全词，结合全词所表达的思想感情来体会“不到长城非好汉”这一诗句的深刻内涵。我以为“不到长城非好汉”这一诗句是对中国共产党人所创立的“长征精神”的高度概括，是基于党的理想追求和长征艰苦卓绝的奋斗经历而提炼的一种精神品质，它应该包括以下几种精神内涵。

第一，“不到长城非好汉”的精神代表着一种执着于伟大理想和光辉信念，为了国家和民族的美好未来而不怕牺牲、勇于奉献的追寻精神。中国共产党从创立的那一天起，这个队伍中的千百万人舍生忘死，从容赴死，追寻的不就是国家独立、民族解放、人民幸福的伟大梦想吗？

第二，“不到长城非好汉”的精神代表着一种敢于向任何艰难险阻挑战、蔑视困难的大无畏的战斗精神。中国革命史包括红军的长征史，从根本上说，就是一部用大无畏的革命精神书写的英雄史诗。长征途中，红军被国民党反动军队围追堵截，几度陷于绝境，然而，中国共产党人硬是凭着一种打不垮、压不烂的硬骨头精神，艰苦奋斗、敢于胜利，最终由绝境而走向重生。

第三，“不到长城非好汉”的精神代表着一种百折不挠、坚忍不拔、负重前行的韧性精神。现代以来，共产主义学说传入中国，但这一光辉的理论曾经被反动当局视为异端邪说而必欲置之死地而后快。中国革命的先行者为了实现心中的理想和信念，一直在黑暗当中奋斗前行。长征途中，红军经历了人间的诸多大磨难，九死而一生。在那些风雨如磐、革命者遭受迫害和杀戮的岁月里，中国共产党人能够取得全国性胜利，靠的正是百折不挠、负重前行、跌倒了再爬起来的韧性精神。

第四，“不到长城非好汉”的精神代表着一种豪情满怀、乐观积极的英雄主义精神。这种乐观和豪情既是革命处于低潮时的精神支撑，也是面对困难和挫折时永不言败精神品质的强有力体现。有了这种豪情和乐观，中国共产党人就永远不会被战胜、被打垮。

今年是中国共产党成立95周年，红军长征胜利80周年。七月份，习近平总书记在视察宁夏时强调，宁夏要大力弘扬“不到长城非好汉”的精神，走好新的长征路。自治区党委十一届八次全会也明确提出，要大力弘扬“不到长城非好汉”的宁夏精神。由中国工农红军的“长征精神”到今日的“宁夏精神”，其间虽然经过了80年的沧桑巨变，但共产党人的理想信念没有变，勇敢追寻、百折不挠的精神品质没有变，豪情满怀、积极乐观的英雄主义情怀没有变。因此，在建设“四个宁夏”的征程中，“不到长城非好汉”的精神就不仅能够为我们注入梦想和期待，更能为我们提供永不枯竭的砥砺前行的精神动力。

2016年9月

《山海情》：时代叙事的诗与思

众所周知，面对正在行进中的生活或者刚刚流逝不久的岁月做艺术聚焦与描画，从来都是一件相当困难的事情。困难之处不仅在于眼前的生活尚处于聚合与变化之中，更在于艺术家们面对万千事象，其创作思维往往还处于酝酿和发酵当中——他们的思想和情感沉淀还未能达到应有的深度和广度，进入复杂的现实生活的新颖独特角度也还没有寻找到位，生活表象与内在意旨之间的诸多勾连还处于不很清晰的状态。当然，我说的是通常的艺术创作现象。近日，认真观赏了长篇电视连续剧《山海情》，感觉这是一部突破了许多现实题材类影视作品常有的“浅、直、露”弱点的优秀之作。作为一部准确而有力地表现了时代重大主题而又“叫好”“叫座”的电视连续剧，我以为《山海情》的成功之处有以下三个方面。

首先，这是一部提供了20世纪90年代以来中国西北贫困地区的乡村历史变迁画卷，具有相当高的社会认识价值和艺术审美价值的电视剧。

《山海情》以一种异常真实坦率而又积极乐观的现实主义格调，艺术地再现了西北贫困地区人民在中国共产党的正确领导下“脱贫致富奔小康”的不平凡历程。20世纪90年代之后，伴随着中国社会改革开放事业的持续推进，偏远落后地区的整体“脱贫攻坚”工作成为党和政府始终萦系于心的一项国家性重大工程。宁夏的“西海固”地区，因为自然环境的恶劣和历史的沉疴，素以“苦甲天下”而闻名于世，一直是国家“脱贫攻坚”工作的重点和难点地区。如何帮助“西海固”地区人民早日摆脱长期贫困的生存困扰，真正地走上自我创业、生活富裕之路，就成为地方各级人民政府必须完成的光荣使命。然而，真的要使贫困的农民彻底摆脱自然生态恶劣的生存环境和旧有的思想习惯，完成白手起家、自我创业的转换，又是何等艰难的过程。《山海情》以地处海吉县的涌泉村村民搬迁和创业的故事为叙事主线索，真实而生动地还原了20世纪90年代以来“西海固”农民的命运变迁——举凡故土难离、新家难立，宁可守成、不想逐梦，创业艰难、徘徊歧路，走出大山、面对大海，所有贫困地区的农民在搬迁和脱贫过程当中所遭遇的纷扰之生活情状和纷乱的心灵波澜，这部电视剧几乎都涉及了。令人称道的是，作为一部有着宏大主题和鲜明的时代叙事色彩的主旋律电视剧，《山海情》并没有给我们留下刻板有余、生动不足的印象。相反，这部长篇电视剧以元气淋漓的现实主义情怀和朴实率真的叙事方式，非常具体而生动地展示了西北地区农村和农民生活的质感和原生样态。所有的人物和故事都是扎根于黄土地和戈壁滩的，是从朔风尽吹、尘土弥漫的西北土地里真实生长出来的；所有的西部情感和生活样貌——农民们对过去超稳定日子的眷恋不舍，对即将奔赴的新的不确定生活的满腹狐疑，由于贫困得太久而对利益的斤斤计较，有人愿意吃苦耐劳、有人愿意做懒汉等等，都精准得仿佛生活自身在本色演出。如是，《山海情》便成就了它的一段令人惊叹的艺术佳话：原来，主旋律影视剧和时代叙事也可以拍摄得活色生香、呼之欲出。

其次，这是一部充分体现严肃深沉的现实主义创作精神的电视剧。

我们都知道，所谓现实主义的创作精神，从作家主观的创作姿态而言，就是一种愿意最大限度地拥抱时代和现实生活、愿意情感饱满地书写真实的社会人生的创作精神。具有现实主义主体创作精神的作家，一方面，通常会用乐观明朗的笔调来歌颂现实的光明和人间的真善美；另一方面，真正的现实主义作家也敢于描写人类社会生活当中那些不能令人满意的消极存在，他们会用严厉峻切的笔调鞭挞人间的不公不义，批判社会生活当中的“反人类”和“反人道”现象以及人性当中的贪婪与邪恶。现实主义这一“感时忧国”的层面，实际上反映的是作家的文学责任意识和使命担当——“文学是战斗的”。从一百多年来中国现当代文学的艺术叙事传统而言，《山海情》这部电视剧继承和发展了由赵树理、柳青、路遥等人民作家所承传的现实主义传统：既扎根于火热的蓬勃向上的人民生活，讴歌人民生活当中的正义、仁善、奉献、坚忍不拔等善美健康的力量，也不回避生活当中的矛盾、困扰，甚至人间的局部苦难。这部电视剧对于贫困地区基层扶贫干部工作的异常艰难和人生的不易是有典型而深刻的展现的，扶贫办主任张树成和乡镇长马得福形象的成功塑造，不仅拓展和加深了观众对脱贫攻坚工作艰难困苦性的认识，也使我们深切体会到：党和国家“扶贫”战略的顺利实施，实际上是以贫困地区人民的埋头苦干和基层干部拼命硬干作为强力支撑的。如果没有张树成和马得福这样的“中国式脊梁”的知难而上和奋勇拼搏，“脱贫攻坚”事业的成功将会遥遥无期。因此，我们说，《山海情》是一部具有深沉严肃力量的电视剧，它如实展现了生活的艰难性以及与生活搏斗的正当性，也格外用心用力地表达了“社会主义是干出来的”的时代主旋律。

《山海情》的第三个成功之处，来源于电视剧总体上朴素自然的艺术风格。这种朴素自然的艺术风格具体体现为以下三个方面。

第一，遵循现实主义的创作原则，电视剧尽可能还原日常生活的朴素和无修饰状态，靠经得起推敲的人物和事件推动电视叙事，但对现实生活有提炼和提升。我们都知道，长篇电视剧是放送给大家看的，它的叙事动力，一是故事的绵密和紧凑，二是演员的精彩表演。观赏《山海情》，几乎不用担心这部剧作当中会没有令人期待的“故事”。从摄像机镜头对准涌泉村村民开始，复杂纷扰的生活事件和性格各异的人物便成为《山海情》这部电视剧最为吸引人的内容。水花的婚事，马喊水和得福、得宝父子的各自打拼，涌泉村七户村民的返回，新村庄通电的艰难，引水的不易，种蘑菇一波三折，海吉女工三千里外打工，李老太爷仰药自杀……

电视剧所演绎的所有故事都带着浓浓的人间烟火气和生活本身所提供的合理逻辑。我们观赏这部电视剧，经常会情不自禁让自己走入剧情。因为我们平常所接触到的西北农民和西北乡村故事，正是眼前剧中所搬演的各色花样！

第二，电视剧对于西北特殊地域的自然山川地貌和西北村庄风土人情的艺术再现是朴素而精确的。《山海情》这部电视剧的主色彩是黄色和蓝色。黄色是西北土地、房屋和河水、渠水的颜色，蓝色是西北天空的颜色。与所要讲述的西北人的故事相和谐，电视剧在展现西北贫困地区的山川面貌之时，黄色和蓝色是主基调。然而，毕竟是艺术创作，电视剧在拍摄风起云飞的西北山川时，许多时候，是审美化的，饱含创作者内心的情韵。因此，相当多的南方的观众看了电视剧，对西北的山川风貌有了直观的感受和审美化认识，不能不说是得益于电视剧创作者的精致拍摄和颇具审美化的制作。另外，电视剧对西北村庄风土人情的呈现也朴素而充满生活韵味。西北普通农家的土坯房舍、土院子里晾晒的农作物、父子的斗嘴、孩童的追逐嬉闹，都一如生活本身那样朴素而意味深长。

第三，当然，一部电视剧的成功，尤其是动人故事的演绎，还有赖于演员们的精彩表演。当我们言及《山海情》的成功，便不能不提到这部电视剧中演员们精当地还原和把握西北生活的艺术能力。无论是不加修饰的面孔，还是方言的运用，无论是剧中人打扮的传神，还是表演的生活化。正是因为有了张嘉益、尤勇智、姚晨等资深演员们的精雕细刻和黄轩、热依扎、黄尧等年轻演员们的一丝不苟，《山海情》才鲜活地呈现出了西北乡村生活的原初面貌，开启了不同地域的观众重新打量西北和宁夏风情的崭新视野。

2022年9月

守望家风就是守望一条美丽的精神之河

——观看五集电视纪录片《守望家风》有感

由宁夏回族自治区纪委监委、宁夏回族自治区党委宣传部组织拍摄的五集电视纪录片《守望家风》最近在中央电视台科教频道播出。作为一个一直关注着这部电视片拍摄进程的热心观众，我认真观赏了此片，感觉《守望家风》是一部立意高远、思索深入、动人心弦的电视纪录片。该片以大量翔实的历史资料和敏锐深邃的艺术目光，在千年家风故事的讲述当中，将一条从古代流淌到今日的绵延不绝的美丽精神之河鲜明生动地呈现于观众面前，让我们心潮激荡，也让我们深思不已。

从古至今，家庭都是社会的基本细胞。家庭是我们每一个人的精神塑造车间，也是我们每个人心灵抵达的最初车站。一个家庭家风的形成和品质的好坏，从小处看，会关系到这个家庭中每个成员人生的荣辱成败；从大处看，则会关系到一个民族、一个国家的精神面貌和命运兴衰。千百年来，我国社会一直是一个异常重视家庭精神建设的“家本位”社会。先哲们认为：作为社会最小单元的每一个家庭当中，其家风家教的品质优劣，将直接影响着整个社会的总体精神状况和价值寻求方向。中华民族智慧的祖先历来提倡君子应该格物致知、诚意正心、修身齐家、治国平天下。这样的提倡，实际是有一个相当清晰的逻辑关系的，那就是，如果一个人不能自觉坚定地磨砺品德和修养，并在家庭生活当中以德服人、显现治理的才能，那他是不可能走向更为阔大的思想境界和人生领域的。也就是说，君子的形成、治国之栋梁的形成，皆有赖于家庭的认真培养。而优异的家风和家教，恰恰是培养国家“忠臣”的原始土壤。正是秉持着这样的创作理念，《守望家风》这部纪录片才展开了中国人从古到今的千年家庭精神史的长卷——举凡“江南第一家”郑氏子弟的从容赴死，“先天下之忧而忧、后天下之乐而乐”的范氏家风，官至两江总督却清苦自守、终年不知肉味的一代廉吏于成龙，为了劳苦大众的幸福而甘于清贫、不惧牺牲的共产党人方志敏，坚决不让自家孩子“看白戏”的县委书记焦裕禄，一生廉洁奉公、亲手把儿子送上朝鲜战场的共和国主席毛泽东……当我们追述中华民族几千年的精神历史的时候，上述历史人物和家风故事，仿佛就是缀满中华民族精神夜空的异常明亮的大星。这些明亮的星辰，既昭示着一个伟大民族精神所可能达到的高度，也启示着今天的领导干部如何从修身齐家开始，将家事、国家、天下事囊括胸中，以国为家，舍家报国。

观看《守望家风》这部纪录片，不仅感受到了它的历史厚重感，更感受到了它的现实针对性。显而易见，纪录片创作者的初衷绝不只是为了讲述一些历史故事、缅怀一些历史人物，“发思古之幽情”。该片的真实目的，是想借历史上的家风故事，为今天国家的廉政文化建设提供一种借鉴，打开一扇别致的窗户。从这一创作观念出发，《守望家风》这部纪录片生动展示了历史上的众多优秀人物的嘉言懿行，更重要的是，该片通过故事呈现、专家访谈、画外音解说等艺术手段，认真回答了美好家风的内涵，家风的实质（家风其实就是一种对精神和信仰的坚守），中国共产党人是如何从传统文化当中汲取营养并淬炼革命意志等理论和实践性问题。通过艺术化的讲述和演示，《守望家风》这部纪录片明白无误地告知观众，无论是家国情怀的建立，还是忠孝观念的形成，无论是节俭品格的培养，还是仁爱之心的萌生，无论是对“为官一方、造福百姓”信念的坚守，还是对“一身正气，两袖清风”境界的追寻，莫不与家风和家教有着千丝万缕的联系。家不仅成为人间美好精神的出发地，也成为培养民族优秀儿女的珍贵空间。当然，作为一部讲述历史、正视现实的电视纪录片，《守望家风》也无可回避地要触及丑恶家风对家族成员命运产生深刻影响这一话题，所谓“久恶之家，必有余殃”。纪录片以北宋一代权臣蔡京及其子孙的命运作为讲述剖析对象，极具艺术的冲击力和震撼力。蔡京一生先后四任宋朝宰相，在位达十七年之久。然而此人心术不正、官德败坏、欺上瞒下、贪赃枉法。受蔡京恶劣作风的影响，他的家人和门徒也目无法纪、胡作非为。然而，天网恢恢，疏而不漏。北宋灭亡之后，权倾一时的蔡氏家族终于灾难降临：蔡京遭贬，饿死潭州；蔡京的八个儿子，两人被诛，其他儿孙均被流放于边远州县。历史的规则就是这样：那些俭廉治家、待人仁善的家族一代又一代地传承下来了，其先祖的道德流芳百世；而那些权欲熏天、权倾一时、视国家和百姓为草芥的“权臣”们则不仅在当世遭到清算，也在后世遭到历史永远的唾弃。

家风家教，从细小处论，似乎只涉及一家一户之人的言行举止、品德修养，谈不上是大话题。然而，作为社会的最小细胞，作为每一个社会成员的最初出发地，家又是形成社会精神气候的不可或缺的元素。一个家庭当中崇拜什么、信仰什么、追求什么，直接显现着家庭的精神寻求和精神质地。因此，优良的家风不仅成为民风、党风和社会风气的来源地，也成为一个民族美丽而高贵的精神血脉所在。从这个意义上说，“守望家风”就是守望中华民族精神大河之中的那一份正义、仁爱、清正、廉洁的浩大清流。

2019年3月

有关电视纪录片《守望家风》的问答

一、看完《守望家风》，印象最深的是什么？

作为一个一直关注着这部电视片拍摄进程的热心观众，我认真观赏了此片，感觉《守望家风》是一部立意高远、思索深入、动人心弦的电视纪录片。该片以大量翔实的历史资料和敏锐深邃的艺术目光，在千年家风故事的讲述当中，将一条从古代流淌到今日的绵延不绝的美丽精神之河鲜明生动地呈现于观众面前，让我们心潮激荡，也让我们深思不已。

看完《守望家风》这部纪录片，印象最深的，一是纪录片有历史的纵深感和厚重感，二是有现实的针对性。历史的纵深感、厚重感表现为从历史生活当中找寻动人的家风家教故事，通过对中国传统文化精神的重新发现和对中国共产党人所创建的红色文化精神的褒扬，为今天的时代文化和廉政文化建设提供有效的精神资源。纪录片所具有的现实针对性是显而易见的。谈说历史，不是为了发“思古之幽情”，而是为了在整个社会当中营造拒腐防变的文化氛围，筑牢“不想腐”的家庭防线。该片通过故事呈现、专家访谈、画外音解说等艺术手段，认真回答了美好家风的内涵、家风的实质、中国共产党人是如何从传统文化当中汲取营养并淬炼为革命意志等理论和实践性问题。

二、什么是中国文化中的“家风”？为什么说“家风”与国运息息相关？“家风”在历史发展和社会生活中发挥怎样的作用？

在中国文化当中，“家风”是指一个家庭当中所具有的精神风貌、精神气质。从基本的待人接物态度到如何为官，都可以显现一个家庭的“家风”。也就是说，一个家庭从精神层面而言，到底信奉什么、追求什么、坚守什么，是信奉金钱至上、唯利是图，还是信奉立身谨严、修德为上、报效国家、服务人民。“家风”不一样，每个家庭培养出来的人的精神面貌和境界就判然有别。

我们都知道，中国社会历来都是一个“家本位”社会，中国人对家庭、对故乡的感情是无与伦比的。我们始终都明白，没有国的安宁，哪里会有家的幸福？反过来说，国又是由千千万万个小家组成的，无论是普通百姓还是领导干部，都是从不同家庭走出来的。无论是家国情怀的建立，还是忠孝观念的形成，无论是节俭品格的培养，还是仁爱之心的萌生，无论是对“为官一方、造福百姓”信念的坚守，还是对“一身正气，两袖清风”境界的追寻，莫不与家风和家教有着千丝万缕的联系。家不仅成为人间美好精神的出发地，也成为培养民族优秀儿女的珍贵空间。所以，“家风”优异则人民优秀、干部优异，“家风”与国运息息相关。

简言之，好的“家风”是推动历史发展和建立美好社会的积极力量；不好的“家风”则成为阻碍历史发展和干扰社会生活的负面因素。

三、从历史上看，优秀家风的形成和传承与培养清官廉吏之间是一种怎样的内在关系？

大量的历史事实表明，家风优良，则清官廉吏和优秀人才辈出；家风败坏，则贪赃枉法之徒层出不穷。前者有江南第一家郑氏家族、颜氏家族和钱塘钱氏一族；后者则有宋代蔡京家族等。

四、家风文化教人崇廉尚俭、清廉自守，其中有很多倡导廉洁的理念，它和中华传统廉政文化体系是一种什么样的关系？

廉政文化体系可能是一个更为宽泛和多层次的结构，家风家教当中的许多廉洁理念是社会廉政文化体系当中一个不可缺少的组成部分，这个部分在每一个人的早年生活当中承担着打下精神底色的作用，所以极端重要，无可替代。

五、“越是在快速奔跑的时代，家风建设就越重要”，如何理解这句话？

在生活发生巨大变化的今天，在人们似乎更注重物质利益、为利益而快速奔忙的时代，往往会把家庭的精神建设放到一边。正是在这样的过度物质化的年代，我认为家庭文化建设格外重要，优良的家风培养也格外重要。虽然，与中国古代的传统家庭相比，我们现在的家庭结构有了重大的变化，但是一个家庭的精神遗传应该是家族得以延续的核心因素之一。“守望家风”不仅意味着坚守祖先们开创的美好家风，更意味着将良好的家风发扬光大。

六、为什么说党员干部的家风建设是事关党风政风的大事？家风建设在促进党员干部作风转变方面起着什么样的作用？

中国共产党是我国的执政党，作为执政党成员的家风，显然已经不是个人的私事、小事，它关系到党的形象和精神风貌。因为老百姓都在看，看看作为中国特色社会主义革命事业的带头人，党员干部的立身处世哲学是什么，你的身上是否体现着谦虚谨慎、清正廉洁、一心为民的共产党人的本色。当然，老百姓也要观察，党员干部是否首先管好了家人和身边人，如果你的家人和身边人嚣张跋扈、以权谋私，“家风”不好，那么老百姓就会对党员干部失去信心。因此，家风建设在促进干部作风转变方面起着正面推动的作用，党员干部的家风优良，大家自然会认为党风和政风正朝着美好的方向前进。

七、具体到每个人、每个家庭尤其是党员干部家庭，应该从哪些地方入手，来抓好家风建设？

我觉得抓好家风建设，应该做到以下几点。

1.首先党员干部要在个人的品德修养方面下功夫，要行君子之道，宽以待人、严以律己，清白做人、干净做事，吃苦在前、享受在后。

2.要把坚守正义、美好的信念和人类良知当作一生的目标，把追求高远的精神境界当作人间最有价值的事情，永远不做拜金主义者和拜物主义者。

3.把读书思索当作业余时间可以享受的最大乐趣，注意“书香家庭”的建设。

4.严格要求家人和身边人，既要带头做表率，又要时时督导家人的心灵建设。

八、如何深化廉政文化建设、筑牢党员干部理想信念之基，切实增强“不想腐”的自觉？

在中国传统文化的宽阔河流当中，提倡君子学说、提倡“格物致知、诚意正心、修身齐家、治国平天下”一直是主流。1921年中国共产党成立之后，伟大的革命者也一直继承着中国古代的君子学说，一心一意地为民族谋独立解放，为人民谋幸福。当前，我国的廉政文化建设已经取得了比较大的成绩，进一步深化的路径有两条：第一，继续做好制度建设，从理论和实践两个层面对人性的复杂性有清醒认识，在此基础上扎牢制度的笼子，让贪腐分子付出更大的人生代价；第二，加强家风和社会风气的建设。只有在一个家庭当中和一个社会当中反复提倡和积极营造风清气正、积极向上、健康明朗的风气，让唯利是图、蝇营狗苟的不良风气无处藏身，“不想腐”的自觉才可能形成。

2019年3月

那是满天的星斗，那是奋斗者的光芒

——观看电视连续剧《星星的故乡》有感

长达25集的电视连续剧《星星的故乡》在中央电视台一套节目频道播出后，引起了比较大的社会反响。观众对这部电视剧的评价相当高，他们既惊讶于贺兰山东麓中国葡萄酒产业不平凡的发展之路，也在观剧赏剧当中，深切体验着宁夏山川风物的清新独特与人物命运的起伏跌宕，从而对地处西北的神奇宁夏有了几分向往和进一步亲近的渴望。作为一个生活和工作在宁夏的文艺研究者，在认真细致地观赏完《星星的故乡》这部剧作后，我想对这部电视剧的思想艺术成就谈几点个人感受。

毫无疑问，《星星的故乡》是一部讴歌中国葡萄酒产业由弱小逐渐变为强大，讴歌中国葡萄酒人心怀梦想、矢志不渝，以不断的开拓和奋斗，谱写中国葡萄酒产业美丽画卷的优秀剧作。

这部剧作故事展开的背景是改革开放以来四十多年间的岁月变迁，从宁夏葡萄酒人在贺兰山东麓栽下第一棵葡萄树，到产自贺兰山东麓的宁夏葡萄酒在许多国际性葡萄酒品鉴大赛上获得大奖，电视剧主要通过对两代人命运与情感的艺术叙述，浓墨重彩地演示了宁夏葡萄酒人拼搏奋斗的轨迹和心灵波动的痕迹。我们看到，以欧阳斌、石茗山、邱建国等为代表的第一代葡萄酒人担当的是“拓荒者”的角色，在“天上无飞鸟，地上石头跑，张嘴吃沙土，牛羊没有草”的恶劣环境中，他们以大无畏的创业者的壮志与豪情，在贺兰山东麓的茫茫戈壁和荒野上种下了宁夏葡萄酒人的梦想和期待，也酿造了令人陶醉和回味不已的紫色佳酿。以欧阳易星、齐路、邱一涵等为代表的第二代葡萄酒人的生活和命运是电视剧的重点聚焦之处，也是这部剧作能够吸引广大年轻观众的优势所在。与父辈们相比，第二代葡萄酒人的社会生存背景和活动空间有了巨大的改变，他们不必再像拓荒的父辈那样，仿佛一棵无法挪移的树，只能默默扎根和生长于西北的黄土地。在交通便捷、资讯发达的全球化时代和中国经济飞速发展的年代，欧阳易星可以凭借个人天赋和艰苦认真的努力，跻身于欧洲著名艺术乐团，成为大提琴演奏师；齐路也可以在取得法国高等院校葡萄酒酿酒师的专业学位之后，留在国外继续从事葡萄酒酿造工作。然而，生活与命运总会在人们的不经意当中发生剧变。欧阳易星因为父亲的突然遭遇车祸而梦断维也纳；齐路在法国取得葡萄酒酿酒师称号之后怀揣发展中国葡萄酒产业的理想，选择回国，为故乡宁夏的葡萄酒事业奉献聪明才智。显然，在精神更为宽松与自由的年代，如何选择个人的人生和发展之路，对许多当代中国年轻人而言已经成为冲击和激荡心灵的抉择难题——是忽视或者漠视祖国的需要和故土的深情而在异域让个人才华继续张扬，还是听从内心和故乡的召唤，让个人才能和专业所学在生我养我的中国土地上绽放鲜艳花朵?《星星的故乡》以令人信服的故事和生活逻辑很好地回答了这个问题。欧阳易星于艰困危局中接手酒庄并通过不懈努力而使酒庄名动一时，齐路心系祖国刻苦钻研酿酒技艺而使宁夏葡萄酒由贺兰山东麓走向世界中心舞台，两个年轻人的奋斗经历不仅艺术地再现了宁夏（中国）葡萄酒产业风雨无阻的奋进历程，也非常准确地反映出新时代中国青年的理想追求和扎根中国大地、为民族复兴大业添砖加瓦的实干精神。观众可以欣喜地看到，由第一代“拓荒者”经艰苦奋斗而形成的不惧风雨、敢于拼搏的葡萄酒人精神实际上已经延续到第二代身上。为强国建设、民族复兴而顽强拼搏、埋头苦干的精神，既是新时代青年精神的表征，更是一种绵延不绝的中华民族伟大文化精神的继承和重现。

电视剧创作在艺术上的主要任务之一是塑造性格丰满、令人难忘的人物形象。特别是对长篇电视连续剧而言，人物形象的塑造几乎构成了作品最为核心的艺术任务。只有人物形象被塑造得性格鲜明、内涵丰富，剧中人物的命运令观众揪心扯肺，电视剧精深的思想意旨和艺术感染力才可能被观众深刻体会到。近几年，长篇电视连续剧《人世间》《南来北往》等作品在各级电视台被反复播放，就很好地证明了出色的人物形象塑造是电视剧取得成功赢得观众的密钥所在。观众喜欢追剧，是因为喜欢电视剧当中那些信念单纯、胸怀大义、诚实善良而又勇于担当的“接地气”的优秀人物。比如《人世间》中的平民英雄周秉昆，《南来北往》里的老警察马魁。作为一部长篇电视连续剧，《星星的故乡》在人物形象的刻画和塑造方面是下了很大功夫的。除了上述两个主人公欧阳易星、齐路，齐路的母亲吕小樱、老酿酒师石茗山、女酿酒师高玉洁、第一酿酒厂厂长魏学民、葡萄酒产业领导小组副组长秦贺明、著名葡萄酒经销商刘丽珺、葡萄种植老板闽商胡建民等人物形象，通过演员们相当出色的表演，也给观众留下了深刻的印象。上述人物形象身上所发生的故事，不仅推动了电视剧剧情的有力发展，从电视剧所追求的更重要的艺术目标而言，他们共同构成了中国葡萄酒产业的“英雄榜”。他们身上所焕发出来的脚踏实地、自尊自强、敢于搏击的精神气质，是中国葡萄酒人的共同性格，也是中华民族越来越走向成熟与自信的艺术表现。

不能不提到的剧中的另外一个人物形象是爱德堡酒庄女庄主邱一涵。这个人物是贯穿整部电视剧的主要人物之一。坦率说，这个人物初出场时是不太讨人喜欢的。她强势、霸道，行事雷厉风行，经商有点不择手段。随着剧情的发展，观众发现，邱一涵这个人物的性格是复杂的、多色彩的。她在做生意时是异常精明、充满算计的，然而，当贺兰山东麓的各个葡萄酒酒庄已然形成“一损俱损、一荣俱荣”的命运整体，当捍卫宁夏葡萄酒好不容易赢得的美好声誉已经成为民族自尊自强的代名词时，民族大义最终成为她的首选。她的身上，既折射着经济快速发展年代一些工商业经营者视金钱效益为第一目标的商业风气，也体现着一个普通中国人的爱国心、爱国情。这个人物在剧中的出现，是现实主义创作精神的胜利，显示了电视剧主创者对当今纷扰复杂的社会生活的清醒认识。

最后想简单谈一谈电视剧在艺术上的风格追求。《星星的故乡》总体上遵循的是现实主义的艺术创作路径。无论人物命运的展现，还是故事的叙述、时代背景和具体生活环境的演示，包括演员的表演，都比较严格地按照现实主义的创作要求而展开。但我们也应该看到，这部电视连续剧，不时会显现带有浪漫情调的抒情风格。这与剧作的主要故事始终围绕着欧阳易星、齐路等年轻人的生活展开有关，也与电视剧深度描写两代人几个家庭之间的亲情、友情和爱情这条副线有关。作为一部长篇电视连续剧，尤其是行业剧，如果只是一味地讲述行业生长、发展的故事，而无更丰富多彩的人间社会生活和情感生活的进入，这样的剧作对生活的反映必定是干瘪苍白的。《星星的故乡》一剧聚焦于两代人的创业和奋斗经历，又以年轻一代的生活与命运为主线，拍摄场景既有西北的雄奇大漠、苍茫原野、灿烂星空，又时不时地将时空转换为东部大都市的华灯初上、车水马龙、美酒盛会，其对比性的抒情与浪漫情调呼之欲出。这样的艺术调度与安排，既丰富了电视剧的时代内涵，也增添了电视剧令人留恋与回味的抒情格调。

2024 年 6 月

剧说很好看：有意思和有意义

我是一名文学研究工作者，对与文学有着千丝万缕联系的电视艺术一直充满浓厚兴趣，也有着几十年的电视剧观赏史。每每欣赏一部优秀电视剧——无论是近些年播出的革命历史题材的《大道薪火》《香山叶正红》，描写中国当代现实人生的《人世间》《南来北往》，还是反特剧《画眉》，青春剧《曾少年》以及古装权谋剧《庆余年》，在被剧中人物命运的跌宕起伏和社会生活变迁打动情感的时刻，总有一种渴望在内心升起，那就是希望能够了解更多的电视剧拍摄和制作时的信息，也希望知晓导演执导剧作的初衷以及演员们扮演相应的角色、塑造人物形象时的内心波澜和创作心得。这样的愿望，是一位普通观众观赏电视剧时的自然情绪流露，也是想更多接受与汲取优秀电视剧思想艺术营养的迫切心理期待。

作为中央电视总台开办的一档综艺类节目，第八频道的“剧说很好看”栏目，从创办的那一天起就定位于优秀电视剧的推介与宣传。2021年3月此栏目改版之后，更是通过丰富多彩的节目形式，试图将综艺性与专业性、可看性与可思性结合起来，既展示电视剧拍摄过程当中导演和演员们的创作追求和真情奉献，也充分延伸优秀电视剧本身所具有的思想冲击力与艺术感染力。我在认真观赏了许多期节目之后，把“剧说很好看”栏目的这种创作追求粗浅地概括为六个字：“有意思”和“有意义”。

先来说“有意思”。电视节目是为相当广泛的社会人群服务的。尽管新媒体崛起之后，电视观赏者减去了许多份额，但在中国这样一个幅员辽阔、人口众多的国家，电视节目依然拥有着庞大的观众资源。为了使广泛的社会各阶层人士都能在每天晚饭之后的某一个时段，不改初心地聚集在电视屏幕之前，电视节目就必须拍摄制作得“有意思”。“有意思”，简单说来，就是要让节目拍摄制作得好看、抓人、充满魅力和吸引力。由于节目本身具有“抓吸力”，观众在特定的时间段内几乎被“焊死”在沙发上 —— 他们的眼睛实在舍不得离开眼前的屏幕。据我的观察与思考，“剧说很好看”这档节目近几年在追求“有意思”方面，做了许多扎实而有效的工作。在栏目的总体风格追求上，它有意将比较深入的社会、人生、艺术思索寓于相对轻松活泼的表演与讲故事当中；在整个节目的具体推进上，它采用递进式的多层次结构，通过剧情开场秀、沉浸式演绎、因剧而遇、导演来加戏四个风格独特的板块设计，多角度、叠加式地进入电视剧空间，试图深度阐释优秀剧作的思想和艺术寻求；在呈现电视剧角色与演员之间的关系时，节目既让演员们真实讲述创作时的内心波动与精神升华，又通过一些精心设计的游戏或者表演细节，展现演员们比较日常化、生活化的可爱性格，从而在相对松弛的情境中拉近演员与观众的距离。

作为一档高质量的互动式节目，“剧说很好看”所采用的“戏中戏”的表演阐释方式，尤其令人刮目相看。众所周知，电视剧的拍摄从来都是一个相当艰苦而繁难的艺术过程。在拍摄过程当中，导演与演员的精神状态是否是最佳的，剧组的精神环境“小气候”是否得到了精心营造与用心呵护，导演与演员以及演员与演员之间在工作中的思想碰撞是否有利于角色的塑造，种种因素都会对电视剧的创作带来直接影响。“剧说很好看”通过“戏中戏”的现场表演方式和导演、演员们的深情讲述，不仅向观众展示了创作者们在拍摄过程当中认真而执着的艺术追求、敬业精神，也展现出许多剧组在拍摄期间昂扬向上、砥砺奋进的灵魂风貌。通过聆听编剧、导演的讲述，观赏演员们的二度创作，观众真切感受到了编剧、导演和演员们令人动容的创作精神，自然对某一个独特的创作群体有了亲近感，对电视剧的思想、艺术内涵也有了更为精确和深入的把握。

电视节目的拍摄和制作，不仅应该做到“有意思”，好看、动人，抓吸力、娱乐性强，还应该做到耐咀嚼、“有意义”—— 节目是冲击心灵、撼动情感的，观众在得到心灵抚慰的同时，精神得到了鼓舞，思想境界得以提高，信心得以增强。也就是说，如何在喜闻乐见的方式与主流价值观传递之间取得有效平衡，是衡量一个电视节目是否“有意义”的关键所在。近几年，思想精深、艺术制作精良的主旋律电视剧得到了广大观众的认可和喜爱。“剧说很好看”栏目在推介主旋律电视剧时，既重视节目的可看性、趣味性，更注重节目“润物细无声”的心灵影响力量 —— 在观众的并未觉察当中传递了人间的大义和明朗乐观、积极向上的正能量。比如，电视剧《香山叶正红》是一部讲述共和国第一代领导人由西柏坡入住香山“进京赶考”，为解放全中国、筹建新中国殚精竭虑、运筹帷幄，表现老一辈革命家精神风采的革命历史题材电视剧。“剧说很好看”栏目在推介这部剧作时，形式是相当轻松活泼和有趣的，通过“台词我来记”“眼观六路”“耳听八方”“信息全知道”等环节，让导演和演员在互动表演中，重新回到当年的电视剧拍摄现场，再次感受中国革命取得成功的不易和共和国第一代领导人的绝世风采。曾经在不同的影视剧中扮演了117次朱德的演员王伍福在节目中说：每一次扮演朱老总这个角色，感觉与朱德同志又靠近了一次。在推介主旋律电视剧《大道薪火》《我们的队伍向太阳》等剧作时，“剧说很好看”节目也都是在生动鲜活的表演与讲述中，在导演、演员和主持人之间趣味盎然的互动中完成的。但是，有趣味的展示和表演只是通向灵魂碰撞和精神提升的具体路径，这几期节目最终所要追求的艺术效果是：从创建新中国的老一辈革命家身上学习其矢志不渝、无私奉献、始终把祖国和人民命运扛在肩上的美好情怀和崇高精神。因此，当在《大道薪火》中扮演毛泽东的演员侯京健在节目中表述“当我们在塑造革命先烈的形象时不仅被感动也在被影响”这样的意思时，可以想见，观众内心所产生的共鸣会是多么强烈。是的，许多观众都是在一种比较轻松的情境当中观看上述节目的。然而，当观众通过屏幕观赏演员们的表演和讲述，特别是演员们的真情流露时，又何尝不是在接受一种灵魂的洗礼与升华！在电视观众的心目中，好看的节目背后，不仅有着情感的被打动、被感染，更有着启人深思催人奋进的思想的力量。它使观众不能不抚躬自问：当年，一群最优秀的中国人用自己的无私无畏、勇往直前打开了新世界的大门；而今，新时代新征程，我辈当何如？

综艺类节目是广受大众喜爱的一档节目，也是中央电视总台与各地方电视台力图设计与制作得更为精美的节目类型。如何将“有意思”和“有意义”更有机地结合起来，使观众在轻松活泼的观看情境中，于不知不觉中感受节目“思想的力量”，“剧说很好看”栏目做出了一些非常有益的艺术探索和尝试，赢得了相当广泛的收视认可，其艺术经验值得综艺类电视节目制作者们从中学习和借鉴。

2024年8月

《守护风沙中的一盏灯·后记》[①]

这是我第一次编选个人创作的自选集，这些天虽然劳累些，心情却是愉悦的。这愉悦当然来源于自己的作品能够入选“文学宁夏”丛书，所以，首先应该感谢宁夏文联和宁夏作协对我的厚爱。

收在这本自选集中的文学评论作品最早的写于1991年，最迟者发表于2017年，时间跨度为二十六年。二十六年当中一个人的生命旅程里会发生多少事情？我年轻的时候属于懵懂之人，不曾想过这样的问题。现在，隔着二十六年的辛苦岁月回头望，真的有悲欣交集的心情。

我从小做着当作家的梦，最终却成为一名在高校任教的文学教授，于三尺讲台上耕云播雨。因为评职称的缘故，也因为真心喜欢文学，又受友人的鼓动催促，于是，从20世纪90年代中期开始，便逐渐利用授课以外的时间来写作文学评论，这一写就是近三十年。近三十年的时间，一共发表了一百多万字的文学评论（收在这本集子里的文章就是从一百多万字当中挑选出来的）。论数量，不能言多；论质量，可能也差强人意。然而，这些文章毕竟是用自己的心血和汗水孕育而成，写作的时候费过许多思量，熬过许多夜晚。因此，每每翻阅这些篇章，敝帚自珍的心情是有的。有时，这种心情还很强烈。

我写文学评论，一直奉行简洁明快原则。少掉书袋、不兜圈子，肚子

① 郎伟：《守护风沙中的一盏灯》，文学评论集，作家出版社2018年版。

里积存的高深理论在文章中尽可能以平淡之语出之，希望有化盐入水的功效。我们写的是文学论文，不是哲学系的高头讲章，也不是迷雾重重的玄学著作，所以还是不要故意端架子、玩花头、弄玄虚。有朋友看了我的评论，认为我的文字风格与讲课风格非常相像。我听了很欣慰——这确实是我追求的写作风格。汉语是世界上最伟大的语言之一，汉语的妙处终我的一生，可能未必揣摩得清楚，但汉语最根本的特质，作为中国人，我们一定要弄得明白，说得清楚。这根本的特质就是：语言和文字表述的简洁和有节奏感。从真挚朴实的《诗经》开始，汉语在诗的海洋中浸泡了两千多年，诗的气质已经深深进入汉语的血液当中，"深衷浅貌、短语长情"是多少中国古代作家孜孜以求的文章胜境。我们读《左传》《史记》，读"唐宋八大家"之文，哪一篇佳作是故弄玄虚、言不由衷的？我从事的是现当代文学学科的教学与研究工作，除却本专业的书籍之外，业余时间我最喜欢读的是唐诗宋词。读古诗词，可以培养我对汉语节奏感的格外敏感，促使自己写文章时，能够充分注意汉字与汉字之间、语句与语句之间的搭配要有音乐感，朗读起来要好听、有韵律。我当然愿意就这样陪着唐诗宋词慢慢变老，陪着李白、杜甫、白居易、韩愈、柳宗元、苏东坡、李清照们变老，是受服膺一种伟大文学传统的谦卑心态驱使，也是我的宿命所在。

选择从事文学评论工作意味着与寂寞相伴。有时，写作者还要有足够强大的意志力去和"孤苦"搏斗。我从事这个行当快三十年，欢愉喜悦之日少，寂寞前行之日多。好在，天性不喜热闹，加之年轻时心思单纯、对世界懵懂，这么多年也就不计利害得失地走了过来。如今，杂务缠身，奔波有日，写作成为奢侈的事情。自然，内心又别是一番滋味。

收在这个自选集里的三十多篇文章，大多数都是2014年以前写作的。写作这些文章的时候，妻子尹晓燕女士尚在世，我的几乎所有发表过的文章她都认真读过。有一回她忽然对我说，你的某篇文章是在某年7月份放假以后写作的，那年天热，你是光着膀子完成的。当时，我是怎样的惊讶和感动啊！因为，我真的不记得写作那篇文章时的具体情景了。妻子辞世已经四年零五个月了，我在编选这本评论集的时候，会时时想起她的面容，她的神情。如果说这本新书最想献给谁，那当然是献给她。同时，也献给她陪伴我的那些永远美丽的时光。

2018年9月

《巨大的翅膀和可能的高度·后记》①

大约是在去年年底，宁夏作协的同志打电话和发微信通知我，说是为了繁荣宁夏的文学创作和冲击国内的文学奖项，在新的一年当中，自治区党委宣传部准备拿出数额相当的资金，帮助作家们出版作品集，我是被选中的幸运儿之一。接完电话以后的心情是愉快的。自然，也会心生感激之情：一是要感谢自治区党委宣传部为作家们搭平台、办实事的情怀和举措，二是要感谢作协同志们长期以来对我的关心和帮助。我在宁夏做文学评论工作，因为写作评论文章稍多一点而被作协的同志们高看一眼，内心的感动和温暖常思常新。

收在这本文学评论集里的六十来篇文章，是从二十多年间所写作的文学评论当中挑选出来的，所涉及的内容相对集中一些——都是有关新时期以来的宁夏文学发展状况之分析与研究的。既有综合性、总体性的文学历史与现状的探讨与研究，也有具体的作家创作个案的分析与研读。挑选和重读这些文章时，会情不自禁地想起自己年轻时代埋头读书、勤苦写作的情景；也会回忆起经常来往于位于银川市兴庆区文化东街上的老文联大楼，与许多宁夏作家和国内文学界的朋友们相见相识于七楼会议室的情形。读者朋友们如果能够读到这些文章，大概可以看到宁夏文学由弱小变为强大的历史过程，也可以看到我与宁夏文学之间一段不解的情缘。

① 郎伟：《巨大的翅膀和可能的高度》，文学评论集，阳光出版社2021年版。

宁夏文学，曾经在相当漫长的一个时间段内，不太受人注意。不受人注意的原因，我在许多文章中已经反复提及。一是“地不利”——宁夏的地理位置稍微偏远了一点，又是社会经济和文化长期不发达地区。这样的情形，自然不会引人注目；二是大概有二十年的时间（其中又经历了十年“文化大革命”），在宁夏文坛，具有强劲的思想和艺术冲击力的作家与作品未能出现。改革开放之后，得思想解放春风的吹拂和真理阳光的照射，宁夏文学的原野上逐渐长出喜人的一片绿色，不久这方土地上还生长出了令人惊讶的错落有致的乔木——张贤亮以及以后的“三棵树”和“新三棵树”等。一时间，“宁夏文学”不仅成为宁夏对外宣传的最佳“名片”，也成为国内当代文学研究界乐于谈说的重要文学话题。我就是在这样的历史背景下加入宁夏文学研究者队伍的。细细想来，偶然当中暗藏着某种必然。

我与当代宁夏文学研究这一学术领域结缘，始于1985年的夏天。那年六月初，银川街头已经可以闻到沙枣花的浓烈芬芳。宁夏作协和宁夏文联文艺理论研究室联合举办了一场“戈悟觉作品讨论会”。我那时在宁夏大学中文系现当代文学教研室做年轻教师，参加工作未足一年。同一个教研室的陈学兰和田美琳两位老师热情鼓动我去参加这场研讨会。于是我壮着胆子写了论文，并在研讨会上做了发言。研讨会甫一结束，《朔方》编辑部的吴江老师就找到我，说是听了我的发言，感觉我对戈悟觉的作品理解还比较到位，可否根据研讨会上专家们的发言情况，帮助编辑部写作一篇“戈悟觉作品研讨会纪要”？美妙之事突然降临，我欣然答应，很快便写出《普通人心灵美的追求者——戈悟觉作品讨论会侧记》一文交出。吴江老师看了，没做修改，将文章发表于1985年《朔方》第10期上。刊物印出来拿到手的那一天，尽管是排在那期刊物最后面页码的稿子（按照刊物编辑惯例，评论稿一般是排在刊物的最后部分的），尽管印刷的字体也不够大（小五号字），我却反复看由自己手写印成铅字的稿子，激动得几乎彻夜难眠。这是我进入大学工作之后正式发表的第一篇带有研究色彩的文稿，当时的惊喜兴奋之情，至今想来，犹感真切。

1985年之后的好多年，我去忙青年人通常要忙的人生大事，结婚、生子、读学位（重归北大中文系中国现当代文学专业攻读硕士研究生），与宁夏文学研究界却渐行渐远。直到1994年秋天的一个下午，已经成为《朔方》编辑的作家陈继明找到我，说是想请我为他即将在《朔方》推出的小说“创作小辑”撰写一个千字评论。为陈继明写作的这一则千字评论，将我重新引回到宁夏文学研究领域。我不知道这是不是我的宿命。之后的逻辑推进情形是：1994年至今，我大约平均每年要在《朔方》上发表两到三篇评论，宁夏重要小说家的创作，我几乎都写过相应的评论文字。如果有人问，这二十五六年间，对宁夏文学创作状况及作家作品追踪最频繁、最紧密，写作评论最多者是何人？我想在国内宁夏文学研究这一领域，自己是可以名列前茅的。

我的文学评论文章，绝大多数都是利用节假日时间完成的。我生性不喜应酬，也不太喜欢小长假期间奔波若干时日、跨越许多山水，到人潮涌动处觅诗情。别人的休息日和出游日，恰是我的读书日和写作日。辛苦和应该付出的代价自然是有的。年轻的时候，有时为了赶写一篇文章，经常会弄得家里该吃饭时段依然茅舍无烟、锅灶无声。那时爱人在一个金融单位工作，节假日肯定加班。儿子好像正是上小学的年龄，肚子实在饿得无计可施时，便来敲我的书房门，带着委屈的哭腔提醒道：爸爸，该做饭了。我这才如梦方醒，奔向厨房。所以，很多个节假日，我家的午饭多在中午一点左右才开始张罗。最近这些年，在担任了一定的行政职务且年过半百之后，已经不像三十多岁四十岁时那样，一个上午能够一口气写作两三千字。如今，一篇像样一点（起码能先过自己这一关）的万字研究论文，大约要费时一个月左右。我一直执拗地认为，写文章的过程就应该是一个优秀工匠制作和打磨器皿的过程。譬如一个出色的银器匠，你把一件银器的大模样打造出来了，这还远远不够。你还必须把银器上的图案凸显出来，把银器上小动物的神情塑造得尽可能生动活泼、憨态可掬，你还要想尽办法使银器的天然光泽哪怕在阴暗的角落当中，也能耀人眼目……汉语是这个世界上最古老最伟大的语言之一，是中华民族的伟大祖先给予后人们的最优雅和最美丽的馈赠。我们用汉语写作，如果不能用全部的心血和智慧来继承和发扬它的博大精深和优雅美丽之处，而是漫不经心地使用它、唐突它，我们就只能是一个愧对先人的“不肖”子孙。

我从事文学评论写作，从一开始就试图走显现个人风格之路。受北大老师们的言传身教，我希望自己的文章尽可能地视野开阔一些、格局也大一些；又受北大老师和几位师兄师姐文章的影响，我想把研究和评论文章尽可能写得文学化一些，语言诗意化一点、清新一点。我从来不欣赏有人写作过于晦涩的“技术化”的文学批评文章——如果让我说真话，我以为许多写作者可能还没有把艰深的理论琢磨透彻，也没有心情和能力写一大堆玄而又玄的话语去吓唬读者。这样的写作风格的追求，几十年来一直在坚持，也受到过不少行内人的肯定。有些学界的朋友，还给予了比较高的评价。我当然知道，朋友们的褒奖和激赏是一种认可，更是一种鞭策。我只能悄然感叹，如果能够给我更多的读书和思想沉淀的时光，我也许会将每篇文章都打磨得思想更为深沉一些，表达也更为优雅一些。

最后想说的一个意思是，感谢本书责任编辑谢瑞先生以及他的工作团队的辛勤劳动。有了他和出版社其他小伙伴们认真而卓有成效的工作，读者诸君才有机会及时看到我的这本著作，所以要特别感谢为本书的出版付出了汗水和心血的出版社的朋友们。

2020年5月

《负重的文学·再版后记》[1]

《负重的文学》是二十多年前出版的我的第一本文学评论集。此书的初版本印数为两千册，现在市面上不大能够见得到了。许多我曾经教过的学生和一些文学爱好者不止一次地建议我再版此书。现在终于有机会重版这本著作，心情虽然不似二十多年前那样欣喜若狂，但毕竟还是激动的。

趁着再版的机会，又重新翻看了书中所收的二三十年前写下的文字。想起了许多往事，偶尔也会有一些惊讶。既惊讶于自己年轻时曾经有过的敏锐和率真，也惊讶于往昔对宁夏文学所发的某些议论，今天读来依然未显老旧过时。这使我曾经有过的隐蔽的猜测得到了一些印证：文学评论家们认真而庄严的思索和发声，有时文学创作家们虽然耳闻目睹了，但并没有完全放在心上。作家们更容易记住那些赞许他们的讨巧之类的话，批评的话和郑重的提醒与建议，他们常常容易忽略。这当然是人性使然，举目四顾，谁不喜欢旁人的恭维呢？——哪怕这恭维有时显得那样的勉强和不真实。我写作文学批评文章，对眼前的文学文本仔细阅读（许多文本精读非止一遍），下笔时总是颇费思量，措辞相当谨慎，风格称得上是“温柔敦厚”。但仍然会有作家感觉到被刺痛了。这实在是没有法子的事情。做文学批评的人，总不能面对每一部作品都说：这是天底下最棒的文本。这样的话，对不谙世事的懵懂孩子的胡乱涂鸦可以随口说来；如果经常对

① 郎伟：《负重的文学》，文学评论集，宁夏人民出版社2002年3月第1版，2024年8月纪念版再版。

大人们说，那就属于谄媚一途了。

本书中所收入的近五十篇文章，基本上是1991年至2001年十年间写作的，也有两篇是1985年的作品，初版本未能收入，这次一并呈现于读者目前。这两篇文章《在理想与现实之间》《普通人心灵美的追求者》是我进入高校工作一年之后发表的文章，现在看来可能显得稚嫩些，但它们是我从事文学批评和文学研究事业出发期的作品，意义非比寻常。我没有“悔其少作”的心理负担，所以照录原文，只改动了个别词句。有关孙犁新时期散文创作的三篇文章，实际上是我的硕士研究生毕业论文。因为硕士论文有两万余字，刊物难以一次性发表，所以后来拆分为三篇文章各自面世。重读这三篇文章，会回忆起20世纪80年代末在北大读研究生时的情景。北大45号楼最西边靠着学校围墙的那个单元五楼的嘈杂、北京夏夜的溽热、恩师佘树森先生戴着老花镜在书桌前当着我的面批改毕业论文初稿……时光已经过去了三十多年，未名湖畔的风景依旧，看风景的人却是换了一茬又一茬。《觉醒与成长：近20年中国文学的简单回顾》《1995年以来的文学发展状况考察》两篇可以视作姊妹篇，是下了比较大的功夫写作的两篇论文。第一篇发表于《宁夏大学学报（哲学社会科学版）》，另一篇则发表于宁夏文联主办的文学杂志《朔方》。这两篇文章后来都获得了宁夏文学艺术奖文学评论一等奖（第五届和第六届）。如果放在今天的文艺评奖环境，是否能够获得一等奖实在不好说。现在颇有资本和“圈子”绑架学术的味道，讲究的是CSSCI和中文核心期刊出身。但据我的观察，学界认认真真做学术研究和写文章者并没有明显增多，整体的学术水准也未见明显提高。我只能暗自庆幸，自己年轻的时候，还能够心情淡定地读书和写作。倘若生活在当下，怕早已化身为上下交接、左右联通、席不暇暖之士了。以如此动荡的心绪，如何能够写出优秀的文章?《迷乱的星空》一文，是2000年10月为了参加在广东肇庆召开的中国当代文学研究会年会而赶写的一篇文章。文章写出后，先寄给了年会筹备组。年会召开的时候，时任中国当代文学研究会常务副会长的白烨先生（我当时还不认识他）忽然找到我，希望我能够在小组讨论时作为重点发言者之一，于是就发了言。后来这篇文章发表在中国艺术研究院主办的《文艺理论与批评》杂志上。《偏远地区的文学力量》（发表时题名《偏远地区的文学新军》）一文，最初刊载于中国作协主办的《小说选刊》上。《小说选刊》杂志一向以选载当代国内优秀中短篇小说为主，理论文章发得很少。这篇文章的写作和发表纯属偶然。21世纪初那几年，“宁夏青年作家群”的小说创作风生水起，宁夏回族自治区党委宣传部颇为重视，宁夏文联经常组织青年作家和评论家进京召开研讨会。开研讨会的次数多了，《小说选刊》等文学大刊的编辑们便对我有一点印象。2001年10月的一天傍晚，在中国作协开完会，正和一帮宁夏作家走在北京的大马路上，时任《小说选刊》副总编辑的傅活先生骑着自行车与我们迎面撞上。他忽然下车叫住了我，约我写一篇有关宁夏青年作家小说创作的评论文章，并言明《小说选刊》见到稿子就发。结果，我11月写出稿子，《小说选刊》2002年第1期就刊载了。《苦土上的岁月与人生》一文，最初发表于《民族文学》2000年第10期，发表时的题目是《“西海固”之子和他的小说世界》。这是国内文学研究界第一篇比较全面论述石舒清小说创作的长篇论文。文章的写作时间差不多用了一个月。石舒清给我抱来了一大摞刊载着他的作品的文学杂志——大概有三四十本。我便一篇一篇地细读，认真做读书笔记，然后再去读鲁迅、沈从文、汪曾祺等现当代名家的乡土小说，以期有所参照，从而发现石氏的创作新质。这篇文章发表后，我一直未能收到编辑部寄赠的样刊。那年十月，我正好赴广东开会，路过北京，便摸索到《民族文学》所在的西城区大翔凤胡同3号，自报家门，觅得几本登载拙作的《民族文学》。

文集中的其他文章，大多数都是评论宁夏文学现象和具体的作家与作品的。20世纪90年代后期到21世纪初，宁夏文学创作正处于十年奋斗、一朝收获的阶段，宣传部领导高看，文联领导重视，《朔方》杂志社和作协想方设法、热忱服务，遂有“三棵树”“新三棵树”等逐渐长成，名动一时。我受作家们创作热情的激发，经常是应命写作，不得推辞。因而，就有了数十篇为宁夏文学“鼓与呼”的评论文章。这些文章记载着宁夏文学曾经走过的一段峥嵘历程，也记录着我对宁夏文学的真实看法以及曾经的如火激情。现在，隔着二三十年的风尘岁月回头一望，会觉得年轻时的激情和真挚格外动人也令人难忘。

还想言及的一点是本书的获奖情况。这本著作的初版本出版后，于2004年10月获得中国当代文学研究会颁发的“中国当代文学研究第九届优秀成果奖”。2005年7月，该书又获得国家级文学大奖——全国第八届少数民族文学创作“骏马奖”，宁夏同时获奖的作家还有石舒清（他以中短篇小说集《伏天》获奖）。2005年12月初，我随宁夏作家代表团前往昆明参加中国作协举办的颁奖典礼，获得“骏马奖”奖金一万元。时任宁夏文联主席的张贤亮先生也参加了昆明的颁奖典礼，他当时私下说：国家文学奖只给一万元，有点少吧？从昆明回到银川后，张贤亮主席又以他担任董事长的镇北堡西部影城有限公司的名义给我和石舒清各奖了一万元。张贤亮先生辞世已经快十年了，我提及此事，想表达的是对这位文学前辈的怀念之情。

这本小书中的大多数文章，都是在时任宁夏文联党组书记杨继国先生，宁夏文联副主席、《朔方》主编冯剑华女士以及时任宁夏文联副主席、作协常务副主席余光慧女士的热情鼓励和催促之下完成的，所以我要感谢这三位宁夏文坛勤苦而认真的耕耘者二十多年前对我的鼓励和无私的帮助。在经历了诸多世事的纷扰和变幻之后，愚钝如我者再一次深刻地体会到，在这不平静的文坛和泥沙俱下的人间，带着欣赏和期待的目光、满怀着真诚和善意扶持你成长并愿意做垫脚石助你进步的那些仁厚长者和朋友，并非在人生的任何阶段都可以碰到。倘若真的偶遇了，那是岁月给予你的稀有的恩赐，也是人世间终究温暖不绝的最佳证明。

2023年5月

有关文学评论、民族文学和西海固文学的问答

2018年7月23日，中央民族大学文学与新闻传播学院钟进文、杨春教授率“中国当代少数民族作家资料库建设及其研究”（国家社会科学基金重大项目）课题组成员来到宁夏银川和固原两地进行实地考察、调研和采访。本人忝列被采访对象，遂有以下与中央民族大学文学与新闻传播学院博士研究生的问与答。

一、您何时开始文学评论的写作？请谈谈简单的创作历程。

1984年7月，我从北京大学中文系文学专业毕业，被分配到宁夏大学中文系从事中国现当代文学学科的教学和研究工作，教学之余开始了文学评论的写作工作。从本科毕业参加工作到20世纪80年代末去攻读研究生这段时间，我发表的文学评论文章不多，也就三两篇。1988年9月，我重归北京大学中文系中国现当代文学专业攻读硕士研究生，1991年研究生毕业后又一次回到宁夏大学中文系从事教学和科研工作。1994年年底，一个偶然的机会，为宁夏青年作家陈继明（宁夏文坛的“三棵树”之一）的“创作小辑”（即将刊载）写了一篇简短的评论，发表在《朔方》文学杂志上。从此，我的文学评论写作便一发而不可收，二十多年间，写作了160多万字的评论，出版了六本文学评论著作（《人类重要文学命题》《负重的文学》《写作是为时代作证》《欲望年代的文学守护》《孤独的写作与

丰满的文学》《守护风沙中的一盏灯》），主编了《中国回族文学通史·当代卷》等著作。《负重的文学》一书于2005年8月获得全国第八届少数民族文学创作“骏马奖”（评论、理论集），属于国家级文学大奖之一。另有文学研究论文获得过宁夏哲学社会科学优秀成果奖论文一等奖、宁夏文艺奖文学评论一等奖等。

二、您的教育和成长环境对于您的性格和文学创作有什么影响？

1.先说家庭环境的影响

我一直认为一个人早年生活其中的家庭环境会影响一个人的性格养成和他一生的生活和命运。西方人有一句话说：“生活在过去。”我以为说的就是一个人的童年和少年时光怎样地决定了他一生的命运。而童年和少年时代，我们所有人所受的精神影响，主要来源于自己的家庭和亲人。

我从小生活于一个知识分子家庭。我家祖籍江南。父亲是杭州人，母亲是上海人。1958年宁夏回族自治区成立，我的父母那时是热血青年，响应党和国家“开发和建设大西北”的号召，从江南来到塞北。父亲曾经是杭州一中的高才生，虽然考上大学了，但还是放弃继续深造的机会，来到宁夏从事西北的开发和建设。父亲是一个热爱读书、对知识和智慧非常崇拜和痴迷的人。他主要从事的是筑路机械的驾驶和修理工作，但他的业余时间都是在读书读报中度过。很少见父亲去参加朋友同事间的应酬活动，他不会打牌，更不会打麻将。我就是在父亲的影响下，很小的时候就对书报感兴趣，见带有文字的东西就有亲近感。1980年7月，我从银川一中高中毕业，以宁夏高考文科总分第一名的成绩考上向往已久的大学和专业——北京大学中文系文学专业。这一人生的恩赐奠定了我从事文学评论工作的基础。如果没有考上北大中文系，我不知道自己现在会在什么行当从事着怎样的工作。

2.北大对我的影响

1980年9月我进入北大中文系文学专业学习，1984年7月，我本科毕业，按照当时的国家政策（若干个边远省区的考生，毕业后一律回到原户籍所在地参加工作），被分配到宁夏大学中文系从事教学和科研工作。工作四年之后，1988年9月，我重归北大中文系攻读硕士研究生。1991年7月，研究生毕业，我又一次被分配回到宁夏大学工作。我在北大中文系前后读过七年书，所受到的专业训练和精神熏陶对我从事文学评论工作的影响是终生的。

在北大读书，终身受益的是能够聆听名师们的教诲，得其思想和智慧的熏陶。我在北大中文系读书七年，当面接受过王力、王瑶、季镇淮、陈贻焮、袁行霈、金开诚、褚斌杰、张少康、费振刚、倪其心、赵齐平、陈熙中、吕乃岩、马振方、程郁缀、卢永璘、严家炎、唐沅、乐黛云、孙玉石、钱理群、温儒敏、洪子诚、谢冕、佘树森、张钟、赵祖谟、曹文轩、戴锦华等先生的教诲。北大先生授课，分“才气派”和“扎实派”。“才气派”的老师，思维活跃、视野开阔、旁征博引、口吐莲花，学生们被先生的激情所点燃，被先生的才气所感染，一学期下来，如沐春风，如饮甘霖，知识和智慧不知不觉间已经进入心灵，或生根，或开花。“扎实派”的先生，读书甚多，考证严谨，言必有据，闲话少说。听学问扎实的先生讲课，是一种很好的学术训练，从此知道做一个好教师和优秀的学问家，万不可目中无人，脚底无根，信口开河，指鹿为马，也不可动辄炫耀自己又读一本名作新书——也许别的学问家早就读过此书、烂熟于心了。据我做学生时的观察，无论是“才气派”还是“扎实派”，先生们的共同特点是：敬业、守道、刻苦、自尊。

北大的先生们皆敬业，我读本科时，正是国家刚刚从“十年动乱”的年代里走出，百废待兴，高校教师的待遇着实不好。除了极个别泰斗级的老先生，如冯友兰先生、王力先生、朱光潜先生，居住条件宽敞一些，其他教师普遍只能居于“筒子楼”当中。筒子楼其实是青年教工的宿舍，进入楼门后，左右两边为狭窄的走廊，前后两面则为十平方米到十五平方米的单间宿舍，公用水房和厕所各在走廊尽头。那时，给我们教书的许多先生早已经人到中年，但因为学校十多年没有盖教工宿舍，所以先生们只好蜗居于筒子楼陋室之中做学问，金开诚先生当年就是掀开铺盖伏身于床板之上写作教案和学术文章的。我敢肯定，在北大，如金先生这般情形的老师绝非一人。这样的状况一直延续到20世纪90年代之后才逐渐有所改变。北大的先生亦重守道，或者说是“安贫乐道”。留在北大教书，物质待遇确实不佳，但多少才气横溢的先生把一生都献给了北大，献给了我们这些如流水一般长流常新的学生。先生们贪恋北大的，是这座校园里无与伦比的学术民主空气，是聪明人与聪明人之间的惺惺相惜，是智慧者与智慧者的深度遇合与长久的心灵对话，是永远想把学问做到最好的敬业氛围。北大先生的刻苦，中外皆知。仅举二例为证：唐代文学研究家陈贻焮教授本科时为我们讲过“唐诗研究”一课。课讲到一半时，先生有一天在课堂上说：昨天我终于把百万字的《杜甫评传》写完了，我大哭了一场，算是为老杜送了终！不久，陈先生便盲一目。我的硕士研究生导师佘树森先生为国内现当代散文研究大家。我随其读书三年，发现佘先生吃穿不上心，休息不上心，娱乐不上心，唯读书工作上心，这位年轻时曾经用毛笔抄写过长篇小说《红楼梦》的学者，终因劳累过度而英年早逝（55岁）。北大先生的自尊，最重要的表征是：所有先生在事业上都力图做一个走在前面的人而从不愿意落在后面。他们的敬业做学问是来自内心深处的一种冲动，是灵魂的喜欢，是从年轻时代起就选择和认可的一种生存和生活的美好方式，而绝不需要旁人的督促和逼迫。北大的先生们学问做得好，文章写得多，不是因为他们比别人多长了三头六臂，而实在是因为他们自尊心强大，永远自己跟自己较劲。

三、文学创作要有生活体验、审美追求、社会责任感，您对文学评论的创作有什么看法？

第一，文学评论的创作与其他文学文体的创作一样，必须立足于个人的生活体验、独特的审美追求和社会责任感而展开。相比于形象思维更为活跃的小说、诗歌、散文、戏剧创作，文学评论的理性思维更为强大一些，难度也更大一些。最好的文学评论作品，都是出自那些生活体验深厚、情感深沉、读书积累甚多、思维清晰深刻的创作家之手。一个好的文学评论工作者，倘若没有十年以上的读书积淀和专业训练，是无法从事这个行当的。因此，从事文学评论工作者的人数总是少于其他文体的创作家人数。原因就在于：从事文学评论工作需要专业的训练和磨砺，从业者要有足够的耐心和毅力，要与时间和寂寞搏斗。

第二，文学评论工作不是书斋里的个人情感抒发，而是与书斋之外的大地和社会生活紧紧拥抱在一起的。我选择中国现当代文学研究和当代西部文学和少数民族文学评论工作，看重的恰恰是它们与现实的亲和之力。因此，我一直认为文学批评不是寄生性和附庸性的，它的“根”本应该深深扎在人类生活和时代的丰厚土壤之中，是变动不居的社会生活和绚烂多彩的时代风云给予文学批评以强大的背景支持。一篇优秀的文学评论文章当中总是跳动着一颗对现实的热切关注和忧患之心，流淌着批评者对生活、时代和人本身的独特理解和新鲜感受。从这个角度而言，一个优秀的批评家和一个优秀的作家是具有同等价值和地位的。更不消说，中外文学史上还有许多兼有创作家和批评家两重身份的文学大师。

四、您觉得文学理论对文学创作的帮助怎样？文学评论的最大动力是什么？

文学理论对文学创作具有重要的参考价值和启示性意义。一个缺乏理论武装的创作家是走不远的。文学创作者在从事创作之时，实际上一直受着一些理论的支配和影响，无论创作内容的选择、人物形象的塑造、作品氛围的营造、语体风格的选择等等，都受某一种（或者数种）文学理论的影响。有些创作家声称：自己的创作不受文学理论支配，这是欺人之谈。

文学评论的最大的驱动力来源于评论家对时代风云、人生事象和人性奥秘的浓厚兴趣，也来源于评论家被优秀深刻的文学作品所感动。感动于作家对人类美好生活的优美呈现，对高贵人性不遗余力地赞颂，对社会生活消极面和人性黑暗面积极的干预和毫不留情的批判。

五、您现在创作上最大的压力是什么？您创作上的最大愿望是什么？

创作上感觉到的最大的压力一是想做的专业研究工作和可以支配的时间之间存在着紧张关系。现在读书和写作文学评论都是利用业余时间和节假日时间，感觉时间紧张。我一直有一个愿望：那就是想静下心来把中国古代的经典文学作品和19世纪以来的欧洲优秀小说再重读一遍。年轻时读过许多，现在在经历了人生的一些风雨之后想再读一遍，但是抽不出时间。再者，如今自己写作文学评论文章的时间经常是仓促的、破碎的，写作的过程经常是断断续续，一篇万字文章数月才可成篇。二是做了多年的研究生导师，指导了许多学生，但学生们毕业之后真正从事文学评论工作的人数极少。许多学生“坐冷板凳”的意愿缺失，好像也不是真心喜欢文学，又因为耐不住专业研究领域的寂寞，嫌物质利益回报太少太慢，所以纷纷去干了别的行当。想到这一点，有时会有专业挫败感和伤心感。

创作上的最大愿望是：希望能够拥有一个自己领军的专业团队，认真而耐心地做好西部文学和少数民族文学的研究和评论工作；希望自己的评论文章能够拥有更多的读者。

六、您认为文学创作的难点在哪里？它应该在理论层面上解决，还是在文化层面上解决，抑或应当在现实生活的真实性当中得以解决？

任何文学创作（包括文学评论写作）都是有难度的。一个创作家只要不甘心平庸，只要想超出一般作者的创作水平，他就必须给自己设定具有难度的标高。文学创作的难度在于，经典作品和优秀作品已经大山般在你眼前横亘，哪怕爬到大山的半山腰，你也要费尽一生的心血。但人类的生活永远充满新鲜性，每一个生命个体都要重新活一次，所以古老的生命和生活之树完全可以开出艳丽的新花。写作者破解难点的唯一路径是：与伟大的作品保持疏异性，努力写出全新的生命感受和对社会、历史、人性的惊人发现。

七、多年来的创作，您对文学评论的看法是否发生了变化？如果有变化，这种变化的根源在哪里？

在中国社会改革开放的早期岁月，文学创作和文学评论是“显学”，是社会关注度很高的一项文化事业。那时，大学中文系招生，基本能把各地的文科“状元”网罗进来。以后，中国社会转入市场经济大潮，功利主义侵蚀大众的主流意识，随着许多人对公民精神成长话题和社会精神环境建设的漠视，文学创作逐渐被“边缘化”。这是可以见到的客观现实。

我对自己所从事的文学评论事业一直抱有尊敬的态度，从业者的神圣感没有丢失。我始终信奉鲁迅先生的一句话：文艺是引导国民精神前途的灯火。我愿意用一生的时间来守护这一盏灯火。我最新出版的一本评论集的书名就叫《守护风沙中的一盏灯》（作家出版社2018年10月第一版），表达的就是这样的心情。

八、您觉得作为一名少数民族文学评论家，其优势何在？

我觉得唯一的优势是，对本民族的历史、文化和民族特性了解得更加深入一些。

九、作为一名少数民族文学评论家，您如何看待目前汉语形态下的民族文化及其创作者面临的问题？

汉语是世界上最伟大的语言之一，它的神奇和奥妙之处，也许终我的一生都未必揣摩得清楚。汉语给予我写作的灵感，也给予我思想的深刻和语言的精美。我希望少数民族创作家们能够从汉语这个宝库当中汲取更多的精神和文学营养，以丰富和壮大民族文学的写作。

十、您对文学创作中回族语言文化的运用有什么具体看法？

当代中国回族作家都是用汉语写作的。因为要涉及民族特殊的生活领域（比如宗教生活领域），一些经堂语会很自然地进入文学作品当中，一些回族文化习俗也会真实地呈现于作品当中。但是，无论怎样描写民族文化的特殊性和运用某些经堂语从事创作，我觉得最核心的问题是：作为一个具有社会责任感的回族作家，你都应该把讴歌中华民族的大团结、讴歌回族人民对中华民族大家庭的认同、对祖国和中国共产党的认同、对中国特色社会主义的认同放在首位。有国家的统一和中华民族大家庭的和睦相处，才可能有各民族的幸福和未来。这一点，应该是回族作家从事文学创作时必须遵循的基本的创作思想原则。

十一、您认为文学作品中如何把握和考量民族文化的“先进”和“落后”？作为一个民族文化名人，您怎样看待自己民族的未来发展？

判定文化的“先进”和“落后”，自然有相对科学和客观的衡量尺度。能够促进民族各项事业发展、促进人的全面发展和生态环境保护的文化就是先进的文化；反之，阻碍民族各项事业的发展、损害人的正当权益、阻碍人的健康发展、破坏人与自然环境和谐相处的文化就是落后的、坏的文化。

回族是中华民族大家庭的一员。在党的民族政策的阳光照耀下，在中华民族一家亲的和谐社会环境中，回族人民通过不懈的努力和奋斗，一定会赢得美好的未来。

十二、“西海固”之所以受到广泛关注，很重要的一个原因是，虽然那片土地贫瘠、“苦甲天下”，却是一片滋养文学的沃土，走出了石舒清等一批优秀的文学创作家，您如何看待“西海固文学”？

“西海固文学现象”是20世纪90年代以来出现于中国文坛的一个文学现象。宁夏的“西海固（西吉、海原、固原）”地区土地贫瘠、极度缺水，在相当长的一个历史时期，人民生活比较艰难。就是在物质生活比较匮乏、精神生活比较单调的环境中，“西海固文学”却蓬勃生长起来，一批优秀作家脱颖而出。“鲁迅文学奖”从1997年设立至今，已经21年，一共颁发了七届作品奖。在获得“鲁迅文学奖”短篇小说奖的35位作家当中，宁夏占有3位（石舒清、郭文斌、马金莲），其中两位是回族作家。非常凑巧的是，这三位获奖作家皆出自“西海固”地区。我们仅从这一点就可以看出，“西海固文学”的成就是多么的卓越和引人注目。三位来自“西海固”地区的作家之所以能够获得中国文学的最高奖，我以为有以下几点原因：

第一，从创作主体来看，三位获奖者都是异常勤奋的写作者。从怀着一颗敬畏心、虔诚心踏上文学创作之路到获得国家级文学大奖，在漫长的十几年到二十年间，三位获奖作家一直以一种坚韧的劳动精神，认真而执着地在文学的土地上深耕细作，不惧风沙扑打，不怕寒热侵袭。他们只懂得“一分耕耘一分收获”的道理，而从不指望简单而轻松的付出便可骤然获得惊人的回报。石舒清们的获奖，是自身勤苦劳作、挥汗如雨而得到的最优美的回赠。

第二，“西海固作家”的创作一直立足于他们所熟悉的“西海固”大地，是“西海固”这片土地上生活的艰难、人生的不易和人的命运的多姿多彩给予作家创作不竭的动力和源泉。他们的获奖一再证明：优秀的文学创作永远都是与“土地、人民、时代”紧紧联系在一起的。

第三，在三位“西海固作家”的作品当中，仁爱、温暖、善良是贯穿始终的主旋律。在他们所构筑的文学天地当中，尽管有着生活的不幸、沮丧、坎坷和艰难，但创作者始终以一支饱含深情的彩笔，书写着人类生活本身所具有的美丽和仁善，并把这种“美”和“善”当作照亮人类生存暗影的不灭的灯火。我们读他们的作品，内心常常会被温暖的潮水所淹没。

第四，三位作家的获奖与宁夏文学界的共同努力、共同奋斗有着直接的对应关系。

我们都知道，一个作家的成长、成熟直至获得国家文学最高奖，他（她）的身后是有着一批人默默地为之付出艰苦的劳动、为之付出了心血和智慧的。这其中，宁夏的几家文学刊物《朔方》《六盘山》《黄河文学》，应该说是做出了杰出贡献。以我熟悉的《朔方》为例，从冯剑华主编开始，经过哈若蕙主编，再到漠月主编，十年间，《朔方》一共发表了马金莲的小说和散文作品共24篇，另外还发表了3 篇有关马金莲创作的访谈和评论。《六盘山》杂志是马金莲文学起步的所在，对马金莲的成长起到了不可忽视的作用。马金莲曾经在一篇文章中提到，当年她在固原民族师范学校读书的时候，是朱世忠先生在一次全校大会上特别转述的一句话（《朔方》杂志编辑说：“马金莲的写作就是和一般同学不一样，大有潜力!”），成为她往后几年努力的动力之一。所以，马金莲曾经有言：“作者与刊物的关系，就如一棵小苗与一片沃土的关系。”（《我与〈朔方〉之间的点点滴滴》，《朔方》2011年第1期）

十三、如果从审美的角度用几个关键词概括“西海固文学”，您觉得“苦难主题”“清洁精神”“死亡叙事”可以概括吗？如果不可以，您怎么看？

任何一种文学创作现象都可能是丰富的、多色彩的。从审美的角度，用“苦难主题”“清洁精神”“死亡叙事”几个关键词来概括“西海固文学”，不能说完全不准确，但有可能遮蔽了事物本身所具有的更为丰富的内涵。“西海固文学”当中不仅有“苦难叙事”，也有充满喜气和乐观情调的作品，你看郭文斌的小说《大年》《点灯时分》等等，读者感受到的更多的是生活的诗意和人生的幸福感。“西海固文学”当中不仅有“死亡叙事”，也有生的欢欣和人间的温暖，石舒清的小说《清洁的日子》、马金莲的小说《1987年的浆水和酸菜》，所透露的不都是人对温暖生活的热爱和依恋之情吗？刚刚公布的第七届鲁迅文学奖短篇小说奖授奖辞这样评价《1987年的浆水和酸菜》：“马金莲《1987年的浆水和酸菜》中，两种家常食物的制作和分享，是生活意义的淬炼、生活之美的晕染。对物的珍惜，也是对心的珍重。精确的、闪亮的、涓涓流溢的细节使心与物、人与人温暖地交融。”所以，读者们和研究者们在阅读“西海固文学”时，最好能够以一种不受干扰的、原初和平和的心境进入作家们所构筑的异常丰富复杂的文学世界。

十四、您关注过现代回族文学吗？您认为回族现代文学对当代回族文学有多大影响？

关注过一些现代回族作家的创作，比如白平阶先生创作于20世纪30—40年代的小说，马宗融先生的译作和文学研究文章。

回族现代文学当然对当代回族文学有影响，至于这一影响有多大？没有做过相应的学术研究，还不能给出明确答案。

十五、您认为回族文学现在的缺陷是什么？您理想中的回族文学是什么样的？或者说您对回族文学的现状有哪些看法和期待？

回族文学创作现在存在着一些瓶颈问题需要解决。

第一，创作题材的单调性问题。回族作家们创作的涉及乡土生活的作品显得数量庞大了一点，其他生活领域的进入和书写，还需要加强。也就是说，回族作家的创作视野应该再开阔一些。

第二，作品的思想深度问题，尤其是回族作家所创作的长篇小说的深度问题。许多回族作家的创作，还存在着“选材不严、开掘不深”的缺陷。鲁迅当年曾经语重心长地告诫刚刚闯入文坛的沙汀和艾芜，希望他们“选材要严，开掘要深，不可将一点琐屑的没有意思的事故，便填成一篇，以创作丰富自乐。”（《关于小说题材的通信》）鲁迅的告诫显然具有超越时空的意义。对于许多回族作家，尤其是从事长篇小说的写作者来说，生活经历和个人的心灵经验只能是写作的触发点，而绝不是全部。因为在创作长篇小说之前，不能不慎重考虑这样两个创作问题。其一，你的人生经验是否具有足够的“浓度”和强度，可以经得起长篇小说这种“繁复文体”的强力撕扯和锻造。也就是说你的生活经历和心灵经验本身是否能够满足长篇小说这种文体所提出的诸多艺术要求。其二，你的人生经验在转变为艺术作品之后是否具有“挥发性”和超越性特征。创作者的生活经验已经积累得足够丰富，那么从这人生经验里是否一定能够提炼出芳香四溢的思想价值和意义呢？是否能够具有新鲜而强悍的审美冲击力呢？学者兼作家杨绛曾经说过：“经验所供给的材料，如不能活用，只是废料。”（《关于小说·事实 — 故事 — 真实》）我认为杨绛所说的“活用”，其实是指作家处理生活经验的高度发达的艺术能力，也即“点铁成金”的能力。

显而易见，作为创作，对生活的选取和裁剪，提炼和升华，开掘和发现，才构成艺术最内在的品质和本源。鲁迅所谓的“开掘要深”是说作家对所掌握的“生活”必须有穿透的能力，必须有新鲜别致的惊人发现。今天，当我们从纷乱的生活事务中抽出时间，静下心来阅读一部长篇小说时，我们实际上首先期待着能够从作品当中感受思想的震撼与冲击，因为一部杰出的长篇小说的艺术思维往往能够穿透生活的表层而达到人类命运的深处。现实是如此复杂难辨，世情是这般嘈杂喧嚣，心灵有诸多纠结困扰，我们阅读长篇，既希望从中看到熟悉的人生面影，更盼望着小说能够将我们引入一条长长的思索的隧道。我们并不需要苛求作家都是生活的导师，能够回答所有尖端和尖锐的问题。但是，我们有理由要求作家对你所描写的生活不仅熟知，而且还要从中有所“发现”。由于你的锐意“发现”，一些本来我们熟悉的事物，经由你的文字，使我们获得了全新的感受和全新的认识，埋藏在我们内心深处的意识被挑动，被唤起，被激活了。我们就像一直处于熟睡当中的婴儿，忽然张开了惺忪的睡眼，打量着呈现在眼前的一个新奇的、陌生的世界。

第三，回族作家在创作中的艺术表现方式总体而言还欠丰富，显得单调和单薄一些。在写实和写意之间，在艺术处理的“实”与“虚”之间，在立足本土文学资源和汲取异域文化营养之间，一句话，在艺术的立足大地扎根泥土与冲天一飞俯视苍穹之间，回族文学还有一段不短的探索之路要走。

2018年10月，固原 — 银川

我们的生活为什么需要文化的滋养?

一、现实的图景

现代人每天都生活在忙碌和奔波当中，心情难以有放松的时刻。刚刚走出大学校门的年轻人要解决生存问题，为一个切实的前程去奔忙，所以很多人毕业之后就几乎不读书了，专业书不太读，人文社科类的书籍更是不碰。许多中年人已经成家立业，职业相对稳定，收入超出社会平均水平，但依然忙碌不已，内心动荡、精神紧张——因为房子还没有住到单门独院的别墅级别，车子也没有别人的豪华。我们常常看到的社会现实情景是，有相当数量的人都在为物质财富的积累而奔走而绞尽脑汁，独独对自己精神世界的贫乏、狭窄、干瘪、苍白无趣毫不知情，也毫不在意。现在，第一个问题来了，人类生活真的只需要强大的物质性而没有精神的应有空间吗？人类真的只是一种只满足于物质享受的低等级动物吗？我的回答是：过度追求物质利益的现代人正在远离人的优秀本质，他们实际上已经走丢了——他们忘记了人类生活本来应该拥有的两个层次（这两个层次缺一不可），正逐渐沉沦为利益的爬行动物。

二、人类的进化带来文化的诞生

现代人类是经过漫长的自然和社会历史进化而成为今天地球的主人。在数百万年的进化当中，人类不仅进化和发展了自己的身体机能，更是进化和发展了自己的精神机能——产生了明确的思想、意识和语言，有了想象世界的能力和改造世界的能力。精神生产能力的产生和拥有幻想的能力，使人类脱离了一般性动物圈，从只知道靠本能生存的低等级动物发展成为靠思想和智慧生存的高等级动物，成为“宇宙之精华、万物之灵长”。有了强大的精神想象能力，人类就在进化发展的大道上一路狂奔，不仅生产制造了大量物质财富，也生产了无数的精神财富。所以，“文化”这个时候就产生了，什么是“文化”？权威的解释是：指人类在漫长的社会实践过程中所获得的物质与精神生产的能力以及所创造的物质财富和精神财富的总和。从遨游太空的“神舟十六号”飞船（2023年5月30日发射进入太空）——“天宫号空间站”到中国农村炕头老太太的剪纸，都可称之为文化创造物。这是广义概念上的“文化”——人类物质和精神创造物。从狭义的角度来理解，“文化”更多时候指的是人类有史以来所创造的精神性的遗产。这些遗产或者以书籍（光盘、大数据储存）的形式，或者以口口相传的方式遗留至今，成为指导和影响人类生活的不能缺少的核心因素。

当我们言说“文化”的时候，我们必须注意到文化的两个本质性特点：第一，文化是人类特有的一种创造性能力，是人类社会长期进化的结果，是人类的精神发育和成长的结果，自然界其他动物是没有文化的。人是文化动物。第二，文化是人类为自己创造的精神世界和诗意的心灵家园，文化帮助人类认识生活、理解生活、想象生活。文化是人类生活的润滑剂和营养素。没有文化对心灵的滋养，即使你贵为人类，也只能是野蛮人。通览漫长而艰难的人类发展史，文化所具有的强大功能显而易见。文化具有四大功能——

文化使人类从野蛮、粗鲁状态走向了文明、美好、优雅状态，从只具有动物本能的群体走向了懂得美丑、善恶的社会群体。文化使人类生活开始具有美好诗意。因为拥有诗意的文化思维，能够创造精神产品，莎士比亚对人的赞颂是：宇宙之精华，万物之灵长。海德格尔认为：与地球上的其他动物相比，人类是“诗意地栖居”在大地上。拥有了文化，也改变了人对异性的评判标准，“美丽”不仅指称容貌，它更与人的文化气质有关。

文化具有凝聚人心的作用。处于相同文化影响下的人们容易团结和聚集起来，心理上会有亲近感，行动上会步调一致。一个内地人到港澳台地区，语言和风俗比较一致，心理上没有隔膜和障碍，容易产生亲切感。如果一个中国人初次进入欧洲，会有文化上的震荡感（culture shock）——面对特殊的异国异族文化或生活方式时，可能会感到困惑、不适应。

文化具有约束人的行为的作用。无论是风俗习惯还是道德规范，特别是刚性的法律条款，都会对人的行为（特别是不良的行为）形成约束和控制。受教育的过程，就是接受文化约束和文明提升的过程。

文化具有保护种族的作用。文化之根深长、文化强大而自信，哪怕失去一切外在的生存依托，人们也会凭借不屈的信念和共同的精神追求寻找到生存之路。习近平总书记在2020年9月8日召开的全国抗击新冠疫情表彰大会上讲话时强调：文化自信是一个国家、一个民族发展中最基本、最深沉、最持久的力量。向上向善的文化是一个国家、一个民族休戚与共、血脉相连的重要纽带。

三、物质生活丰富和精神生活充盈才是人类美好生活

我们已经进入小康社会。在中国的城市社会，除了极个别人之外，大多数人的物质生活条件已经得到了明显的改善，收入水平提高、居住环境美丽，其他社会服务也得到了有力的保障。但是，我们也应该看到，随着物质财富的积累和生活水平的提高，一些城市人的道德水准和精神世界却

未能同时得到提高和丰富。究其原因，心灵长时期未能得到文化的滋养是重要的原因。许多人过度追逐物质财富而对宝贵的文化财富不以为意，或者假装对文化感兴趣而内心却未必真正尊重。不懂得尊重文化或者漠视文化带来的社会后果是：社会生活逐渐粗鄙化和低俗化，吃喝玩乐成为一些人最大的人生追求，物质的满足成为唯一满足，一些人变身为欲望动物，对他们，道德约束甚至法律条文成为一纸空文。还有一些人，心灵缺乏文化的深度滋养，整天只知道奔走于求生的路上，眼前只有一点面包、一杯可乐、一块炸鸡、几根薯条，本来应该生机盎然和意义丰富的生存和生活变成单调、乏味、干瘪、硬撑的人生旅程，前路茫茫而内心苍白暗淡。怎样才能摆脱如此这般的精神压抑的无聊困境？我没有新的见解，我只想引用一下“五四”新文化运动时期的学生领袖，后来担任清华大学首任校长的罗家伦先生的一段话来与观众和听众们共勉。罗家伦先生在一篇题名为《文化的修养》的讲演录里说：“文化是民族心灵的结晶，文化也是民族精神方面的慈母……我们不能不接受机械文明，我们更不能抹杀工业社会，只是我们的灵魂也要文化的慈母去抚摸它，安慰它……要陶冶情感，莫善于美的教育……文学不仅是说理的，而且是抒情的；不仅是知识的凝合，而且是愿望的表现；不仅是个性的暴露，而且是悲欢的同感；不仅是通情达意的语言，而且是珠圆玉润的美术。文学不仅可作发扬情绪的烈焰，而且可作洗涤心灵的净水……现在的青年日日处于甚嚣尘上，苟能得到一点文学的修养，一定可以消除烦闷的。学社会科学的人应当以文学培养心灵，学自然科学和应用科学的人尤其应当如此。天天弄计算，弄构造，而无优美文学作精神上的调剂，必致情感干枯，脑筋迟钝，性情暴躁而不自觉。文学的甘泉，是能为你的心灵，培养新的萌芽的。”

2024年4月

后　记

《时代叙事的诗与思》这本文集，收入了我2015年至今十年间写作的四十多篇文学研究与文学批评文章。十年间写作并发表四十多篇文章，平均每年才四篇左右，数量上不能言多。曾经听闻一个故事，说是南方某著名高校的科研处，按照院士校长的旨意，要求文科教授们一年必须出版一本学术研究著作，才算纳入绩效考核的科研工作量完成。此规定一出，文科教授们群情激愤，骂娘的告状的不一而足。有好事者甚至将舆情捅到了“上面”。“上面”说：稳定最重要。迫于上下压力，院士校长不得不由隐身而现身，责成科研处撤回成命，再造新规。我是西北高校的文科教授，无缘在院士校长手下效力，未曾遭遇过“一年一著作”奇葩规定的袭扰，所以写作论文的速度仿佛蜗牛行路。每每思及此，真是冷汗涔涔。不过话又要说回来，学者写作文章确实不比农夫在田间地头上种韭菜，不长的时间阶段内，无法割了一茬又一茬。人类的精神产品创造从来不可能是工厂流水线上的香皂制造，可以一块又一块地永远切下去。深刻的思想和惊人的智慧总是在悠长的岁月当中缓慢生长起来的，它考验的恰恰是时间与人类的耐心。

收在这本文集中的文章，少数几篇是有关新时代中国文艺现代性、中国文艺理论和批评新话语的构建以及民族文艺的使命与责任担当等问题的论述的。这几篇文章是我担任宁夏文艺评论家协会主席期间，每年参加中国文艺评论家协会年会论坛时的发言稿。虽然每篇稿子字数也就四五千字，但写作的时间却都不短——记忆里每篇文章从构思到完成皆花费二十天左右。因为是代表宁夏文艺评论家协会到年会上去发言，听众中有不少人是国内一流的文艺家，怕别人轻看了宁夏文艺评论界，所以写作文章时的压力是有的，运笔时也格外地字斟句酌一些。

文集中的绝大部分文章，内容上都是研究和评论改革开放四十多年以来的宁夏文学现象和宁夏作家作品的。《宁夏当代文学的历史传统》《中国文学的“宁夏现象”》《论新时期以来（1978—2018）宁夏的短篇小说创作》《巨大的翅膀和可能的高度》四篇文章所涉及的时代背景宽阔一些，时间跨度也大一些，论述的问题带有整体性和全局性，故文章篇幅也就较长一些，花费的时间和心血也就特别多一些。仅举两篇文章的写作发表过程为例。《论新时期以来（1978—2018）宁夏的短篇小说创作》，全文一万四千多字。从着手重读四十年间的宁夏小说文本到最终完成写作，大约用了近三个月时间。其时，我正担任宁夏师范大学副校长。频繁开会和到学院调研、督促工作是每日的主要功课。文章是利用工作间隙的小块时间和节假日断断续续完成的。那时反复出现的写作情形是，上午开完一些重要会议后，如果散会时间是11点左右，我便利用11点到12点的一个小时时间，再写上几段。年过半百之后，奔波劳累一天，我晚上只能看别人创作的文本，自己写作文章则没有清新感，而且常常会词不达意。所以我只在每天上午才写作重要的文章。这篇文章是我近些年来花费时间与心血最多的一篇文学研究论文，可惜命运不济。文章虽然发表在“双核心”期刊上，但在申报一个省级社科奖项时，居然泥牛入海无消息。我当然知道资本和圈子的“魔力”，但我又不想违背自己的学术初心，故文章“被沉没”之后，情绪波动了几天也就释然。还有一篇篇幅较长的文章《巨大的翅膀和可能的高度——“宁夏青年作家群”的创作困扰》，从第一次动笔写作到最终定稿发表，大约用了七年时间。这在我的写作史上属于非常罕见的现象。其实，这篇文章原是我主持的国家社会科学基金项目《“宁夏青年作家群”研究》中一个章节的内容，2010年6月业已完成，但一直未曾单独发表过。不拿出来单独发表的直接原因是，这篇文章是为“宁夏青年作家群”的创作“挑刺儿”的论文。“乡土是源泉也是制约”“文化视野的狭窄性”云云，是其时风头正劲的宁夏作家们不愿意听见的“枭鸣”之声。我当时没有勇气在宁夏青年作家的火热兴头上去浇一盆凉水。所以文章一直存在电脑之中，七年之后才拿出来发表。好在，文章发表后在学术界还有一些反响。三年后，该文获得宁夏哲学社会科学优秀成果奖论文一等奖。

收在文集当中的其他研究宁夏文学的文章，涉及宁夏当代文学史上的三代作家的创作。有关于张贤亮文学定位的，老作家和编辑家刘和芳的为人为文评述的，也有对杨继国、郭文斌的散文创作，杨友桐、陈继明、拓兆农三位作家的长篇小说等作品进行研究与分析的。写上述作品，过程都不是很轻松。我写评论文字，一定要读原著，有些作品甚至要读多遍。特别是长篇小说，细读之后要写下故事梗概，有的长篇小说，我要写一万字上下的故事梗概。有了对作品的细心阅读和深切感知，才可能写成扎实的文学评论。杨友桐先生费时数年创作的长篇小说《七月》，将其几十年的人生经历和文学写作智慧融为一体，是一部情感浓烈炽热、予人心灵以冲击的作品。遵友桐先生之嘱，我为这部长篇小说写序，费时一月之久。序文完成后，我将电子版发给友桐兄。后来据友桐先生之令媛、我的硕士研究生弟子杨燕子告知，友桐先生看了序言，在家中书房里大哭一场。原因是我对作品的肯定与解读，与作者的创作初衷是相当贴合的。

本文集中还收入几篇电视剧评论，虽然不算多，但聊备一格。我写影视剧评论，始于20世纪90年代后期。那时，我担任着本地一家广播电视节目报的顾问，每月需要评报和写作若干篇千字左右的影视剧评论。几年间，不知不觉就写作了几十篇。写作影视剧评论，锻炼了我欣赏和研究影视艺术的能力，也很好地提高了我的文字推敲锤炼能力。借此我也想告知正处于学术爬坡阶段的年轻学者们，千万莫小看了千字文。我的切身体会是：一篇千字文的写作难度也许并不亚于一篇万字长文。

这本书能够顺利出版，要诚挚感谢宁夏文史研究馆所提供的经费支持。感谢卫忠馆长、马凤仙副馆长、文史馆办公室、财务处诸同志以及我的联系人赵志凯、王凯等同志的具体操办。没有他们热情而辛勤的付出，文集的出版只能是一句空话。最后要感谢的是本书的责任编辑杨爱新女士。十年前她责编过我的文学研究评论集《孤独的写作与丰满的文学》。十年后我们再度合作，也算人生有缘。人生几十年，一个人的著作能够两次被同一个优秀的出版人编辑出版，这样的幸运，值得我终生铭记。

2025年5月 小恙中